Biologische Arbeitsbücher

10

Humangenetik

Eine Einführung in die Methoden, Ergebnisse und Erkenntnisse der menschlichen Erblehre

von

Dipl.-Biol. Dr. HANS STENGEL

Oberstudienrat

Mit 46 Abbildungen

QUELLE & MEYER VERLAG · HEIDELBERG

2., überarbeitete Auflage

Herstellung: Konrad Triltsch, Graphischer Betrieb, Würzburg
Umschlaggestaltung: Friedrich Vogt, Ziegelhausen b. Heidelberg
ISBN 3 494 00693 8

Inhalt

I. Einleitung

So vielfältig auch das Erscheinungsbild des Menschen ist, immer wieder treten unter den Angehörigen einzelner Familien Ähnlichkeiten mannigfacher Art auf. Diese Ähnlichkeiten betreffen nicht nur morphologische Merkmale; auch anatomisch, physiologisch und psychisch finden sich Gemeinsamkeiten bei Vorfahren und Nachkommen. Die Humangenetik versucht, diese erblichen Eigenschaften und damit die individuellen genetischen Unterschiede aufzudecken und die ihr zugrunde liegenden Gesetzmäßigkeiten zu ergründen. Durch ihre besondere Fragestellung, vor allem aber auch durch ihre eigene Untersuchungsmethode, hat sich die menschliche Erblehre mehr und mehr aus der allgemeinen Genetik zu einem eigenen Forschungsgebiet entwickelt.

Eine wissenschaftliche Bearbeitung humangenetischer Fragen setzte erst in jüngster Vergangenheit ein, obwohl entsprechende Beobachtungen sicher so alt sind wie die Menschen selbst. Die ersten überlieferten Aufzeichnungen betreffen die Erblichkeit physischer und psychischer Eigenschaften. Sie finden sich in den Veden, der ältesten religiösen Literatur der Hindus, in den Gesetzbüchern des Manu, des Stammvaters der Menschheit im Hinduismus, ferner in den Buddha zugeschriebenen Lehrsätzen der Sutra sowie in den Upanischaden, den altindischen philosophisch-theologischen Schriften. Auch in der jüdischen religionsphilosophischen Schriftensammlung des Talmud und in der Bibel weisen einige Stellen auf die Kenntnis von Vererbungserscheinungen hin. Etwas fundiertere, jedoch noch sehr unvollkommene und verschwommene Vorstellungen über die Vererbung beim Menschen hatten verschiedene griechische Philosophen und Ärzte. So beschreiben u. a. HIPPOKRATES, LUKREZ, DEMOKRIT, EMPEDOKLES, PLATON und ARISTOTELES die Weitergabe bestimmter Krankheiten und Merkmale von Generation zu Generation, erwähnen die Erblichkeit männlicher Tugenden und charakterlicher Eigenheiten und theoretisieren über das Geschlecht und dessen Bedeutung und Beteiligung am Erbgeschehen. Im Mittelalter dann beherrschten Theologie und Philosophie vorwiegend das geistige Leben und drängten die naturwissenschaftlichen Untersuchungen und Beobachtungen in den Hintergrund. Natürlich gab es auch in jener Zeit Vorstellungen über die Weitergabe von Erbanlagen, doch handelte es sich hierbei meist um theoretische Überlegungen und Hinweise.

Der Durchbruch zu neueren grundlegenden Erkenntnissen der menschlichen Erblehre gelang erst im 18. und 19. Jahrhundert, als man durch planmäßige Kreuzungen an pflanzlichen und tierischen Objekten, unterstützt durch anatomische und physiologische Untersuchungen, neuere Einsichten in die Fortpflanzungsbiologie gewinnen konnte. Für die Allgemeine wie für die Humangenetik war das Jahr 1865 von entscheidender Bedeutung: Der Augustinerpater JOHANN GREGOR MENDEL veröffentlichte in diesem Jahr seine „Versuche über Pflanzenhybriden“, die er im Brünner Klostergarten durchgeführt hatte, und der englische Naturforscher und Anthropologe

Francis Galton teilte in einem Aufsatz „Hereditary talent and character“ seine ersten Beobachtungen über Vererbungsvorgänge beim Menschen mit. Wenig später, in den Jahren 1869 und 1875 erschienen Galtons Bücher „Hereditary genius“ und „The history of twins as a criterion of the relativ powers of nature and nuture“, in denen die wichtigsten Methoden der menschlichen Erblehre, die Familien- und Zwillingsforschung, begründet wurden.

Weder Mendel noch Galton wußten zunächst voneinander. Galton war mit seiner Theorie vom „Ahnenerbe“ noch ganz von den Erblichkeitsvorstellungen seiner Zeit gefangen. Er nahm an, daß die einzelnen Merkmale aus einem Mosaik kleinster Einheiten zusammengesetzt sind, von denen die Hälfte von jedem Elternteil, ein Viertel jeweils von den Großeltern und so fort herkommen. Der wahre Kern, der dieser Erblichkeitsvorstellung zugrunde liegt, konnte bei einem so komplizierten Organismus wie dem Menschen mit seinen zahreichen Merkmalskomplexen von Galton nicht erkannt werden. Das gelang dem Augustinerpater und Oberrealschullehrer Mendel in Brünn. Die exakte Methode, die er bei seinen Erbsenkreuzungen anwandte, führten ihn zu der Erkenntnis bestimmter Erbgesetze. Seine Vorgänger und zum Teil auch noch seine Nachfolger untersuchten Kreuzungen von Individuen, die möglichst stark voneinander abwichen und verglichen die Nachkommen im ganzen mit ihren Eltern. Mendel dagegen benutzte Individuen einer Rasse, die sich nur in einem oder einigen wenigen Merkmalen unterschieden. Bei seinen Kreuzungsexperimenten folgte er nicht den Ganzheitsbetrachtungen seiner Vorgänger, sondern verfolgte jedes einzelne Merkmal bei jedem einzelnen Individuum über mehrere Generationen. Nur so konnte er die einfachen mathematischen Zahlenverhältnisse aufdecken, die wir heute als Mendelsche Gesetze bezeichnen.

Nach der Wiederentdeckung der Erbgesetze an pflanzlichen Objekten im Jahre 1900 konnte ihre Gültigkeit zunächst auch für die Tiere nachgewiesen werden. Bereits zwei Jahre später erkannten A. E. Garrod an der meist rezessiv erblichen Alkaptonurie, einer Störung im Eiweißstoffwechsel, und im Jahre 1905 W. C. Farabee an der Brachydaktylie, der Kurzfingrigkeit, die Gültigkeit der Mendelschen Gesetze auch für den Menschen.

II. Grundlagen und Grundbegriffe der Humangenetik

1. Die Erbanlagen

Vererbung ist die Weitergabe genetischer Information von Generation zu Generation. Sie erfolgt nach bestimmten Gesetzen, die erstmals von MENDEL im Jahre 1865 aufgedeckt und ausgesprochen wurden. Er und seine Nachfolger führten die Vererbung auf Erbfaktoren zurück, die später als Gene bezeichnet wurden. In der ersten Hälfte unseres Jahrhunderts (Klassische Genetik) wurde das Gen als eine strukturelle Einheit betrachtet, die auf den Chromosomen lokalisiert ist und mit diesen auf die Nachkommen weitergegeben wird. Man stellte sich vor, daß ein einfacher gesetzmäßiger Zusammenhang zwischen Erbanlage (Gen) und Erscheinungsbild (Phän) besteht. Die Entdeckung der Gesetzmäßigkeiten der Vererbung war erst möglich, als von einem bestimmten Merkmal auf eine bestimmte Anlage und umgekehrt geschlossen wurde. Die Beziehungen zwischen Gen und Phän sind aber viel komplizierter als ursprünglich angenommen wurde, auch treten vielfach Umweltfaktoren als merkmalsgestaltend hinzu. Die Natur der Gene und ihre Wirkungsweise ist durch die Arbeiten auf dem Gebiet der Molekulargenetik heute weitgehend aufgedeckt. Danach ist eine Erbanlage eine funktionelle Einheit (Cistron), die aus einem mehr oder weniger langen Abschnitt der in den Chromosomen vorhandenen Desoxyribonukleinsäure (DNA) besteht und selbst wieder aus einzelnen kleinsten veränderlichen Einheiten (Mutationsort, Muton, Subgen oder site) aufgebaut ist. Aus praktischen Gründen hält man jedoch weiter am Genbegriff fest. Die Zahl der Erbanlagen beim Menschen ist nicht bekannt. Nach Schätzungen sind es mindestens 50—100 Tausend und maximal 6—7 Millionen.

Nur in den wenigsten Fällen entspricht ein Gen einem Merkmal. Der exakte Nachweis der Mendelschen Zahlenverhältnisse ist nur dann möglich, wenn ein Erbgang monogen (monomer) bedingt ist, d. h. von einer einzigen Erbanlage abhängt, wenn die Durchschlagskraft (Penetranz. vgl. S. 15) und die Ausprägung eines Merkmals (Expressivität, vgl. S. 15) sehr groß sind und ferner eine große, mehrere Generationen überspannende Individuenzahl untersucht werden konnte. Für einige Erbkrankheiten trifft dies zu. In diesen Fällen konnten klare Gesetzmäßigkeiten der Vererbung auch beim Menschen aufgezeigt werden. Die weitaus meisten Merkmale jedoch werden durch zwei (digen oder dimer) oder mehrere Erbanlagen (polygen oder polymer) bedingt. Diese Erscheinung heißt Polygenie oder Polymerie. Aus mehrfachen Gründen ist eine ausreichende Analyse polygener Vererbung beim Menschen nicht möglich, und so ist auch kein Beispiel bekannt, welches wissenschaftlich exakt eine bestimmte Zahl von Genen als Ursache für ein bestimmtes phänotypisches Merkmal beweist. Es besteht dennoch kein Zweifel, daß sowohl morphologische, anatomische, physiologische und psychische Merkmale polymer vererbt werden. Man kann mit mehreren Erbanlagen vor allem dann rechnen, wenn quantitative Merkmale auftreten, also z. B. die Größe und die Gestalt des Körpers oder einzelner Körperteile. Bei diesen morphologi-

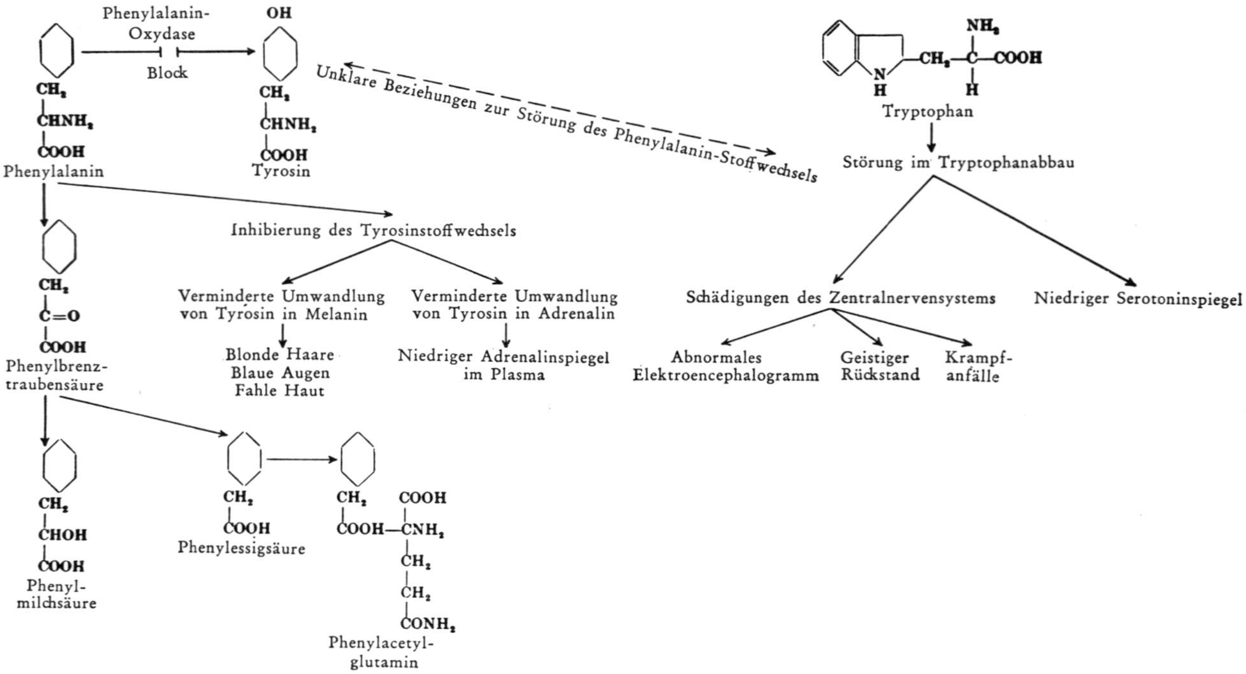

Abb. 1. Der pleiotrope Wirkungseffekt des Phenylketonurie-Gens. (nach Pfändler, 1963)

schen Merkmalen spielen natürlich auch Umweltfaktoren eine beachtliche Rolle. An der Vererbung der Augen-, Haar- und Hautfarbe kann man ebenfalls die Beteiligung mehrerer Erbanlagen gut erkennen. Schwieriger wird das bei psychischen Merkmalen wie Intelligenz, Charakter und Vitalität. Auch an deren Ausprägung wirken verschiedene Gene mit.

So selten ein bestimmtes Merkmal nur durch ein Gen hervorgerufen wird, so selten wird auch ein bestimmtes Gen nur auf ein Merkmal einwirken. Wohl immer greift ein Gen in verschiedene Entwicklungsstadien ein, ohne daß wir das jeweils beobachten oder zunächst einen Zusammenhang der verschiedenen Wirkungen erkennen können. Man nennt diese Erscheinung Polyphänie oder Pleiotropie. Zahlreiche Beispiele lassen sich für eine pleiotrope Genwirkung beim Menschen anführen; sie betreffen vor allem Erbkrankheiten. Ein Krankheitsbild, welches sich aus verschiedenen charakteristischen Symptomen zusammensetzt, wird in der Medizin als Syndrom bezeichnet. Ein solches Syndrom wollen wir als Beispiel für eine Polyphänie anführen. Ein durch ein einzelnes Gen hervorgerufenes Krankheitsbild, welches rezessiv vererbt wird, trägt den Namen phenylpyruvischer Schwachsinn (Phenylketonurie). Im heterozygoten Zustand fehlt die Phenylalaninoxidase, so daß die Umwandlung von Phenylalanin in Tyrosin blockiert wird und der Phenylalaninspiegel im Blut auf das 30fache des normalen ansteigt. Die Folge ist eine pathologische Ausscheidung verschiedener Stoffe (Phenylbrenztraubensäure, Phenylmilchsäure, Phenylessigsäure, Phenylacetylglutamin und Phenylalanin) im Urin. Die von der Krankheit Betroffenen zeigen phänotypisch außerdem eine Pigmentarmut der Haare, der Haut und der Augen, da durch eine Störung im Tyrosinstoffwechsel nur eine verminderte Umwandlung in Melanin erfolgt. Die Individuen sind meist blondhaarig, haben fahle Haut (vielfach mit Ekzembildung) und meist blaue Augen. Dazu kommen noch als schweres Krankheitsbild psycho-neurologische Störungen, die von Imbezillität bis zur Idiotie führen können. Die Schädigung des Zentralnervensystems tritt wahrscheinlich dadurch ein, daß das Serotonin als wichtige biochemische Substanz des Gehirns nur in geringen Mengen gebildet wird, was sich durch einen niedrigen Serotoninspiegel nachweisen läßt. Da Serotonin aus Tryptophan gebildet wird, muß bei der Phenylketonurie auch der Tryptophanstoffwechsel gestört sein. Der genaue Zusammenhang mit dem Phenylalanin-Stoffwechsel ist noch nicht bekannt. Das in der Abbildung 1 noch einmal zusammenfassend dargestellte Beispiel zeigt, daß durch eine Erbanlage die verschiedensten zunächst zusammenhanglos erscheinenden Merkmale auftreten können. Erst genaue biochemische Stoffwechseluntersuchungen decken hier einen pleiotropen Wirkungseffekt auf.

2. Die Chromosomen des Menschen

Die Chromosomen sind die Träger der genetischen Information. Sie befinden sich in den Kernen aller Körperzellen (Somazellen) und aller Geschlechtszellen (Gameten oder Keimzellen). Die menschlichen Körperzellen enthalten, von anomalen Abweichungen abgesehen, einen konstanten Satz von 46 Chromosomen. Diese Zahl fanden 1956 Tjio und Levan in Kulturen embryonaler Lungenfibroblasten mit Hilfe einer 1952 von Hsu und Hughes entwickelten cytologischen Untersuchungstechnik. Die bis dahin angegebene Zahl von 48 Chromosomen stellte sich als ein Irrtum heraus.

Die Hälfte der Chromosomen der Kernschleifen erhält jeder Mensch von seinem Vater, die andere Hälfte von seiner Mutter. Bei der Zellteilung oder Mitose werden die Chromosomen der Länge nach geteilt, d. h. identisch repliziert, und auf die Tochterzellen gleichmäßig verteilt, so daß diese wiederum den normalen diploiden Chromosomensatz erhalten. Bei der Bildung der Keimzellen erfolgt in der Meiose oder Reduktionsteilung eine Halbierung des Chromosomensatzes. Eizelle und Spermazelle enthalten nur den haploiden Satz, beide also 23 Chromosomen. Bei der Befruchtung vereinigen sich zwei haploide Geschlechtszellen zu einer diploiden Zygote.

Der diploide Chromosomensatz der menschlichen Körperzellen besteht aus den 44 Autosomen und den beiden Geschlechtschromosomen (Gonosomen oder Heterochromosomen). Je zwei Autosomen sind einander gleich oder homolog. Mit Ausnahme der Keimzellen und der numerischen Aberrationen enthalten alle menschlichen Zellen 22 Autosomenpaare. Auf den Gonosomen sind die Erbanlagen oder Gene linear angeordnet. Merkmale die durch diese Erbanlagen gesteuert werden, sind autosomal erblich. Homologe Chromosomen besitzen die gleichen Genorte. Ist an den beiden Genorten die genetische Information gleich, dann liegt in bezug auf eine Anlage Reinerbigkeit (Homozygotie) vor. Ist dagegen die genetische Information verschieden, dann sprechen wir von Heterozygotie oder von Mischerbigkeit. Jedes Individuum ist für eine bestimmte Erbanlage entweder homozygot oder heterozygot. Die entsprechenden Erbanlagen, die an der gleichen Stelle homologer Chromosomen lokalisiert sind, bezeichnet man als Allele. Mehr als zwei einander entsprechender Allele bilden eine Serie multipler Allele.

Die beiden Gonosomen sind im weiblichen Geschlecht gleich (homogametisches Geschlecht). Diese beiden Geschlechtschromosomen sind die X-Chromosomen. Das männliche Geschlecht ist beim Menschen das heterogametische Geschlecht. In den Körperzellen eines Mannes sind die beiden Gonosomen ungleich. Wir bezeichnen sie als X- und Y-Chromosomen.

Untersucht man heute die Chromosomen eines Menschen, so verwendet man meist Zellkulturen der Leukozyten, der Haut, der Fascia lata (Oberschenkelfaszie) oder des Knochenmarks aus Brustbein oder Becken. Da nicht alle Zellen eine konstante Zahl von Chromosomen aufweisen, müssen immer möglichst viele Zellen aus verschiedenen Geweben untersucht werden. Die jetzt vorwiegend angewendeten Verfahren beruhen darauf, daß menschlichen Gewebekulturen in vitro kurze Zeit etwas Colchicin, das Gift der Herbstzeitlose, zugesetzt wird. Die Spindelfasern werden dabei zerstört und die Mitose in der Metaphase unterbrochen. Bei der anschließenden Behandlung mit einer hypotonischen Lösung (z. B. destilliertes Wasser) schwellen die Zellen an und platzen, so daß in einem Quetschpräparat nach Fixierung und Färbung die Chromosomen recht gut sichtbar werden. Durch dieses und auch andere angewendete Verfahren lassen sich im Gegensatz zu früher die Chromosomen leicht auszählen und auch weitgehend identifizieren (Abb. 2). Um eine einheitliche Nomenklatur zu schaffen, wurde von einigen führenden Cytologen und Cytogenetikern im April 1960 eine international einheitliche Nomenklatur der mitotischen menschlichen Chromosomen vorgeschlagen. Diese Vereinbarung wird heute unter der Bezeichnung „Denver-System“ (Statement Denver) meist verwendet. Nach dieser Klassifikation werden die Chromosomen — mit Ausnahme der Geschlechtschromosomen (Heterosomen) — der Größe nach numeriert; das größte Chromosom bekommt die Nummer 1, das kleinste die Nummer 22. Nach ihrer Größe, dem Sitz des Zentromers (Spindelfaseransatzstelle, Kinetochor) und dem Besitz von Satelliten werden diese Autosomen in 7 Gruppen eingeteilt, wobei die Identifizierbarkeit der Chromosomen einer Gruppe oft recht schwer ist. Die Gruppen werden mit I—VII oder mit A—G bezeichnet (Abb. 3 und 4 und Tab. 1). Die Geschlechtschromosomen werden als X und Y ohne Numerierung der entsprechenden Gruppe zugeordnet.

Tab. 1. Die Chromosomen des Menschen

Gruppeneinteilung *Denver*	*Patau*	*Größe*	*Identifikation*	*Sitz des Centromers*	*Besitz von Satelliten*
1—3	A	groß	identifizierbar	annähernd median	keine
4—5	B	groß	schwer identifizierbar	submedian	keine
6—12+X	C	mittelgroß	sehr schwer identifizierbar	submedian	keine
13—15	D	mittelgroß	schwer identifizierbar	terminal (akrozentrisch)	mit Satelliten
16—18	E	klein	identifizierbar	annähernd median	keine
19—20	F	klein	schwer identifizierbar	median	keine
21—22+Y	G	sehr klein	schwer identifizierbar	terminal (akrozentrisch)	mit Satelliten

3. Mendelsche Erbgänge beim Menschen

Beim Menschen unterscheidet man wie bei allen anderen Lebewesen zwei Arten von Erbgängen: dominante und rezessive Erbgänge. Von einer dominanten Erbanlage sprechen wir dann, wenn das betreffende Merkmal bereits durch die entsprechende genetische Information in einfacher Dosis ausgeprägt wird, also schon im heterozygoten Zustand erkennbar ist. Heterozygote und homozygote Träger dieser Erbanlage stimmen danach im Phänotyp überein. Rezessive Erbanlagen sind demgegenüber nur im homozygoten Zustand nachweisbar, da sie bei heterozygotem Genotyp von den je-

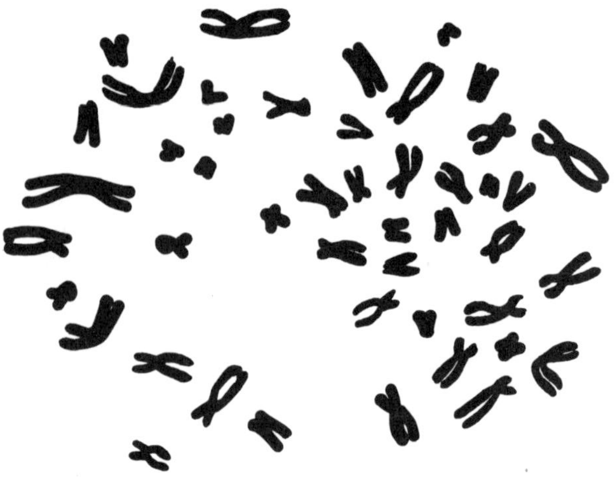

Abb. 2. Die 46 Chromosomen des Menschen in einer sich teilenden Zelle. (nach TJIO und LEVAN, 1956; aus VOGEL, 1961)

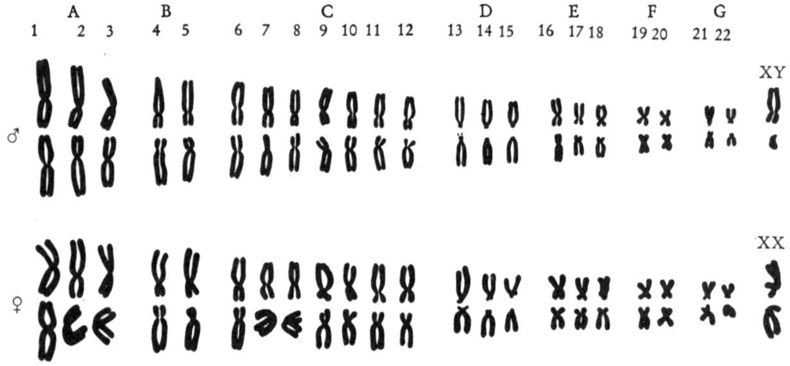

Abb. 3. Die Chromosomen des Menschen nach der Größe paarweise geordnet; oben die einer Milzzelle des Mannes, unten die einer Hautzelle der Frau. (nach MAKINO und SASAKI; aus NACHTSHEIM, 1966)

weiligen dominanten Allel überdeckt werden. Beide Begriffe sind relative Begriffe. Bei einer Reihe von seltenen Erbleiden sind für diese Anlage homozygote Individuen noch unbekannt, eine Übereinstimmung zwischen heterozygotem und homozygotem Genotyp daher nicht nachprüfbar. Die Erbanlagen verhalten sich nicht immer dominant oder rezessiv; gelegentlich wirkt sich die Kombination zweier Allele heterozygot anders aus als homozygot. Die Bastarde stimmen dann in bezug auf dieses Merkmal nicht mit einem der Eltern überein, sondern zeigen ein sogenanntes intermediäres Verhalten. In der Humangenetik spricht man von Dominanz bereits dann, wenn die heterozygoten Individuen deutlich von den normalen Inividuen abweichen. Neben einer vollständigen Dominanz spricht man dann von einer unregelmäßigen oder intermediären Dominanz (Semidominanz).

Immer wieder findet man Erbkrankheiten, die in einer Familie dominant, in einer anderen rezessiv vererbt werden. Das kann bei gleichem Phänotyp auf verschiedenen Erbanlagen beruhen oder aber auf einer unterschiedlichen Ausprägung (Manifestation) von Genen, die einmal einen dominanten, ein andermal einen rezessiven Erbgang wahrscheinlich macht. Auch die Gene der unmittelbaren Nachbarschaft, das genotypische Milieu (s. S. 131), und die Lage der Gene (Positionseffekt) können die Erscheinung der Dominanz verstärken oder abschwächen.

Die Ausprägung eines Merkmals ist von den verschiedensten Umweltfaktoren abhängig. Zwischen nur homozygot sichtbaren, rezessiven Merkmalen und bereits heterozygot erkennbaren, dominanten Merkmalen gibt es phänotypisch einen kontinuierlichen Übergang. Die einzelnen Allele beeinflussen sich durch ihre homologen Partner gegenseitig; darüber hinaus gibt es Wechselbeziehungen in dem „Genmilieu", d. h. der ganzen Gengesellschaft. Auch der Zeitpunkt der Manifestation kann verschieden sein. Es ist möglich, daß Individuen eine Anlage zwar geerbt haben, daß diese jedoch phänotypisch nicht in Erscheinung tritt. Man spricht daher von der Penetranz oder Durchschlagskraft einer Erbanlage und meint damit die Manifestationswahrscheinlichkeit (in der prozentualen Häufigkeit ausgedrückt) mit der sich eine bestimmte Anlage trotz vorhandener Gene manifestiert. Da die Penetranz der meisten menschlichen Erbleiden unterschiedlich ist, kann der Erbgang oft nicht mit Sicherheit festgestellt werden. Nur in wenigen Fällen ist der Zusammenhang zwischen exogenen Faktoren und unvollständiger Penetranz bekannt, so daß der Begriff „Penetranz" als Hypothese theoretische Erwartung und praktische Beobachtung zu überbrücken sucht. Zur Feststellung der Penetranz werden Untersuchungen an eineiigen Zwillingen herangezogen. In der Literatur finden sich zahlreiche Beispiele für unterschiedliche Penetranz. So zeigen z. B. die Chondrodystrophie (Zwergwuchs durch mangelnde Entwicklung der Extremitäten), der hypophysäre Zwergwuchs, der Schichtstar (Cataracta zonularis) oder der Veitstanz (Huntingtonsche Chorea) wahrscheinlich eine starke Penetranz, während sie bei der Lippen-Kiefer-Gaumenspalte (Wolfsrachen), bei dem Klumpfuß (pes varus), der erblichen Hüftverrenkung (Luxatio coxae congenita), der Spinnenfingrigkeit (Arachnodaktylie) oder der Dysostosis cleido-cranialis, einer Entwicklungsstörung des Schädels — um nur einige wenige Beispiele zu nennen — schwächer zu sein scheint. Partielle Manifestation und Penetranz finden sich sicher auch beim Diabetes mellitus (Zuckerkrankheit), bei der Leukämie, der Paralysis agitans (Parkinsonsche Krankheit, Schüttellähmung) und der Schizophrenie.

Neben dieser Penetranz gibt es auch Merkmale, die sich im Phänotyp unterschiedlich ausprägen. Man bezeichnet diese Erscheinung als Expressivität (Grad der Durchschlagskraft). Sie wird an einem Beispiel deutlich: Bei der Lippen-Kiefer-Gaumenspalte findet man alle Übergänge vom extremen

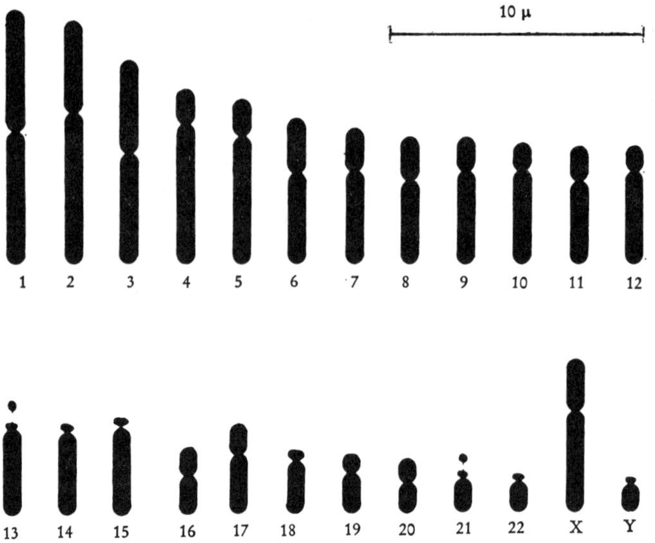

Abb. 4. Schematische Darstellung der menschlichen Chromosomen nach Größe und Form geordnet. (nach CHU und GILES, 1959; aus VOGEL, 1961)

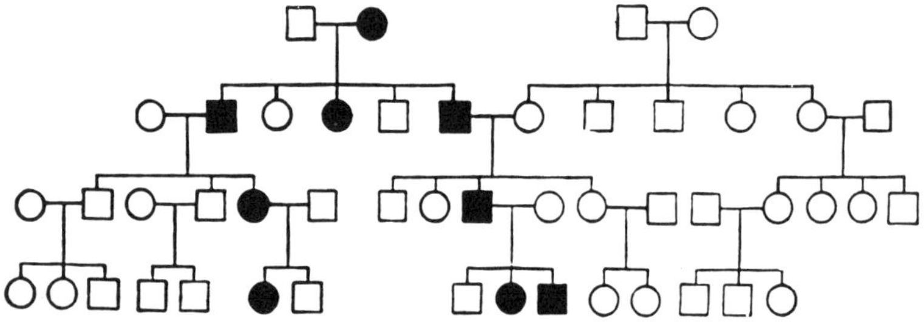

Abb. 5. Die Vererbung der Polydaktylie. (nach SNYDER, 1955)

Wolfsrachen, einer Hemmungsmißbildung der Kiefer und Gaumen, bis zu leichteren Formen der Hasenscharte (Lippenspalte). Allerdings hat sich gerade bei diesem Erbleiden gezeigt, daß auch Umweltfaktoren als Ursache in Frage kommen, und daß mindestens zwei regelmäßig dominante Gene für dieses Krankheitsbild vorhanden sind, die auch unabhängig voneinander zur Auswirkung kommen können. Deutlich wird die unterschiedliche Expressivität vor allem auch an den verschiedenen Arten der erblichen Extremitätenfehlbildungen oder an den verschiedenen Arten von Allergien. Eine Aussage über den Grad der Merkmalsausprägung ist natürlich weitgehend von der

Genauigkeit der Untersuchung abhängig. Es ist durchaus möglich, daß bei einigen Merkmalen eine sehr geringe Expressivität übersehen werden kann und dadurch der Eindruck entsteht, als ob nur unvollständige Penetranz vorliegt. Expressivität und Penetranz können in solchen Fällen ineinander übergehen.

Bei einem autosomal-dominanten Erbgang wird ein Merkmal von den Eltern auf etwa die Hälfte der Kinder übertragen. Bei beiden Geschlechtern tritt eine solche Anlage mit der gleichen Häufigkeit auf und auch an der Weitergabe der Anlage sind Vater und Mutter gleich häufig beteiligt. In der Abbildung 5 haben wir als Beispiel für einen dominanten Erbgang eine Familie ausgewählt, in der Polydaktylie vererbt wird. Alle Individuen, die das Gen von einem Elter oder von beiden Eltern erhalten haben, besitzen überzählige Finger und Zehen. Der Verdacht eines dominanten Merkmals geht bereits daraus hervor, daß in allen vier Generationen Individuen betroffen sind und daß alle Träger des Merkmals mindestens einen Elter haben, der ebenfalls überzählige Finger und Zehen hat.

Wir betrachten jetzt den Stammbaum einer Familie, in der Albinismus auftritt (Abb. 6). In dieser Familie sind mehrmals blutsverwandte Individuen eine Ehe miteinander eingegangen. Sehen wir zunächst von diesen Fällen ab, so finden wir zwei Individuen mit totalem angeborenem Pigmentmangel. Da die Eltern dieser beiden Albinos normal pigmentiert sind, liegt wahrscheinlich ein rezessiver Erbgang vor. Eine eindeutige Entscheidung ist jedoch aus diesen beiden Fällen nicht möglich, da, wie wir gesehen haben,

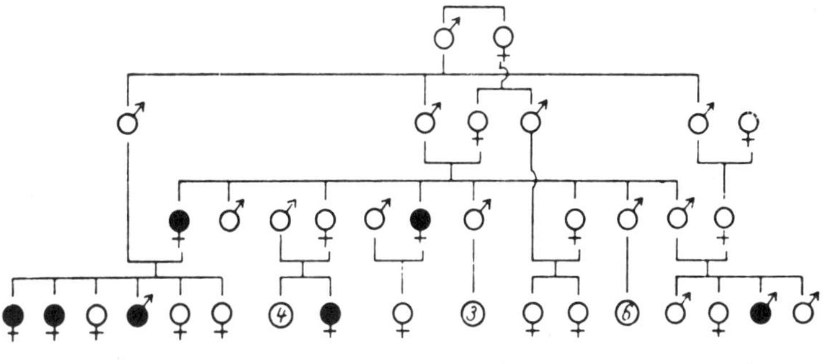

Abb. 6. Die Vererbung des Albinismus. (nach TERTSCH und OREL; aus BAUR-FISCHER-LENZ, 1940)

eine unterschiedliche Manifestation das Ergebnis verfälschen kann. Von der Möglichkeit der Mutation können wir hier wohl absehen, da das Erscheinungsbild zweimal in der näheren Verwandtschaft auftritt. Eine Erklärung des Erbganges geben uns jedoch die Albinos, die aus den beiden Verwandtenehen hervorgegangen sind. Auf der linken Seite des Stammbaums sehen wir eine Ehe zwischen Onkel und Nichte. Von den sechs Kindern dieser Verbindung sind drei Albinos und drei normal pigmentiert. Da die Mutter ebenfalls ein Albino war, muß sie für diese Erbanlage homozygot gewesen sein, und nur dadurch, daß der Vater heterozygot für diese Anlage gewesen sein muß, war es möglich, daß die Hälfte der Kinder der Mutter glichen. Aus der Ehe zwischen Vetter und Base auf der rechten Seite des Stammbaums sind vier Kinder hervorgegangen, ein Kind ist ein Albino. Das ist nur möglich, wenn beide Eltern für dieses rezessive Gen heterozygot gewesen sein müssen. Durch die Verwandtenehe spaltete das rezessive Gen homozygot heraus. Dieses Beispiel zeigt die Bedeutung der Verwandtenehen für die Analyse eines Erbganges beim Menschen, eine Bedeutung auf die wir später noch zurückkommen werden.

Die Unterscheidung in dominante und rezessive Erbfaktoren entspricht nur zum Teil den tatsächlichen Gegebenheiten. Zwischen dem Auftreten nur homozygot sichtbarer rezessiver Erbanlagen und dem sowohl heterozygot als auch homozygot sichtbaren dominanten Erbanlagen gibt es zahlreiche Fälle, bei denen sich ein Merkmal homozygot stärker ausprägt als heterozygot. Dieses intermediäre Verhalten scheint weit häufiger zu sein als die echte Dominanz; es ist nur nicht immer leicht, die manchmal recht geringfügigen Veränderungen bei den Heterozygoten nachzuweisen, auch ist oft der homozygote Zustand noch unbekannt. Einige Erbkrankheiten die hier genannt werden können sind in der Tabelle 2 aufgeführt.

Tab. 2. Intermediäre Dominanz (nach LENZ, 1961; gekürzt)

Anomalie	*Homozygoter Zustand*	*Heterozygoter Zustand*
Brachymesophalangie des Zeigefingers	Fehlen von Fingern und Zehen, Tod mit 1 Jahr	Verkürzung der zweiten Fingerknochen des Zeigefingers
Chondrohypoplasie	Extrem kurze Gliedmaßen, ulnare Abweichungen der Hände, Knie nicht durchstreckbar	Verminderung der Körperhöhe um rund 10 cm, kurze Gliedmaßen, ohne pathol. Bedeutung
Elliptozytose	Schwere hämolytische Anämie Besserung nach Milzexstirpation	Rote Blutkörperchen von elliptischer Form
Pelger-Anomalie	Rundkernige neutrophile Leukozyten mit abnorm grober Kernstruktur	Reifungsstörung der segmentkernigen Leukozyten
Talgzysten der Haut	Talgzysten, Tod im Säuglingsalter	Zahlreiche Talgzysten der Haut

Von praktisch noch größerer Bedeutung ist die Frage wie weit rezessive Anomalien bereits heterozygot Veränderungen hervorrufen. Durch eine verbesserte biochemische Untersuchungstechnik gelingt es heute bei einigen recht schwerwiegenden Stoffwechselleiden eine Teilmanifestation im heterozygoten Zustand nachzuweisen. In der Tabelle 18, die bei Besprechung der Stoffwechselkrankheiten aufgeführt ist, wurde für einige Anomalien der homozygote und heterozygote Zustand gegenübergestellt.

4. Letalfaktoren

Erbanlagen, die vor Erreichen des fortpflanzungsfähigen Alters zum Tod eines Individuums führen, bezeichnet man als Letalfaktoren. Es handelt sich hierbei um mutierte Gene oder um Chromosomenveränderungen (s. Seite 92), die die Entwicklung auf einer bestimmten Stufe unterbrechen. Sie können bereits die Zygote zum Absterben bringen (zygotische Letalfaktoren), während der Embryonalentwicklung sich auswirken (embryonale Letalfaktoren) oder auch erst im Laufe der Jugendentwicklung eingreifen (juvenile Letalfaktoren). Nur sehr selten erreichen Individuen mit einem Letalfaktor, wie aus Tierversuchen bekannt, als „Durchbrenner" das fortpflanzungsfähige Alter. Sterben mindestens 50% der belasteten Genotypen ab, so spricht man von Semiletalfaktoren, erreichen über 50% das fortpflanzungsfähige Alter, von Subvitalfaktoren. Beim Menschen kann man Letalfaktoren nur sehr schwer erkennen und genetisch analysieren. Sterben Embryonen bzw. Feten vor der Geburt oder Säuglinge nach der Geburt bzw. Kinder und Jugendliche,

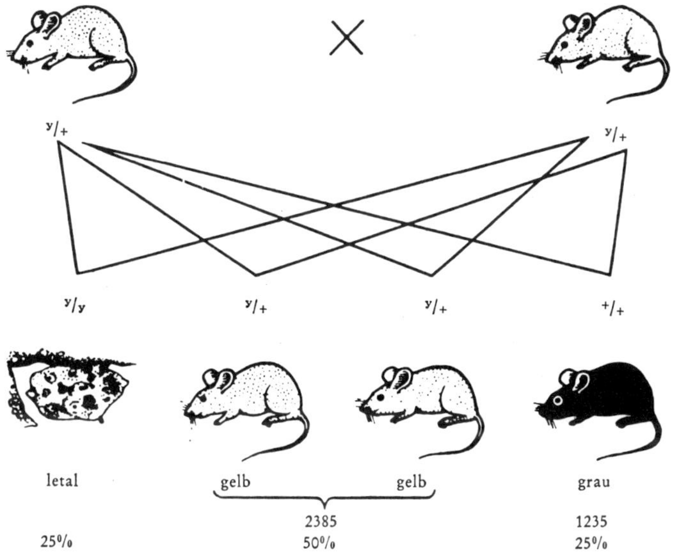

Abb. 7. Erbgang und Mendelspaltung für den Letalfaktor der gelben Maus. Letalfaktor Symbol y. (Zahlen nach GRÜNEBERG, 1952; letaler Embryo nach ROBERTSON, 1942; aus v. VERSCHUER, 1959)

so kann die Ursache hierfür erblich sein und möglicherweise auf Letalfaktoren beruhen oder muß den Umweltfaktoren zugeschrieben werden. Den ersten embryonalen Letalfaktor bei Säugetieren entdeckte L. CUENOT 1905 bei der Maus. Unter den Nachkommen aus der Kreuzung von Tieren mit gelber Fellfarbe fanden sich neben den erwarteten gelben Tieren auch solche mit grauer Fellfarbe und zwar in einem von den Mendelschen Gesetzen abweichenden Zahlenverhältnis. Eine Reinzüchtung dieser Mutante ist nicht möglich, die gelben Mäuse müssen demnach heterozygot sein. Homozygot gelbe Mäuse treten nicht auf. Sie gehen, wie sich später durch entsprechende Untersuchungen zeigen ließ, bereits in einem frühen Entwicklungsstadium zugrunde (Abb. 7).

Rezessive Letalfaktoren lassen sich nur dann leichter nachweisen, wenn diese Erbanlagen sich heterozygot durch einen bestimmten Phänotyp, wie hier z. B. die gelbe Fellfärbung, zu erkennen geben. Leichter dagegen ist der Nachweis geschlechtsgebundener Letalmutationen, da hier das Geschlechtsverhältnis merklich beinflußt wird. Bei der geschlechtsgebundenen Vererbung (s. S. 51) wird eine auf einem X-Chromosom der Mutter lokalisierte rezessive Erbanlage auf 50% der männlichen Nachkommen übertragen. Folglich bekommt die Hälfte der männlichen Keime einen solchen Letalfaktor von ihrer Mutter und sind nicht lebensfähig, da sie durch das Fehlen des zweiten X-Chromosoms kein gesundes Allel haben. Letalfaktoren können sicher auch dominant sein und auf den Autosomen oder Gonosomen liegen. Bei 100%iger Penetranz würde ein betroffenes Individuum absterben und eine Vererbung nicht möglich sein.

Etwas übersichtlicher sind die Verhältnisse bei den postembryonalen und juvenilen Letal-, Semiletal- und Subvitalfaktoren. Sie sind meist an bestimmte Krankheitsbilder gebunden und werden daher sichtbar. Sie treten gehäuft in bestimmten Familien auf und sind daher wohl meist erblich. Es gehören hierher sehr schwere Erbkrankheiten von denen wir nur einige anführen können; bei der Besprechung der Vererbung dieser Leiden werden wir noch weitere nennen müssen. Einfach rezessiv vererbt wird die infantile amaurotische Idiotie (Typ Tay-Sachs). Bei dieser Erbkrankheit werden vorwiegend in den Gehirnzellen Ganglioside (chemische Substanzen aus der Gruppe der Sphingolipoide) gespeichert. Es kommt dadurch zu einem Nachlassen der geistigen Tätigkeit und einer fortschreitenden Erblindung. Durch einen eintretenden Muskelschwund nimmt die Beweglichkeit des Kopfes und der Extremitäten ab. Die betroffenen Kinder sterben meist vor dem 3. Lebensjahr. Eine andere Form der juvenilen amaurotischen Idiotie tritt etwa im 6. Lebensjahr auf und führt unter fast gleichen Symptomen mit etwa 16 Jahren zum Tod. Zu den postembryonalen Letalfaktoren kann man auch die cystische Pankreasfibrose rechnen. Es kommt bei dieser Krankheit zu einer Schwächung der Bauchspeicheldrüse, manchmal auch der Leber und des Darms. Auch alle anderen Drüsen mit äußerer Sekretion können betroffen sein. Dieses wahrscheinlich rezessive Erbleiden tritt etwa im 10. Lebensmonat auf und führt innerhalb von 10 Jahren meist zum Tod. Bei der Ichthyosis congenita gibt es drei Formen mit unterschiedlicher Verhornung der Haut (Fischschuppenkrankheit). Der Erbgang ist wahrscheinlich pleiotrop, auch scheint es rezessive und dominante Formen zu geben. Die Ichthyosis congenita gravis führt meist in wenigen Stunden oder Tagen zum Tod, wirkt also letal, während Inividuen mit der Form larvata (geringere Verhornung) gelegentlich überleben, so daß wir hier von einem Subvitalfaktor sprechen können. Die Ichthyosis congenita tarda verläuft wie auch die anderen Fischschuppenkrankheiten nicht so schwer, so daß die Betroffenen das fortpflanzungsfähige Alter erreichen.

III. Methoden der Humangenetik

1. Familienforschung

Die Methode, mit der Johann Gregor MENDEL vor über 110 Jahren die nach ihm benannten Gesetze der Vererbung aufdeckte, war das Kreuzungsexperiment. Die auf Versuche gegründeten Erkenntnisse fehlen in der Humangenetik. Da jedoch die Vererbungsgesetze für alle Organismen gültig sind und man oft gleiche Merkmale bei Säugetieren wiederfindet, können Modellversuche am Tier auch für die Analyse menschlicher Erbgänge vergleichend herangezogen werden. Als GALTON im gleichen Jahr wie MENDEL seine ersten Beobachtungen über die Vererbung von körperlichen und psychischen Merkmalen beim Menschen veröffentlichte, war er auf Untersuchungen einzelner Familien angewiesen. Die Familienforschung bildet den Ausgang jeglicher menschlicher Erbforschung. Da jedoch einzelne Familien meist zu klein sind, um zur Prüfung von Mendelzahlen ein statistisch ausreichendes Material zu geben, müssen oft Nachkommen aus einer größeren Anzahl von Familien zusammengefaßt werden. Hieraus ergeben sich eine Reihe von Problemen, auf die wir noch zurückkommen müssen. Eine weitere Schwierigkeit beim Menschen ist der große Generationsabstand von durchschnittlich 30 Jahren; eine schlüssige Aussage ist aber nur dann möglich, wenn mindestens drei Generationen übersehen werden können.

Während in der allgemeinen Genetik durch planmäßige Kreuzung erbbiologische Probleme einer Klärung näher gebracht werden können, muß der Humangenetiker Familien suchen, die eine Aussage über die noch offenstehenden Fragen gestatten. Bis zu einem gewissen Grad kommt ihm hier als „Naturexperiment“ die Rassenmischung entgegen. Am Anfang der humangenetischen Forschung stehen daher eine Reihe von Untersuchungen, die an Rassenmischlingen durchgeführt wurden, so z. B. die Arbeiten von EUGEN FISCHER an den Rehobother Bastards, den Nachkommen von Holländern und Hottentotten in Südwestafrika, die Beobachtungen von RODENWALDT an den Mestizen von Kisar, die Messungen BOAS an den Halbblutindianern, die Arbeiten von GOLDSCHMIDT über die Bewohner der japanischen Bonin-Inseln oder die Untersuchungen von DAVENPORT an Mulatten auf Jamaika — um nur die wichtigsten zu nennen. Während die Vererbung bestimmter Krankheiten in einzelnen Familien noch am leichtesten zu analysieren ist, galten die hier aufgeführten Untersuchungen an Rassenmischlingen vor allem der Frage nach der Vererbung „normaler“ Merkmale. Die Probleme, die sich aus der Rassenmischung beim Menschen ergeben, sind so vielschichtig und so unterschiedlich interpretiert worden, daß wir noch an anderer Stelle darauf zurückkommen müssen, da diese Fragen außerhalb der hier zur Diskussion stehenden Familienforschung liegen.

Treten in einer Familie bestimmte Krankheitsbilder auf, so gilt es zunächst, ihre Erblichkeit nachzuweisen. Diese läßt sich dann vermuten, wenn mehrere Angehörige dieser Familie das gleiche Krankheitsbild aufweisen. Es sind daher in dem Familienverband die betroffenen Individuen einer gründlichen Untersuchung zu unterziehen. Das ist nicht immer möglich, und so konnten „Stammbäume" in die Literatur eingehen, die zu falschen Interpretationen führen mußten. Erschwert wird die Untersuchung durch die ebenfalls schon erwähnte Erscheinung der Expressivität und Penetranz. Ist sichergestellt, daß das betreffende Krankheitsbild vererbt wird, so ist mit dominanter Vererbung zu rechnen, wenn das betreffende Merkmal über mehrere Generationen in direkter Folge auftritt. Für eine rezessive Erbanlage trifft das wohl nie zu, da hier immer zwei rezessive Anlagen homozygot zusammentreffen müssen, um im Erscheinungsbild sichtbar zu werden. Die Mehrzahl der bekannten Erbmerkmale vererben sich dominant. Ein Vergleich mit den Ergebnissen aus dem Tier- und Pflanzenreich zeigt, daß es jedoch weit mehr rezessive Anlagen gibt. Auch beim Menschen müssen wir mit einem Überwiegen von rezessiven Erbanlagen rechnen, nur werden aus den hier gezeigten Gründen mehr dominante erfaßt.

Die Menschen der einzelnen Völker rücken näher aneinander. Durch den vergrößerten Heiratsradius läßt zunächst das Herausspalten rezessiver Anlagen nach. Deshalb ist die Inzucht für das Auffinden rezessiver Merkmale von besonderer Bedeutung.

Die Wahrscheinlichkeit, daß eine rezessive Erbanlage bei beiden Eltern heterozygot auftritt, ist bei nahe verwandten Individuen größer als bei nichtverwandten. Für die Humangenetiker und Anthropologen sind daher Gebiete, wo gehäuft Inzucht auftritt, wie etwa in geographischen und sozialen Isolaten, von großem Interesse. Viele Merkmale und Krankheiten hat man gerade in solchen Bevölkerungsisolaten aufdecken und ihre Erblichkeit nachweisen können.

Zur Erforschung bestimmter Erberscheinungen werden sehr oft mehrere Familien zusammengefaßt, in denen das betreffende Merkmal aufgetreten ist. Das setzt voraus, daß das Untersuchungsgut homogen ist und nicht, wie beim Menschen meist der Fall, heterogene Zusammensetzung aufweist. Es ist nicht immer leicht, die in eine Untersuchung eingeschalteten Individuen auf ihre genetischen Grundlagen zu untersuchen. Fassen wir alle Individuen mit einem bestimmten Krankheitsbild zusammen, so haben wir meist ein heterogenes Material vor uns, da diese Krankheit verschiedenen Erbgängen folgen kann oder auch nichterbliche Formen in die Untersuchung mit eingehen können. Auch wenn unter mehreren Geschwistern ein bestimmtes Merkmal wiederholt auftritt, berechtigt das noch nicht zu der Annahme, daß hier eine Erblichkeit vorliegt, da auch Umweltfaktoren als Ursache in Frage kommen. Hier hilft uns ein Blick auf die Reihenfolge der Kinder weiter. Bei einer rezessiven Erbanlage ist das Auftreten der befallenen Kinder zufällig. Sind jedoch Umweltfaktoren beteiligt, so lassen sich meist bestimmte Gesetzmäßigkeiten erkennen. Wir werden später noch kennenlernen, daß zum Beispiel das durch Chromosomenstörungen entstandene Down-Syndrom (Mongoloidismus oder 21-Trisomie) vom Alter der Mutter abhängig ist.

2. Populationsgenetik

Die Familienuntersuchungen sagen etwas über die Erblichkeit einzelner Merkmale aus, dagegen nichts über die Häufigkeit der betreffenden Merkmale in der Bevölkerung. Die Individualstatistik bedarf noch einer Ergänzung durch die Massenstatistik. Mit der Häufigkeit und Verbreitung sowie den auf sie einwirkenden Kräften und deren Folgen befaßt sich die Populationsgenetik. Als Population versteht man in der Genetik (nach JOHANNSEN, 1903) eine Gruppe von erbverschiedenen Individuen, die sich untereinander fortpflanzen und meist in einem bestimmten geographischen Raum leben. Je nach Umfang kann man zwischen Kleinpopulationen und Großpopulationen unterscheiden. Wenn man die Art als die umfangreichste Großpopulation charakterisiert, so können wir die gesamte Menschheit als eine Großpopulation bezeichnen, die aus Kleinpopulationen der verschiedensten Größe besteht. Eine statistische Deutung der genetischen Struktur der Bevölkerung versuchten bereits 1908 der Mathematiker G. H. HARDY und etwa zur gleichen Zeit W. WEINBERG. Das HARDY-WEINBERGSCHE Gesetz bildet heute die Grundlage der Populationsgenetik. Zu seinem Verständnis müssen wir von einer idealen Population ausgehen; einer praktisch unendlich großen Bevölkerungszahl, in der sich die Individuen wahllos vermischen (Panmixie). Wir müssen weiter annehmen, daß keine Mutationen auftreten, und daß alle Individuen einer ebenfalls konstanten Umwelt gleich gut angepaßt sind; das heißt, es darf keine Selektion wirksam sein. Wären alle diese Bedingungen erfüllt, so würde sich, wie HARDY und WEINBERG zeigen konnten, ein genetisches Gleichgewicht einstellen, und dieses Gleichgewicht würde in allen folgenden Generationen stets gleichbleiben. In der Statistik wird diese gegenseitige Unbeeinflußbarkeit der Individuen der Population als „random mating“ bezeichnet. Das Gleichgewicht, welches sich einstellt, ist unabhängig von der Häufigkeit, mit der zwei Allele zunächst vorhanden waren. Auch die dominanten Merkmale nehmen in einer idealen Population nicht zu, wie das zunächst meist irrtümlich angenommen wird. Tritt ein dominantes (oder alleles) Gen, welches wir A nennen wollen, mit der Häufigkeit p und ein rezessives Gen a (oder ein anderes Allel A′) mit der Häufigkeit q auf, so beträgt die Zahl der Homozygoten (AA und aa) p^2 und q^2 und die Zahl der Heterozygoten (Aa) $2pq$. Oder anders ausgedrückt $(p+q)^2 = p^2 + 2pq + q^2$. Das entspricht der Mendelschen Kombination in der F_2-Generation. Da die Zahl der Homozygoten konstant bleibt, wäre bei einer idealen Population keine Evolution möglich. Aus der Kenntnis der Genhäufigkeit läßt sich nun leicht die Zahl der homozygoten und heterozygoten Individuen errechnen. Verhält sich etwa die Genhäufigkeit A : a wie 7 : 3, so kommen auf 49 für A homozygote Individuen (AA) 42 heterozygote (Aa) und 9 für a homozygote (aa). Ist das Verhältnis 9 : 1 — um noch ein Beispiel zu nennen — so sind nur noch 1% der Individuen für a homozygot (aa), und nur noch 18% sind heterozygot. Bei seltenen rezessiven Erbkrankheiten treten demnach noch relativ viel heterozygote Träger auf. Nehmen wir als Beispiel die rezessiv erbliche Phenylketonurie, die nur einmal unter 10 000 Individuen auftritt ($q^2 = 0{,}0001$), so kann man nach dem HARDY-WEINBERGSCHEN Gesetz errechnen, daß die Häufigkeit der Heterozygoten fast 2% beträgt ($2\,pq = 0{,}0198$). Auf einen homozygoten Träger dieser Erbanlage kommen etwa 200 heterozygote Individuen.

Bei rezessiven Erbleiden ist die Häufigkeit der Erbanlagen zunächst unbekannt. Man kann jedoch die Anzahl der betroffenen Individuen erfassen und daraus die Genfrequenz und die Anzahl der Heterozygoten leicht berechnen. Besitzen z. B. in einer idealen Population 80% der Menschen die dominante Erbanlage A, so tritt das Gen a in dieser Population mit einer Häufigkeit von 44% und das Gen A mit einer Häufigkeit von 56% auf. Von den 80% sind 32,4% homozygot und 47,6% heterozygot. Die HARDY-WEINBERG-Formel für dieses Beispiel lautet: $(0{,}8\,A + 0{,}2\,a)^2 = 0{,}64\,AA + 0{,}32\,Aa + 0{,}04\,aa$. Auch in den folgenden Generationen ändert sich dieses Gleichgewicht nicht, vorausgesetzt alle Paarungen sind rein zufällig (Panmixie) und es tritt keine Selektion und keine Mutation auf.

Ideale menschliche Populationen gibt es nicht. In jeder tritt eine positive und gelegentlich auch negative Paarungssiebung auf („positive and negative assortative mating“). Man versteht darunter einen siebenden Sozial- d. h. Umweltfaktor, der von den Ehepartnern ausgeht. Eine Gattenwahl erfolgt nicht zufällig. „Intelligente“ Frauen z. B. werden wohl meist nach einem „intelligenten“ Mann Umschau halten; große Menschen heiraten häufiger ebenfalls große Partner, wie auch umgekehrt kleine Männer häufiger kleine Frauen ehelichen. Natürlich verbinden sich auch Menschen recht unterschiedlichen Charakters miteinander. Weichen beide Partner in gleicher Richtung vom Durchschnitt der Bevölkerung ab, so spricht man von Homogamie (positive Korrelation); weichen sie in entgegengesetzter Richtung ab, von Heterogamie (negative Korrelation). Eine Paarungssiebung findet nicht bei allen Genotypen statt; eine Blutgruppe z. B. hat kaum einen Einfluß auf die Partnerwahl. Eine Paarungssiebung findet sich auch in den Gesellschaftsschichten, in denen eine Heiratsgemeinschaft (Connubium) besteht, wie etwa bei Bevölkerungsgruppen, bei denen Überschichtungen verschiedener Rassen auftreten, Kasten oder Klassen sich herausgebildet haben oder Gesellschaftsschichten (z. B. Adel) eine Vermischung mit dem „Volk“ vermeiden. Durch Heiratsverbote oder zumindest Heiratserschwerungen kann eine Paarungssiebung entstehen. Nicht alle Mitglieder einer Population sind der Umwelt gleichermaßen angepaßt. Es wird wohl immer so sein, daß bestimmte Genotypen einen Selektionsvorteil, andere einen Selektionsnachteil haben. Als Folge dieser Selektion verschiebt sich das genetische Gleichgewicht. Die Mutationen verstärken diesen Vorgang. Schließlich müssen wir auch dem Zufall noch einen Einfluß auf eine Population einräumen. Es bilden sich innerhalb der menschlichen Population kleinere oder größere Isolate, z. B. auf Inseln, innerhalb derer die meisten Eheschließungen auftreten und nur selten ein Partner „nach außen“ heiratet. Neben den geographischen

Gegebenheiten bilden auch Sprache, Kultur und Religion Heiratsgrenzen.

Durch mehr oder weniger feste Siebungssperren entstehen Sozialschichten. Populationsgenetisch bedeutet das, daß Unterschiede im Erbgut zwischen diesen Gruppen auftreten und daß innerhalb dieser Sozialgruppen die Isolation wirksam wird. Auch wenn sich die Heiratsschranken lockern oder verschwinden, so bleiben doch immer noch soziale Schichten erhalten, innerhalb deren im allgemeinen eine Ehe eingegangen wird.

Bestimmte Krankheiten und Mißbildungen treten unter den Nachkommen blutsverwandter Eltern häufiger auf als unter Nachkommen nicht blustverwandter Eltern. Diese Beobachtung ist der Hauptgrund für die immer wieder aufgestellte Behauptung, eine Ehe zwischen Blutsverwandten sei schädlich. Sie ist heute unter sehr nahen Blutsverwandten in fast allen Ländern verboten, obwohl es genügend Beispiele aus der Geschichte der Menschheit gibt, wo diese in der Biologie als Inzest bezeichneten Verwandtenehen die Regel waren, ohne daß sie sich schädlich auswirkten. Beispiele sind die Bruder-Schwester-Ehen bei den Pharaonen, Ptolomäern und Inkas. Aber auch bei vielen Volksstämmen Kleinasiens (Araber, Perser, Lykier, Hethiter), den malaischen Inseln und Afrikas fanden sich häufig nahe Verwandtenehen. Bereits die Überlegung, daß die Zahl der Menschen auf der Erde anwächst und andererseits die Zahl der Vorfahren jedes einzelnen jedoch mit geometrischer Folge zunimmt (jeder Mensch hat 2^n Vorfahren, wobei n die Zahl der Generationen angibt), macht deutlich, daß sehr viele Menschen gemeinsame Vorfahren haben müssen und der „Ahnenverlust" nur durch Inzucht im weitesten Sinn erklärt werden kann. Hierfür ein Beispiel: Vor etwa 300 Jahren hatte jeder von uns — bei 3 bis 4 Generationen pro Jahrhundert — etwa 2^{12} Ahnen, d. h. 4096 Vorfahren. Nimmt man an, daß im Durchschnitt jede Familie 4 Kinder hat und diese gemeinsame Vorfahren haben, so müßten die heute auf der Welt lebenden etwa 3 Milliarden Menschen vor 300 Jahren etwa 3,072 Billionen Vorfahren gehabt haben. Zur damaligen Zeit lebten aber nach einer Schätzung nur etwa 400—500 Millionen Menschen auf der Erde. Die Zahlen steigen noch beträchtlich an, wenn wir noch weiter in die Zeitrechnung zurückgehen und berechnen, daß vor 1000 Jahren bereits 2^{60} bis 2^{75} Vorfahren auf jeden einzelnen heute lebenden Menschen entfallen.

Wenn eine Erbkrankheit außerordentlich selten in einer Population vorkommt oder eine rezessive Mutante überhaupt nur bei einem Individuum auftritt, dann sind die Verwandtenehen für die populationsgenetische Forschung von großem Interesse. Nach einer Schätzung sind etwa 15—25% der Träger von rezessiven Erbkrankheiten Nachkommen aus Verwandtenehen (z. B.: 17% der Albinos und 15% der Kinder mit amaurotischer Idiotie haben Eltern, die Vettern und Basen sind). Rezessive Merkmale können in jeder Familie vorkommen, ohne daß diese bereits in der Verwandtschaft schon einmal aufgetreten sind. Das Risiko für die Kinder aus einer Ehe zwischen Vetter und Base kann man wie folgt berechnen: Die Wahrscheinlichkeit für eine rezessive Erbanlage homozygot herauszuspalten, beträgt für jedes Kind aus einer Vetternehe I. Grades $^1/_{16}$. Für die restlichen $^{15}/_{16}$ ist diese Chance ebenso groß wie für alle Kinder dieser Population. Bezeichnen wir mit p die Genhäufigkeit für die untersuchte Erbanlage, so beträgt das Risiko für diese Kinder, das eine rezessive Erbanlage homozygot herausspaltet,

$$W = \frac{1}{16p} + \frac{15}{16} p^2 .$$

Tritt eine rezessive Anale mit einer Häufigkeit von 1 : 10 000 auf, wie wir das z. B. für die Phenylketonurie bereits kennengelernt haben, so beträgt die Genhäufigkeit $p = 0{,}01$ und wir erhalten

$$W = \frac{1}{16} \cdot 0{,}01 + \frac{15}{16} \cdot 0{,}000719 .$$

Die Kinder aus dieser Ehe sind also siebenmal so gefährdet wie die Kinder nichtblutsverwandter Eltern.

Verallgemeinert ausgedrückt, beträgt die Häufigkeit W der Homozygoten unter den Nachkommen aus Verwandtenehen

$$W = Fp + (1 - F)\, p^2 .$$

F ist hier der sogenannte Inzuchtkoeffizient. Er läßt sich leicht berechnen und beträgt z. B. für die Ehe zwischen Onkel und Nichte bzw. Tante und Neffe $^1/_8$, zwischen Vettern I. Grades $^1/_{16}$, zwischen Halbvettern $^1/_{32}$ und zwischen Vettern II. Grades $^1/_{64}$.

Beobachtungen über mehrere Inzuchtgenerationen liegen beim Menschen aus erklärlichen Gründen nicht vor, und Ehen zwischen sehr nahen Verwandten treten heute nicht mehr auf. Im Modellversuch beim Tier kennt man jedoch zahlreiche Beispiele, daß Inzucht und sogar Inzestzucht völlig unschädlich sein kann. Bei Mäusen kennt man Stämme, die über 100 Generationen lang ausschließlich durch Bruder-Schwester-Paarung fortgepflanzt wurden und keine nachteiligen Folgen aufwiesen. In den wissenschaftlichen Forschungsinstituten und Laboratorien der pharmazeutischen Industrie verwendet man vorwiegend solche Inzuchtstämme, da sie annähernd gleiches Erbgut haben und ihre Reaktionen auf Medikamente und dergleichen leichter vergleichbar sind.

Die Bedeutung der Inzucht für größere Populationen ist gering. Zunächst findet sich beim Menschen nähere Blutsverwandtschaft unter den Ehepartnern nur bei etwa 0,5% der Bevölkerung. Aber auch wenn alle Menschen eine Vetternehe eingingen, nähmen die homozygoten Träger einer rezessiven Erbanlage nur sehr langsam zu; eine völlige Erbreinheit würde erst nach sehr vielen Generationen erreicht. Nehmen wir als Beispiel an, daß bei wahlloser Vermischung 25% der Individuen eine rezessive Erbanlage besitzen, so würde, wenn alle Menschen eine Vetternehe eingingen, diese Zahl nur auf 26,6% ansteigen.

In jeder Population ist eine natürliche Auslese oder Selektion wirksam. Gemeinsam mit der schon erwähnten Isolation und den an anderer Stelle zu besprechenden Erbänderungen oder Mutationen sind sie die Voraussetzungen jeglicher Evolution. Selektion und Isolation bilden die Grundlage der Evolutionstheorie von CHARLES DARWIN. Eine mathematische Erklärung der Selektionswirkung verdanken wir vor allem den Arbeiten von R. A. FISHER, J. B. S. HALDANE und S. WRIGHT. Auf die statistische Beweisführung der Wirkung der Selektion auf dominante und rezessive Merkmale können wir hier verzichten. Nur an zwei Beispielen wollen wir aufzeigen, wie bedeutungsvoll die Selektion auf eine menschliche Population sein kann. Die Sichelzellenanämie ist ein Beispiel dafür, wie ein dominantes Gen, welches homozygot eine schwere Anämie auslöst, die in früher Kindheit nicht selten zum Tod führt, heterozygot einen Selektionsvorteil haben kann.

Man beobachtete zunächst, daß diese Erbanlage in der Weltbevölkerung ungleich verteilt ist, und daß vorwiegend Neger betroffen sind. Das kann kein Zufall sein, zumal eine höhere Mutationsrate bei afrikanischen und amerikanischen Negern sehr unwahrscheinlich ist. Den heterozygoten Trägern des Sichelzellen-Gens muß daher ein höherer Selektionswert zukommen. L. PAULING konnte zeigen, daß bei der Sichelzellenanämie nur eine Aminosäure im Hämoglobin ausgetauscht ist. Während das normale Hämoglobin in der Position 6 der β-Kette Glutaminsäure enthält, findet sich beim Sichelzellen-Hämoglobin S an dieser Stelle das Valin (und beim Hämoglobin C das Lysin). Diese „molekulare Krankheit" (nach PAULING) tritt in Gebieten mit endemischer Malaria gehäuft auf, so daß hier ein Zusammenhang bestehen muß. Individuen, die für das Sichelzellen-Gen heterozygot sind — das kann man daran erkennen, daß die roten Blutkörperchen unter bestimmten Bedingungen und unter Luftabschluß sichelförmige Gestalt annehmen — werden von der Malaria weniger schwer befallen als die, die diese Erbanlage nicht haben. Durch ihre weitgehende Malariaresistenz haben die Heterozygoten einen Selektionsvorteil; sie werden von einer positiven Auslese erfaßt, und die Häufigkeit des Sichelzellen-Gens nimmt daher zu. Erst wenn durch hygienische Maßnahmen oder durch die Erfolge der Pharmazie die Malaria zurückgeht, schlägt der Vorteil dieser Erbanlage in einen Nachteil um, und die Häufigkeit des Sichelzellen-Gens muß abnehmen.

Einen Selektionsnachteil der Heterozygoten findet man bei einer Unverträglichkeit mütterlicher und kindlicher Erbanlagen. Eine solche Geninkompatibilität kann im Rhesus-System auftreten. Von praktischer Bedeutung ist das Antigen-D. Ist die Mutter Rhesus-negativ (dd) und der Vater Rhesus-positiv (D), so besteht bei den heterozygoten Embryonen (Dd) die Gefahr einer schweren, oft tödlichen Schädigung durch die von der Mutter gebildeten Antikörper. Sind beide Eltern Rh-positiv oder Rh-negativ, so tritt bei den jetzt für D oder d homozygoten Kindern eine fetale Erythroblastose nicht auf. Durch die natürliche Auslese müßte eine Bevölkerung entweder Rhesus-positiv oder Rhesus-negativ werden, da weder die Erbanlage D (Bildung von Antigen-D) noch das Allel d (keine Bildung von Antigen-D) für die Träger schädlich sind. Wenn bei uns beide Genotypen vorkommen, so beruht das wohl vorwiegend darauf, daß sich hier verschiedene Bevölkerungsgruppen mit unterschiedlicher Häufigkeit beider Erbanlagen vermischt haben, und daß die Unverträglichkeit der Erbanlagen zwischen Mutter und Kind noch durch andere Selektionsmechanismen überdeckt werden.

Alle Berechnungen über die Häufigkeit von Erbanlagen ergeben immer nur Grenzwerte. Sie gehen von Voraussetzungen aus, die deterministisch sind. In realen Populationen greifen nun aber noch Faktoren in die Häufigkeit der Gene ein, die mathematisch nicht voraus berechenbar sind. Hierfür ist die Gendrift verantwortlich. Vor allem in kleineren Populationen kann die Gendriftwirkung sich evolutionistisch auswirken, wenn ohne die Einwirkung der Selektion Erbanlagen verlorengehen, ihre Zahl sich verringert oder auch anreichert. Umgekehrt kann die Populationsgröße Schwankungen unterworfen sein (Populationswellen), was für die Wirkung des Zufalls wichtig ist. Wenn durch Aufhebung bestimmter Isolationsschranken Populationen sich mischen, kann es durch einen ebenfalls oft zufälligen Genfluß (Migration) zum Eindringen von Genen in die nunmehr neue Population kommen. Nun kann die Selektion wirksam werden und sich ein neuer Genpool (Gesamtallelbesitz) einstellen.

3. Zwillingsforschung

Eine wichtige Methode der Humangenetik ist die Zwillingsforschung. Während durch die Familienforschung und die Populationsuntersuchungen (Massenstatistik) die Vererbung gesunder und krankhafter Anlagen untersucht und ihre Häufigkeit aufgezeigt werden können, ermöglicht die Zwillingsforschung darüber hinaus auch Rückschlüsse auf die Bedeutung genetischer und peristatischer Faktoren für die Ausbildung bestimmter Phänotypen. Es gibt bekanntlich zwei Arten von Zwillingen: die aus einem Ei entstehenden eineiigen Zwillinge (EZ) und die aus zwei Eiern entstehenden Zwillinge (ZZ). Eineiige Zwillinge müssen danach gleiches Geschlecht haben; während zweieiige Zwillinge gleichgeschlechtig oder verschiedengeschlechtig sein können (Pärchenzwillinge). Es ist nicht immer leicht, bei einer Gleichgeschlechtigkeit von Zwillingen ihre Entstehung aus einer oder zwei Zygoten zu erkennen. Die Zwillingsdiagnose ist jedoch Voraussetzung jeglicher Zwillingsuntersuchungen. Früher nahm man an, daß eineiige Zwillinge eine gemeinsame Embryonalhülle haben, zweieiige dagegen deren zwei; heute weiß man, daß die Hüllen, Amnion und Chorion, bei beiden Zwillingspaaren getrennt auftreten können. Zwillingsdiagnosen sind jedoch möglich durch umfassende Ähnlichkeitsvergleiche; dabei werden u. a. Haarform und Haardichte, Länge, Dichte und Farbe der Augenbrauen sowie deren Abstand, weiterhin die Augenfarbe, Weite, Form und Achse der Lidspalte und die Verteilung der Pigmente in der Iris, verschiedene Schädelmaße, Merkmale der Haut wie Sommersprossen und Papillarleisten der Finger und Hände, ferner das Behaarungsmuster im Gesicht, an Hals und Händen, wie auch die Form der Hände und Finger, der Nase, der Ohren und des Kinns genau verglichen. Auch Hauttransplantationen, die nur bei EZ auf die Dauer erfolgreich sind, können für die Eineiigkeitsdiagnose herangezogen werden.

Die Häufigkeit von Zwillingsgeburten schwankt in den einzelnen Ländern. In Europa nimmt die Zahl von Norden nach Süden ab. Noch seltener sind Zwillinge in den ostasiatischen Ländern. In der Tabelle 3 ist die Häufig-

Tab. 3. Häufigkeit der Mehrlingsgeburten (nach VOGEL, 1961; gekürzt)

Land	*Mehrlingsgeburten in ‰*	*Verhältnis der Einzelgeburten zu den Mehrlingsgeburten*
Bulgarien (1926—1935)	11,7	84,7
Deutschland (1926—1935)	12,1	81,6
Frankreich (1926—1935)	10,7	91,8
Italien (1926—1935)	12,9	76,7
Schweden (1926—1935)	14,2	69,0
Spanien (1926—1934)	8,9	111,0
USA (1929—1935)	11,7	84,0
Kanada (1945—1948)	11,1	89,0
Chile (1926—1935)	19,0	51,0
Uruguay (1926—1934)	10,0	101,8
Venezuela (1927—1929)	3,4	294,0
Japan (1929—1935)	3,6	276,0
Australien (1926—1935)	10,6	92,0

keit von Mehrlingsgeburten in einigen Länder aufgeführt. In der Bundesrepublik ist etwa jede 85. bis 86. Geburt eine Zwillingsgeburt; das sind ungefähr 1,2% aller Geburten. Von den ca. 11 000 Zwillingsgeburten im Jahr sind durchschnittlich 25% eineiig. Rund 82mal werden in Westdeutschland im Jahr Drillinge geboren, das entspricht etwa einer Drillingsgeburt unter 9 500 Einzelgeburten. Die Statistik sagt aus, daß Vierlinge einmal unter 1 100 000 Geburten zu erwarten sind und Fünflinge erst einmal unter 52 Millionen. Über die Zahl der Zwillingsgeburten gibt es keine allgemeingültige Gesetzmäßigkeit. Die Hellinsche Regel, die etwas über die Häufigkeit von Mehrlingsgeburten auszusagen versucht, kann daher nur eine grobe Schätzung sein: Ist a die Zahl der Zwillingsgeburten, und somit 1 : a das Verhältnis der Einlinge zu den Zwillingen, so verhalten sich nach dieser Regel die Einlinge zu den Drillingen wie $1 : a^2$, die Einlinge zu den Vierlingen wie $1 : a^3$ und so fort.

Da wir über die Entstehung der Mehrlingsgeburten noch unzureichende Kenntnisse besitzen, müssen wir zum Verständnis die Ergebnisse der experimentellen Entwicklungsphysiologie vergleichend heranziehen. Durch Schnürungsversuche (Keimzerteilung) kann man im Tierexperiment zeigen, daß bei einer Reihe von Lebewesen — zu denen auch der Mensch gerechnet werden muß — die Determination erst im Laufe der Frühentwicklung einsetzt. Bei diesen Lebewesen mit sogenannten Regulationseiern entstehen bei Durchschnürungen monozygote, also identische Zwillinge. Die Teilung des Keimes kann in verschiedenen sehr frühen Entwicklungsstadien erfolgen. Es können daher die eineiigen Zwillinge eine gemeinsame Placenta, Chorion und Amnion haben, oder es besitzt wie auch bei zweieiigen Zwillingen jeder Partner sein eigenes Amnion. Untersuchungen in aller Welt haben gezeigt, daß wohl die Zahl der ZZ schwankt, daß aber die prozentuale Häufigkeit der EZ annähernd gleich ist. Anders als bei den ZZ ist auch das Auftreten von EZ vom Alter der Mutter unabhängig. Bei zweieiigen Zwillingen dagegen nimmt die Zahl der Zwillingsgeburten mit dem Lebensalter der Mutter zu. Die größte Wahrscheinlichkeit, Zwillinge zur Welt zu bringen, liegt bei einem Alter der Mutter von 37 Jahren; bis dahin nimmt die Häufigkeit zu und später wieder ab. Bei einer 37jährigen Frau ist die Wahrscheinlichkeit ZZ zu bekommen, etwa dreimal so groß wie bei einer 18jährigen Frau. Auch treten ZZ bei Frauen mit mehreren Kindern häufiger auf als bei Frauen, die noch kein Kind oder nur wenige Kinder haben. Der Grund für die Bildung eineiiger oder monozygotischer Zwillinge ist noch nicht bekannt; wahrscheinlich beeinflussen eine oder mehrere rezessive Erbanlagen die Entstehung. Viele statistische Erhebungen weisen auf einen Zusammenhang zwischen genetischen Faktoren und zweieiiger Zwillingsbildung hin. Man kennt heute eine ganze Reihe von Stammbäumen, in denen ZZ wiederholt in aufeinanderfolgenden Generationen geboren wurden. Auch das mehrmalige Auftreten von Mehrlingen bei einer Frau kann — wenn es auch nur selten ist — nicht rein zufällig sein. Wie wir schon früher zeigen konnten, ist die Inzucht zum Nachweis rezessiver Erbanlagen besonders geeignet. Eriksson hat die Zwillingshäufigkeit in einem Inzuchtisolat, den Åland-Inseln am Südende des Bottnischen Meerbusens, über einen Zeitraum von 200 Jahren verfolgt und gezeigt, daß die Geburten von Zwillingen auf diesen Inseln mit der höchsten Zwillingshäufigkeit Europas, mit der Auflösung des Isolates und der Vergrößerung des Heiratsradius zurückgehen.

Der Wert der Zwillingsforschung für die Humangenetik beruht auf der genetischen Identität der eineiigen Zwillinge. Im Vergleich mit den zweieiigen Zwillingen kann die Bedeutung von Erbe und Umwelt bei normalen und krankhaften Eigenschaften untersucht werden. Unterschiede zwischen zweieiigen Zwillingspartnern, die sich wie Geschwister in ihren Erbanlagen unterscheiden, können genetisch oder umweltbedingt sein, Unterschiede zwischen eineiigen Zwillingen dagegen müßten, von einigen Ausnahmen abgesehen, peristatischer Natur sein. Ist durch einen polysymptomatischen Ähnlichkeitsvergleich die Eineiigkeitsdiagnose sichergestellt, so kann an Querschnitts- und Längsschnittsuntersuchungen möglichst großer, unausgelesener Zwillingsserien der Anteil von Erbanlagen und Umweltfaktoren bei morphologischen, anatomischen, physiologischen und psychologischen Merkmalen analysiert werden. In einer Querschnittsuntersuchung vergleicht man die Übereinstimmung (Konkordanz) und die Verschiedenheit (Diskordanz) in bezug auf das zu prüfende Merkmal bei einer möglichst großen Zahl von ein- und zweieiigen Zwillingspaaren. Verschiedene statistische Methoden wurden entwickelt, um den Aussagewert derartiger vergleichender Untersuchungen zu erhöhen. In der Tabelle 4 sind einige Beispiele für Konkordanz und Diskordanz bei ein- und zweieiigen Zwillingen aufgeführt.

Die andere, weit schwierigere und nur in begrenztem Umfang durchführbare Methode ist die Längsschnittuntersuchung. Hierbei wird das Leben eineiiger Zwillinge über einen längeren Zeitraum verfolgt oder zumindest eine Nachuntersuchung nach einem längeren Zeitabschnitt durchgeführt. Auch retrospektive Untersuchungen können für verschiedene Fragestellungen

Tab. 4. Konkordanz und Diskordanz bei ein- und zweieiigen Zwillingen

	EZ			ZZ			Autor
	n	*k*	*d*	*n*	*k*	*d*	
Hüftluxation	29	12	17	109	3	106	Idelberger 1951
Klumpfuß	35	8	27	133	3	130	Idelberger 1951
Mikrocephalie	12	3	9	7	2	5	Koch 1968
Schielen (Strabismus)	12	11	1	27	7	20	Richter 1967
Manisch-depressives Irresein	60	48	12	165	31	134	v. Lange 1967
Schwachsinn	126	115	11	93	42	51	Rosanoff, Handy u. Plesset 1937
Tuberkulose	381	202	179	843	187	656	verschiedene Autoren nach Lenz 1961

herangezogen werden. Die Abbildung 8 zeigt das Ergebnis zweimaliger Messungen verschiedener Körper- und Kopfmaße bei weiblichen eineiigen Zwillingen in den Jahren 1924 und 1950. Die Gesamtgruppe der weiblichen EZ wurde in zwei Gruppen aufgeteilt. In der einen wurden die Paare aufgeführt, die unter ähnlichen (konkordanten), und in der anderen, die unter verschiedenen (diskordanten) Umweltbedingungen lebten. Die graphische Darstellung zeigt das von Umweltfaktoren recht stark beeinflußte Körpergewicht, auch der Brustumfang ist variabel, auch wenn hier eine Beziehung zu peristatischen Faktoren nicht so deutlich in Erscheinung tritt. Die Körpergröße und Schulterbreite wie auch die vier Kopfmaße zeigen keine Beziehung zu den Umweltfaktoren.

Von besonderem Interesse sind eineiige Zwillinge, die getrennt in verschiedener Umgebung aufgewachsen sind. Sie geben wertvolle Einblicke über den Einfluß der Umwelt auf körperliche und seelische Merkmale. In der Abbildung 9 sind der Erb- und der Umwelteinfluß bei der Entstehung von Unterschieden zwischen ein- und zweieiigen Zwillingspaaren in einigen Körpermaßen dargestellt. Die Zwillinge wurden in drei Gruppen eingeteilt: die erste enthält die Zwillingspaare, bei denen Erbe und Umwelt gleich ist und die in gleichen Umweltbedingungen aufgewachsen sind. Bei der zweiten Zwillingsgruppe ist das Erbgut gleich, doch waren sie verschiedenen Umwelteinflüssen ausgesetzt. Die dritte Gruppe führt zweieiige gleichgeschlechtige Zwillinge auf, bei denen also das Erbgut verschieden, die Umwelt jedoch gleich war. Auch hier zeigt das Ergebnis eine starke Variabilität für das Körpergewicht und eine von Umweltfaktoren weitgehend unabhängige Körpergröße. In der zweiten Gruppe zeigt eine Zunahme der Verschiedenheit gegenüber der ersten einen Umwelteinfluß an. Auf einem Einfluß des Erbgutes beruht die größere Verschiedenheit zwischen dritter und erster Gruppe.

Als Maßstab für die Gleichheit oder Ungleichheit zwischen Zwillingen und Geschwistern dient der Korrelationskoeffizient. Einige Angaben über zusammen und getrennt aufgezogene Zwillinge im Vergleich mit zweieiigen Zwillingen und mit Geschwistern enthält die Tabelle 5. Aus ihr wird ersichtlich, daß getrennt aufgewachsene eineiige Zwillinge in den aufgeführten

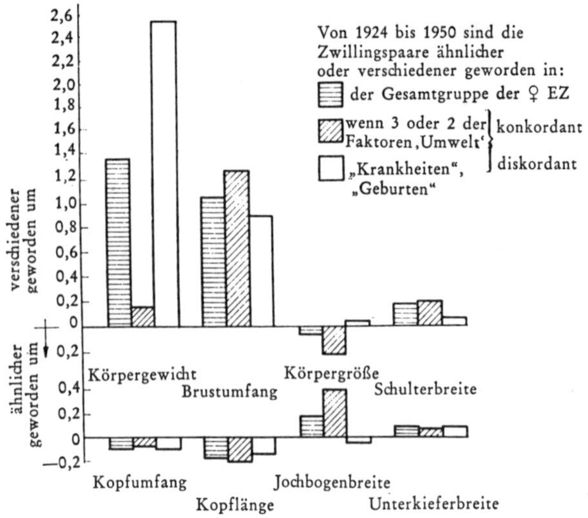

Abb. 8. Wirkung der Peristase (der Faktor „Umwelt“, Krankheiten und Geburt) auf den Körper auf Grund zweimaliger Messungen derselben weiblichen eineiigen Zwillingspaare. (nach v. VERSCHUER, 1959)

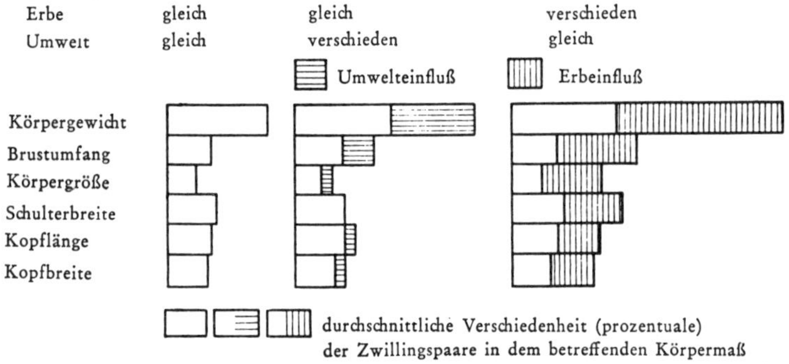

Abb. 9. Erbe und Umwelt als Ursache der Variabilität metrischer Merkmale. (nach v. VERSCHUER, 1959)

Körpermaßen ähnlicher sind als gemeinsam aufgewachsene zweieiige Zwillinge. Ihre Übereinstimmung mit zusammen aufgezogenen eineiigen Zwillingen zeigt die starke Abhängigkeit von Erbfaktoren; auch bei früher Trennung eineiiger Zwillinge hatten Umweltunterschiede keinen wesentlichen Einfluß auf die körperliche Entwicklung. Auch in bezug auf die Intelligenz weichen, wie die Tabelle 6 zeigt, gemeinsam aufgewachsene zweieiige Zwillinge stärker voneinander ab als getrennt aufgewachsene eineiige Zwillinge. Da die sozialen und wirtschaftlichen Verhältnisse weitgehend gleich waren, sagen diese Zahlen kaum etwas über die Wirkung größerer Umweltunterschiede aus. Die Intelligenz ist danach bei annähernd vergleichbaren Lebensbedingungen weitgehend erbbedingt.

Tab. 5. Korrelationen von Zwillingen und Geschwistern in Körpermaßen (nach LENZ, 1961)

Maß	*Eineiige Zwillinge*		*Zweieiige Zwillinge*	*Geschwister*
	zusammen aufgezogen	*getrennt aufgezogen*		
Körperhöhe	0,93	0,97	0,64	0,60
Gewicht	0,92	0,89	0,63	0,58
Kopfbreite	0,91	0,88	0,65	
Kopflänge	0,91	0,92	0,69	
Anzahl der Paare	50	19	50	26

Tab. 6. Unterschiede in der Intelligenz bei zusammen und getrennt aufgewachsenen Zwillingen (nach SHIELDS, 1962; aus LENZ, 1970)

	Zusammen		*Getrennt*
	EZ	*ZZ*	*EZ*
Durchschnittlicher Unterschied in der Intelligenz (Testpunkte)	7,4	13,4	9,5
Korrelation im Intelligenztest	+ 0,76	+ 0,51	+ 0,77

Ist die Erblichkeit eines Merkmals bekannt, so kann die Zwillingsforschung Anhaltspunkte für die Manifestationswahrscheinlichkeit geben. Wenn wir oben sagten, daß eineiige Zwillinge erbgleich sind, so gilt das nicht uneingeschränkt. Durch eine Störung in der Chromosomenverteilung während der ersten mitotischen Teilung und anschließender Keimteilung, können Zwillinge mit unterschiedlichen Chromosomensätzen auftreten. So wurden einige wenige monozygotische, aber getrenntgeschlechtige Zwillingspaare beschrieben (S. 49), auch kennt man EZ, die für die mongoloide Idiotie (21-Trisomie) oder für das Turner-Syndrom (XO-Typ) diskordant sind. Auch eine somatische Mutation, die gleichzeitig mit der Entstehung von Zwillingen auftritt, kann zu Erbunterschieden bei eineiigen Zwillingen führen.

Bei einem Vergleich der beiden Zwillingsarten wie auch bei sonstigen Untersuchungen wird oft stillschweigend vorausgesetzt, daß genetische und peristatische Faktoren unabhängig voneinander auf einen Organismus einwirken. Auch wenn die Konkordanz bei eineiigen Zwillingen größer als bei zweieiigen Zwillingen ist, beweist das noch nicht unbedingt die Abhängigkeit des betreffenden Merkmals von genetischen Faktoren; nur die Wahrscheinlichkeit ist größer. Die sonst so bedeutungsvolle Varianzanalyse kann daher in der Zwillingsforschung nur bedingt angewandt werden, da sie von der Unabhängigkeit verschiedener Faktoren ausgeht.

Die uterine Umwelt ist für zwei oder mehrere gleichzeitig sich entwikkelnde Keime nicht völlig identisch. Nur bis zur Keimteilung bei eineiigen Zwillingen herrschen gleiche Umweltbedingungen vor. Exogene Schädigungen vor diesem Zeitpunkt können später als Konkordanz in Erscheinung treten, obwohl sie nicht auf genetischen Faktoren beruhen. Andererseits finden sich auch bei EZ recht auffallende Unterschiede morphologischer und psychologischer Art, während umgekehrt ZZ sich oft ähnlicher sind als Geschwister, die zu verschiedenen Zeiten geboren wurden. Sogar bei den miteinander verwachsenen Zwillingen finden sich nicht selten recht deutliche Unterschiede. Bereits die berühmt gewordenen, nur geringfügig verwachsenen Brüder Chang und Eng, nach denen heute derartige Doppelbildungen „siamesische Zwillinge" genannt werden, zeigten recht auffallende charakterliche Unterschiede. Auch bei den später beschriebenen verwachsenen Zwillingen wurden solche Unterschiede festgestellt. Was die ZZ anbetrifft, so verbringen sie nicht nur ihre Embryonalentwicklung in einer doch weitgehend ähnlichen uterinen Umwelt, auch in ihrer Jugend und oft auch im weiteren Leben ist der gegenseitige Kontakt meist enger als zwischen sonstigen Geschwistern. Es kann aber auch der sicherlich sehr seltene Fall eintreten, daß in einem frühen Entwicklungsstadium z. B. Antigene des Blutes und vielleicht auch embryonale Zellen ausgetauscht werden. Auch bei der Zwillingsforschung wird in Zukunft der Zeit vor der Geburt mehr Beachtung geschenkt werden müssen, auch wenn das aus erklärlichen Gründen mit großen Schwierigkeiten verbunden ist.

IV. Ergebnisse der Humangenetik

Die Humangenetik umfaßt sämtliche Vorgänge, die sich mit den Erberscheinungen beim Menschen befassen. Sie untersucht die normalen wie die krankhaften Eigenschaften und ihre Weitergabe an die folgenden Generationen; sie schließt auch die psychischen Bereiche in ihre Betrachtungen ein. Scharfe Grenzen zwischen den erwähnten Gebieten gibt es nicht. Obwohl die Analyse menschlicher Erbgänge aus methodischen Gründen vielfach auf große Schwierigkeiten stößt, liegt doch auch hier ein solch umfangreiches Material vor, daß wir aus der Fülle der Ergebnisse nur einige herausgreifen können.

1. Vererbung normaler körperlicher Eigenschaften

Schon bei der Besprechung der Grundlagen hatten wir gezeigt, daß die meisten Anlagen des Menschen polygen vererbt werden, d. h., es sind viele genetische Informationen im Zusammenhang mit Umweltfaktoren an der Ausprägung eines Merkmals beteiligt. Das gilt vor allem für die „normalen" Merkmale, mit denen wir uns zunächst befassen wollen. Wenn auch die Erblichkeit vieler Merkmalsanlagen sichergestellt ist, so ist über den Erbgang selbst oft noch vieles ungeklärt. Bereits bei der *Pigmentation der Haut,* die als Kriterium der Rassezugehörigkeit verwendet wird, ist noch nicht geklärt, ob zwei oder drei Gene für die Vererbung verantwortlich sind. Diese Gene bestimmen den Melaninanteil der Hautzellen, denn die Hautfarbe der einzelnen Rassen ist nicht, wie früher angenommen wurde, auf verschiedene Pigmente, sondern auf den quantitativen Anteil zurückzuführen. Verallgemeinert kann man sagen, daß bei der Kreuzung von Negern und Weißen die Anlage für dunkle Hautfarbe mit dem höheren Pigmentanteil über die Anlage für helle Hautfarbe mit dem geringeren Pigmentanteil dominiert. Die Mulatten, die Mischlinge beider Rassen, zeigen vielfach intermediäre Hautfarbe der verschiedensten Abstufungen. Der polygenen Vererbung entsprechend können natürlich auch hellhäutige Eltern dunkelhäutige Kinder besitzen. Auch bei einer Vermischung von Mongolen und Europäern ist die Anlage für die gelbe Hautfarbe dominant über die Anlage für helle Hautfarbe, während umgekehrt die Anlage für helle Hautfarbe weißer Individuen über die dunklere der Polynesier dominiert.

Nach einer Hypothese von DAVENPORT sind zwei Genpaare für die Hautfarbe verantwortlich (dimer). Beide haben gleichsinnige Wirkung, d. h., sie verstärken sich so, daß man auch von einer additiven Polygenie (Homomerie) sprechen kann. Bezeichnet man die pigmentsteuernden Gene mit S und T, so haben die Individuen mit schwarzer Hautfarbe den Genotyp SSTT und die mit weißer Hautfarbe sstt. Die nur einfach homozygoten und doppelt heterozygoten Individuen zeigen die Hautfarbe der Mulatten: SSTt und SsTT dunkelbraun, SsTt, SStt und ssTT mittelbraun, Sstt und ssTt hellbraun.

Dunkelhäutige Menschen sind meist auch dunkelhaarig und haben dunkle Augenfarbe. Eine Kopplung der verschiedenen Gene für diese Anlagen ist daher sehr wahrscheinlich. Eine polygene Vererbung der Haarfarbe ist aus dem Tierreich bekannt. Beim Kaninchen z. B. wird die Färbung des Fells durch fünf Erbfaktoren bedingt, und zusätzlich treten noch Gene für Silberung und Scheckung auf. Hier allerdings hat jedes Gen eine andere Wirkung, so daß man von einer komplementären Polygenie sprechen kann. Wie bei den Säugetieren, so wird auch die *Haarfarbe* des Menschen durch mehrere Gene beeinflußt. Wieviel Erbfaktoren an der Haarpigmentierung beteiligt sind, ist noch unbekannt, zumal außer den eigentlichen Pigmentfaktoren noch Gene für die Verteilung der Pigmente im einzelnen Haar, für Rothaarigkeit und für völligen Pigmentmangel (Albinismus) auftreten können. Für die Haarfarbe gilt wie für die Hautfarbe, daß — sehr verallgemeinert ausgedrückt — die Erbanlage für stärkere Pigmentierung über die für schwächere Pigmentierung dominiert. Das Nachdunkeln der Haare im Laufe des Lebens ist weitgehend hormonal bedingt. Eine besondere Erbanlage, vielleicht auch multiple Allele, sind für die Rothaarigkeit (Rutilismus) verantwortlich. Diese Erbanlage ist gegenüber den Anlagen für dunkle Haarfarbe rezessiv (hypostatisch), gegenüber der Anlage für blonde Haarfarbe dagegen dominant (epistatisch). Außerdem ist die Farbintensität homozygot stärker als heterozygot.

Eine Abhängigkeit der Pigmentation von Erbfaktoren gilt auch für das Auge. Eine genetische Analyse der *Augenfarbe* ist recht schwer, da es in der Iris zwei Schichten gibt, in denen sich Pigmente ablagern und dadurch verschiedene Farbabstufungen entstehen können. Wie bei den beiden vorigen Merkmalen wird auch die Augenfarbe polygen vererbt; hier scheinen neben den autosomalen Genen auch geschlechtsgebundene an der Pigmentbildung beteiligt zu sein. Etwas vereinfacht ausgedrückt kann man sagen, daß die Anlage für dunkelbraune Augenfarbe dominant ist gegenüber der hellbraunen, grünen und grauen Augenfarbe und daß diese wiederum sich dominant gegenüber blauer Augenfarbe verhalten.

Nicht nur die Farbe, auch die Form vererbt sich. Bei den Haaren gibt es glatte und gewellte, gelockte und krause Beschaffenheit, die ebenfalls als Rassemerkmal angeführt werden kann. Rassenmischlinge zeigen, daß die Erbanlage für das Haar der negroiden Rasse sich dominant gegenüber den anderen *Haarformen* verhält (wahrscheinlich gibt es zwei dominante Erbanlagen für „Kraushaar").

Von den morphologischen Merkmalen des Auges sei hier die *Mongolenfalte* erwähnt, eine schräge Augenfalte, deren Anlage dominant vererbt wird. Auch bei Eskimos und Hottentotten tritt diese Hautfalte am inneren Rand des oberen Augenlides auf. In beiden Fällen verhält sich diese Anlage rezessiv gegenüber der faltenlosen Lidkante, so daß man mindestens drei unterschiedliche Erbanlagen unterscheiden muß. Ein ähnliches Erscheinungsbild (Epikanthus) kann auch bei embryonalen Entwicklungsstörungen auftreten oder eine Begleiterscheinung des Down-Syndroms sein, welches auf einer Chromosomenstörung beruht und daher auch als Mongoloidismus bezeichnet wird (vgl. S. 85).

Die *Hautleisten* der Finger (Papillarlinien) sind dafür bekannt, daß sie bei jedem einzelnen Menschen charakteristisch gestaltet sind und es wohl kaum zwei Menschen gibt (von eineiigen Zwillingen abgesehen), die annähernd gleiche Hautleisten aufweisen. Daher werden diese Verschiedenheiten zur Identifikation eines Menschen für den polizeilichen Erkennungsdienst genutzt (Daktyloskopie). Es zeigt sich, daß immer wieder drei Grundtypen auftreten: das Fingerbeerenmuster weist Bögen, Schleifen oder Wirbel auf, und zwar unterschiedlich auf die einzelnen Finger verteilt (Abb. 10). Etwa

a b c

Abb. 10. Die drei Grundtypen von Fingerbeerenmuster: a. Bogen (kein Triradius); b. Schleife (ein Triradius), vom Triradius wurde eine Linie zum Zentrum der Schleife gezogen; c. Wirbel (zwei Triradien). (nach Holt, 1961; aus McKusick, 1968)

im 3. Embryonalmonat kommt es zu Druck- und Spannungsunterschieden und als spätere Folge zu den einzelnen Papillarlinien. Intrafamiliäre Korrelationsuntersuchungen zeigten, daß beobachtete und theoretisch zu erwartende Werte gut übereinstimmen, d. h. eine polygene Vererbung vorliegt.

Morphologische Merkmale der Nase, der Lippen und der Ohren sind ebenfalls weitgehend erblich bedingt. Da, wie es scheint, mehrere Gene an der Ausprägung beteiligt sind, kann eine genaue genetische Analyse des Erbganges nicht durchgeführt werden. Die große Zahl möglicher Kombinationen setzt den Untersuchungen Grenzen. Bereits bei drei Merkmalen gibt es unter der Voraussetzung, daß keine Kopplung vorliegt, 64 Kombinationsmöglichkeiten, bei 5 Merkmalen sind es bereits 1024 und bei 10 Merkmalen über 1 Million. Durch Korrelationsuntersuchungen kann jedoch auch hier ein Zusammenhang mit Erbfaktoren sichergestellt werden. Das gilt bei der *Nase* z. B. für die Breite und Tiefe; auch der Nasenrücken unterliegt Erbeinflüssen. Weiterhin wurden für die Stellung der Nasenlöcher, die Form der Nasenflügel und der Nasenspitze erbliche Einflüsse nachgewiesen.

Rassische Unterschiede finden sich u. a. in der Ausprägung der *Lippen*. Während die weißhäutige Bevölkerung meist dünne Lippen besitzt, findet man bei den Negern vorwiegend dicke Lippen. Die Mulatten haben mehr oder weniger Zwischenformen. Eine Vererbung dieses morphologischen Merkmales steht außer Zweifel, über die Zahl der beteiligten Gene ist jedoch nichts bekannt. Daß auch einzelne Merkmale der Lippen der Vererbung unterliegen, dafür ist die sogenannte *Habsburger Unterlippe* ein Beispiel. Sie konnte über mehrere Generationen verfolgt werden und wird wahrscheinlich dominant vererbt.

Polygenie liegt auch bei der äußeren Gestaltung des *Ohres* vor. Recht auffällig ist hier z. B. die Verwachsung des Ohrläppchens. Zwillingsuntersuchungen haben gezeigt, daß dieses wie auch andere Merkmale (z. B. Form, Größe, Länge und Breite, aber auch die Stellung) weitgehend erbbedingt sind, ohne daß ein genauer Erbgang angegeben werden kann.

Zusammenhänge zwischen Phänotyp und Genotyp aufzudecken und womöglich eine Analyse des Erbganges werden um so schwieriger, je größere morphologische Einheiten untersucht werden. Das gilt insbesondere, wenn wir den Körper als Ganzes betrachten. Aus der Beobachtung, daß große Eltern meist große Kinder und kleine Eltern meist kleine Kinder haben, kann man bereits auf eine Vererbung der *Körpergröße* schließen. Natürlich ist nicht nur eine Erbanlage verantwortlich, vielmehr müssen wir gerade hier mit polygener Wirkung rechnen. Hierfür spricht bereits die Erscheinung, daß es durch zufällige Kombination entsprechender Erbanlagen zu besonders großen, aber auch besonders kleinen Menschen kommen kann. Eineiige Zwillinge sind meist gleich groß, zweieiige Zwillinge sind in bezug auf die Körpergröße oft verschieden. Auch das weist auf einen wesentlichen Anteil der Vererbung auf das Längenwachstum des Körpers hin. Bei der Geburt treten bei beiden Zwillingspaaren häufig Unterschiede in der Körpergröße auf, was auf die unterschiedlichen Bedingungen während der Schwangerschaft zurückzuführen ist. Nach der Geburt gleichen sich vorhandene Unterschiede bei eineiigen Zwillingen weitgehend wieder aus, so daß die erwähnte große Übereinstimmung in der Körpergröße bei ausgewachsenen EZ auftritt. Auch das *Wachstum* selbst unterliegt der Kontrolle von Genen. Änderungen können hier zur Unterbrechung des Wachstums und damit zum Tod (Letalfaktoren) oder zu schwerwiegenden Wachstumsstörungen (Zwergwuchs, Mißbildungen) führen.

Auch wenn das Wachstum bis zum ausgewachsenen Zustand in etwa gleichmäßig verläuft, und nur um die Zeit der Pubertät ein größerer Wachstumsschub einsetzt, so kommt es doch im Laufe des Wachstums zu einer Veränderung der Proportionen. Bei den erwachsenen Menschen sind es dann die *Körperformen,* die von Erbanlagen beeinflußt wurden. Wie die Zwillingsforschung zeigt, haben EZ meist die gleiche, ZZ dagegen nicht selten recht unterschiedliche Körperformen. Mit den charakteristischen Typen im Körperbau sind oft auch psychische Eigenschaften verbunden, so daß hier bereits ein Hinweis auf die Vererbung geistiger Anlagen gegeben ist. Die Konstitutionstypen nach KRETSCHMAR sind die bekanntesten Versuche, die Körperformen zu typisieren (Abb. 11).

Aber nicht nur die Vererbung, auch die Umwelt ist für die Körpergröße und die Körperform von großer Bedeutung. Es versteht sich von selbst, daß für eine normale Entwicklung eine ausreichende Ernährung mit allen benötigten Stoffen notwendig ist. Für die Körperform ist die körperliche Betätigung sehr wesentlich. Hier genügt ein Hinweis, daß sich auch bei eineiigen Zwillingen die Körperform unterscheiden kann, wenn einer der Paarlinge viel Sport treibt oder einen entsprechenden Beruf ausübt und der andere nicht. Zu den vorwiegend umweltbedingten Wachstumsunterschieden gehört auch die in den letzten Jahrzehnten zu beobachtende Wachstums- und

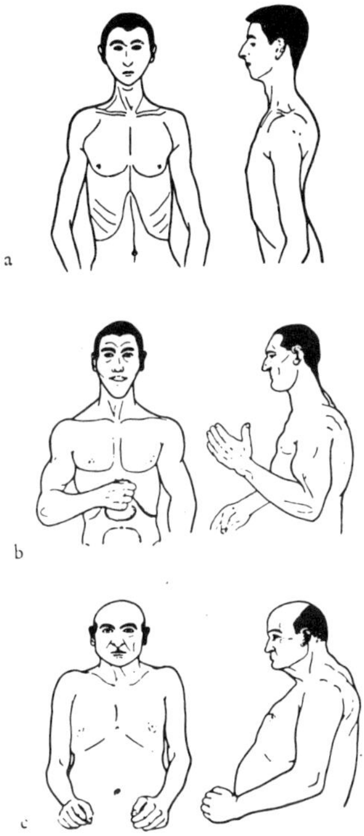

Abb. 11. Konstitutionstypen nach KRETSCHMER: a. leptosomer; b. athletischer; c. pyknischer Körpertyp. (nach KRETSCHMER; aus v. VERSCHUER, 1959)

Entwicklungsbeschleunigung (Akzeleration). Nicht nur die Größe nimmt heute zu, auch die Neugeborenen sind größer und schwerer als noch vor etwa 50 Jahren. Als Folge der Wachstumsbeschleunigung sind auch andere meist an das Alter gebundene Erscheinungen verschoben, wie etwa der Durchbruch und der Wechsel der Zähne. Die Ursache für diese Erscheinung ist noch nicht geklärt, doch dürfte daran die Änderung in der Ernährung erheblich beteiligt sein.

Auch recht unwichtig erscheinende morphologische und anatomische Merkmale sind wenigstens zu einem gewissen Teil von der Vererbung abhängig. Dafür zwei Beispiele, die jeder in seiner Familie beobachten kann. Manche Menschen können ihre Zunge um die Längsachse rollen, andere können das auch nach intensiver Übung niemals (Abb. 12). Eingehende Zwillings- und Familienuntersuchungen haben gezeigt, daß diese Fähigkeit bei vielen Menschen vererbt wird, ohne daß ein genauer Erbgang bisher gesichert ist, daß es aber in anderen Fällen auch erlernt werden konnte. Das zweite Beispiel betrifft die Behaarung des zweiten Fingergliedes. Bei einer Reihe von Menschen finden sich an dieser Stelle Haare, bei anderen fehlen sie. Dieses Ausbleiben von Haarbildungen auf dem zweiten Fingerglied wird rezessiv vererbt, so daß diese harmlose „Anomalie" nur homozygot auftritt.

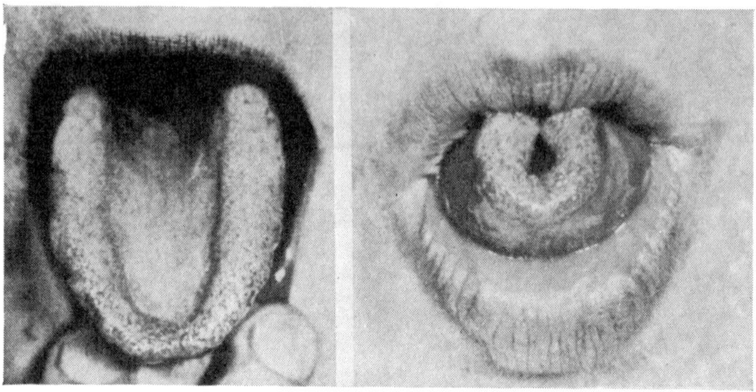

Abb. 12. Aufstellen der Zungenränder. Links ohne, rechts mit Hilfe der Lippen, bei einer Person, die die Fähigkeit in sehr hohem Maße besitzt. (nach VOGEL, 1957)

Ein Beispiel für die Erblichkeit physiologischer Funktionen ist das *Elektroenzephalogramm (EEG).* Es spielt eine große Rolle als klinische Untersuchungsmethode, um bestimmte Krankheitsgruppen zu diagnostizieren und abzugrenzen. Hier soll nur das normale EEG Gegenstand einer kurzen genetischen Betrachtung sein. An der unverletzten Kopfhaut lassen sich mit Hilfe eines geeigneten Verstärkers örtliche Potentialschwankungen ableiten, die auf die Tätigkeit der Gehirnzellen zurückzuführen sind. Je nach Ableitungsort und funtionellem Zustand der grauen Hirnsubstanz lassen sich charakteristische und meist rhythmische Kurvenbilder aufzeichnen. Es zeigte sich nun, daß das EEG bei einer Person unter gleichen Bedingungen fast stets konstant ist, bei verschiedenen Personen dagegen recht unterschiedlich sein kann. Dieses weitgehend konstante Kurvenbild eines Menschen stellt sich erst im Laufe des Lebens ein; zunächst findet sich bei Kindern und Jugendlichen ein noch weitgehend unregelmäßiger Kurvenverlauf, und erst zu Beginn des dritten Lebensjahrzehntes entsteht ein relativ regelmäßiges Bild. Auch hier gibt es bei den einzelnen Menschen recht unterschiedliche Entwicklungsverläufe sowohl im Hinblick auf Rhythmus und Geschwindigkeit der endgültigen Ausbildung des Hirnstrombildes. Zwillingsuntersuchungen haben er-

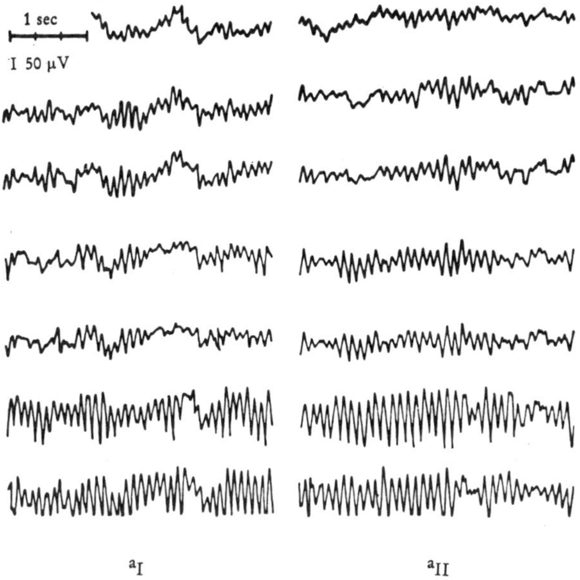

Abb. 13. Hirnstrombilder (Ruhe-EEG) von 14jährigen eineiigen Zwillingen. (nach VOGEL, 1961)

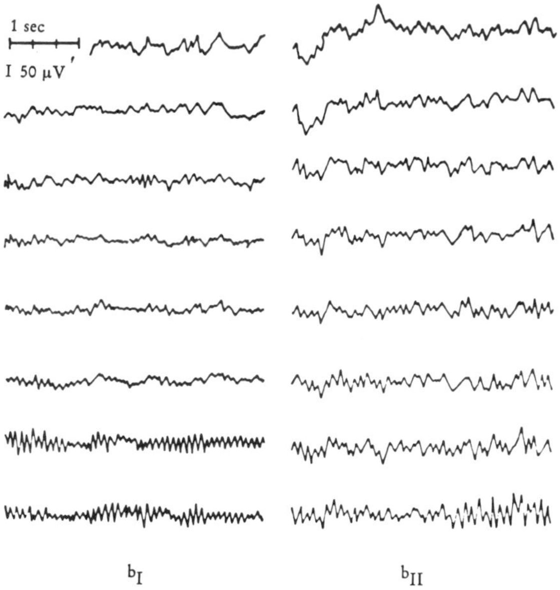

Abb. 14. Hirnstrombilder (Ruhe-EEG) von 15jährigen zweieiigen Zwillingen. (nach VOGEL, 1961)

geben, daß bei eineiigen Zwillingen weitgehende Übereinstimmung im Elektroenzephalogramm besteht, während zweieiige Zwillinge recht deutliche Unterschiede zeigen (Abb. 13 und 14). Weitere genetische Untersuchungen des normalen EEG deckten eine Reihe charakteristischer erblicher Typen auf, die bestimmten Erbgängen folgen. So kennt man heute ein dominant-erbliches Niederspannungs-Elektroenzephalogramm, ein ebenso dominant-erbliches β-Wellen-EEG und ein wahrscheinlich rezessiv-erbliches EEG mit α-Wellen von bestimmter Frequenz. Meist müssen wir hier jedoch mit polygener Vererbung rechnen.

Es ließen sich eine Reihe weiterer Beispiele zeigen, wie stark der Einfluß der Vererbung auf uns recht unbedeutend erscheinende, physiologische Merkmale ist. So empfinden beispielsweise die Mehrzahl der Menschen den Phenylthioharnstoff (Phenylthiocarbamid, PTC) auch noch in sehr starker Verdünnung als sehr bitter. Andere Menschen dagegen schmecken diesen Stoff überhaupt nicht, obwohl sie andere bittere Stoffe genauso schmecken wie die „PTC-Schmecker". Es zeigte sich nun, daß diese Geschmacksempfindung oder genauer gesagt die bittere Geschmacksempfindung für die Konfiguration $=\underset{|}{N}-C=S$ vererbt wird. Der Schwellenwert, d. h. die Verdünnung, die noch geschmeckt wird bzw. nicht mehr geschmeckt wird, kann recht unterschiedlich sein. Familienuntersuchungen haben gezeigt, daß das Schmekken von PTC dominant vererbt wird. Die für den Faktor T homozygoten (TT) und heterozygoten (Tt) sind Schmecker", während die für t homozygoten (tt) „Nicht-Schmecker" oder „PTC-geschmacksblind" sind. Die Häufigkeit der „Nicht-Schmecker" ist regional verschieden. Unter der europäischen Bevölkerung, den weißen Einwohnern Nordamerikas und in Japan finden sich bis zu 35% „Nicht-Schmecker" (bei den Eskimos sogar 43,5%), während sie unter der afrikanischen und indischen Bevölkerung recht selten zu finden sind. Die Ursache für diesen Geschmackspolymorphismus ist noch weitgehend unbekannt.

Ein gesunder Organismus ist ohne normal ablaufende physiologische Vorgänge undenkbar. So wie der Bauplan eines Lebewesens bereits in der Zygote genetisch determiniert sein muß, so auch die physiologischen Lebensvorgänge. Während morphologische und z. T. auch anatomische Merkmale bei den einzelnen Individuen sichtbar in Erscheinung treten und von Generation zu Generation — wenn auch nicht immer leicht — verfolgt werden können, sind physiologisch „normale" Merkmale der Analyse schwer zugänglich. Erst wenn krankhafte Störungen auftreten, werden sie einer genetischen Untersuchung zugänglich. Erbbiologie und Erbpathologie müssen daher gerade auf dem Gebiet der Vererbung physiologischer Eigenschaften eng zusammenarbeiten.

2. Vererbung von Bluteigenschaften

Unter den physiologischen Eigenschaften und ihren genetischen Grundlagen sind die Blutgruppen am besten untersucht. Nach den Arbeiten von Bernstein sind an der Vererbung des klassischen Blutgruppensystems

AB0 mindestens vier allele Gene beteiligt (Beispiel für multiple Allelie). Die Allele werden mit A_1, A_2, B und 0 bezeichnet. A_1 ist dominant über A_2; A_1, A_2 und B sind dominant über 0, während die beiden Allele für A und das Allel für B sich kombinant verhalten, d. h. beide Merkmale bei den Heterozygoten auftreten (Kodominanz). Da jeder Mensch nur zwei von den vier allelen Genen besitzt, sind zehn verschiedene Genotypen möglich. Sie sind in der Tabelle 7 aufgeführt.

Tab. 7. Die AB0-Blutgruppenkombinationen

	Genotyp	*Phänotyp*		*Genotyp*	*Phänotyp*
Homozygot	A_1A_1	A_1	Heterozygot	A_1A_2	A_1
	A_2A_2	A_2		A_10	A_1
	BB	B		A_20	A_2
	00	0		B0	B
				A_1B	A_1B
				A_2B	A_2B

Die Blutgruppen gehören zu den wenigen umweltstabilen Merkmalen, sie zeigen 100%ige Penetranz und werden unabhängig von Umweltfaktoren vererbt, auch treten Mutationen hier außerordentlich selten auf. Sie sind daher in der Gerichtsmedizin zur Bestimmung unbekannter Blutspuren oder für den Vaterschaftsnachweis besonders geeignet. Durch die gesetzmäßige Vererbung der Blutgruppen lassen sich aus der Blutgruppe eines Kindes die möglichen Elternkombinationen bestimmen und aus der Kenntnis der Blutgruppe der Mutter bestimmte Genotypen des Vaters ausschließen. In der Tabelle 8 sind die möglichen Kombinationen der Eltern und die aus dieser Verbindung möglichen Kinder für das AB0-System zusammengestellt.

Tab. 8. Die Vererbung der Blutgruppen des AB0-Systems (nach v. VERSCHUER, 1959)

Eltern	*mögliche Kinder*	*Eltern*	*mögliche Kinder*	*Eltern*	*mögliche Kinder*
$A_1 \times A_1$	0, A_1, A_2	B × B	0, B	0 × 0	0
$A_2 \times A_2$	0, A_2	B × A_1B	A_1, B, A_1B	0 × A_1	0, A_1, A_2
$A_1 \times A_2$	0, A_1, A_2	B × A_2B	A_2, B, A_2B	0 × A_2	0, A_2
A_1 × B	0, A_1, A_2, B, A_1B, A_2B			0 × B	0, B
		A_1B × A_1B	A_1, B, A_1B	0 × A_1B	A_1, B
A_1 × A_1B	A_1, B, A_1B, A_2B	A_1B × A_2B	A_1, B, A_1B, A_2B	0 × A_2B	A_2, B
A_1 × A_2B	A_1, A_2, B, A_1B A_2B	A_2B × A_2B	A_2, B, A_2B		
A_2 × B	0, A_2, B, A_2B				
A_2 × A_1B	A_1, B, A_2B				
A_2 × A_2B	A_2, B, A_2B				

Um ein Beispiel herauszugreifen: es kann durchaus sein, daß ein Kind die Blutgruppe 0, die Mutter die Blutgruppe B und der Vater die Blutgruppe A (A_1 oder A_2) besitzt, wie aus dem Stammbaum der Abbildung 15 hervorgeht.

Untersuchungen in aller Welt über die Häufigkeit der klassischen Blutgruppen haben gezeigt, daß die Frequenz in einzelnen Populationen recht unterschiedlich sein kann. Eine Auswahl der gefundenen Werte findet sich in der Tabelle 9. Solche Untersuchungen sind vor allem für die Anthropologie von großer Bedeutung. Sie sind ein Modellbeispiel für den Mechanismus der Rassenbildung und weisen auf mögliche anthropologische Klassifizierungen hin.

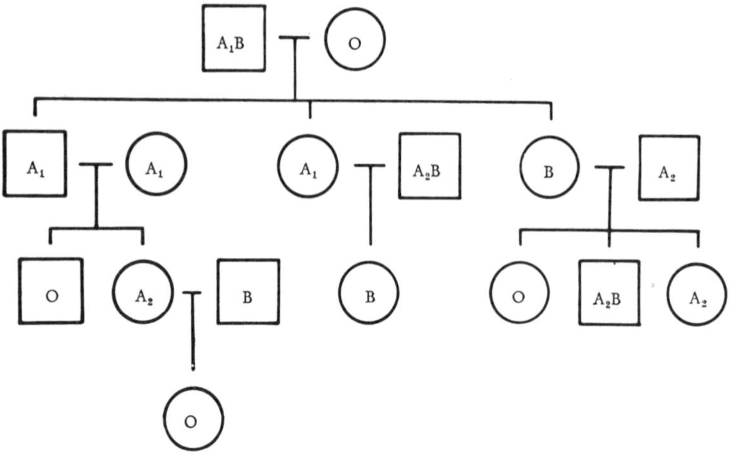

Abb. 15. Die Vererbung der Blutgruppen. Theoretischer Stammbaum

Tab. 9. Frequenz der Blutgruppen 0, A, B und AB bei typischen Populationen (nach Boyd, 1956; gekürzt)

Population und Ort	*Untersuchte Anzahl*	*0*	*A*	*B*	*AB*
australische Ureinwohner (Südaustralien)	54	42,6	57,4	0	0
Chinesen, Peking	1 000	30,7	25,1	34,2	10,0
Ägypter, Kairo	502	27,3	38,5	25,5	8,8
Deutsche, Berlin	39 174	36,5	42,5	14,5	6,5
Eskimos, Baffinland	146	55,5	43,8	0	0,7
Engländer, London	422	47,9	42,4	8,3	1,4
Franzosen, Paris	1 265	39,8	42,3	11,8	6,1
Finnen, Häme	927	34,0	42,4	17,1	6,5
Indianer (Sioux) Süddakota	100	91,0	7,0	2,0	0
Indianer (Pueblo) Nordmexiko	310	78,4	20,0	1,6	0
Inder, Bengalen	160	32,5	20,0	39,4	8,1
Isländer, Island	800	55,7	32,1	9,6	2,6
Italiener, Sizilien	540	45,9	33,4	17,3	3,4
Japaner, Tokio	29 799	30,1	38,4	21,9	9,7
Melanesier, Neuguinea	500	37,6	44,4	13,2	4,8
Polynesier, Hawaii	413	36,5	60,8	2,2	0,5
Russen, Nähe Moskaus	489	31,9	34,4	24,9	8,8

Außer den Blutgruppen A, B, AB und 0 kennt man eine Reihe weiterer Blutfaktoren, die ebenfalls genetisch bedingt sind und von Generation zu Generation als umweltstabile Merkmale übertragen werden. Am bekanntesten ist der Rhesusfaktor. Nach unseren heutigen Kenntnissen sind mindestens drei allele Genpaare (C, D und E) am Rhesus-System beteiligt, wobei der Faktor C bereits wieder unterteilt werden kann. Wieweit es sich bei den drei Genpaaren um benachbarte, sehr eng miteinander gekoppelte Erbanlagen handelt oder aber um eine Serie multipler Allele, konnte noch nicht bewiesen werden. Ein Austausch wurde bisher noch nicht beobachtet.

Beispiele für einfache dominante, rezessive und intermediäre Erbgänge sowie für kombinantes Verhalten heterozygoter Erbanlagen wie auch für multiple Allelie sind auch die weiteren bisher bekannten Blutgruppen. Bei den MNS-Blutgruppen ist weder M dominant noch rezessiv gegenüber N; die beiden Blutfaktoren M und N kommen einzeln oder zusammen vor, wobei der heterozygote Genotyp MN beide Eigenschaften aufweist. Während man früher einen Genort mit vier allelen Genen annahm, vertritt man heute die Hypothese von zwei eng miteinander gekoppelten Genen (Pseudoallelie). Bei der Blutgruppe P ist die Anlage für P+ dominant über P—, wobei für P+ drei allele Stufen angenommen werden. Ähnlich ist der Erbgang bei der Lutheran-, Kell-, Duffy- und Kidd-Blutgruppe, während bei der Lewis-Blutgruppe umgekehrt das Vorhandensein des Antigens, d. h. Le a+ rezessiv gegenüber Le a— ist.

3. Geschlechtsvererbung und geschlechtsgebundene Vererbung

Bei den meisten Organismen wird das Geschlecht durch die Vererbung bestimmt (genotypische Geschlechtsbestimmung im Gegensatz zur phänotypischen Geschlechtsbestimmung). In den Chromosomensätzen der Pflanzen und Tiere treten hierfür bestimmte Chromosomen auf, die man als Geschlechtschromosomen oder Heterochromosomen (Gonosomen) den Autosomen gegenüberstellt. Beim Menschen finden sich wie auch bei vielen anderen Organismen zwei solcher Heterochromosomen, die im weiblichen Geschlecht in Form und Größe gleich sind (X-Chromosomen). Im männlichen Geschlecht ist nur ein solches X-Chromosom vorhanden, das zweite Geschlechtschromosom ist bedeutend kleiner und wird als Y-Chromosom bezeichnet. Die Vererbung des Geschlechts entspricht einer Mendelschen Rückkreuzung.

Das Geschlechtsverhältnis beträgt 1 : 1, d. h., es werden genau soviel Knaben wie Mädchen geboren. Es unterliegt dem Zufall, welches der beiden möglichen männlichen Spermatozoiden mit den stets gleichen Eizellen verschmelzen, so daß durchaus Familien vorwiegend oder ausschließlich mit Knaben und solche vorwiegend oder ausschließlich mit Mädchen auftreten. Die Statsitik hat gezeigt, daß das Geschlechtsverhältnis bei der Geburt nicht, wie theoretisch zu erwarten, genau 1 : 1 beträgt, daß vielmehr ein geringer Knabenüberschuß bei der Geburt auftritt. In Deutschland werden auf 100 Mädchen etwa 106,5 Knaben geboren, nach Kriegen und Krisenzeiten oft noch etwas darüber. Aus bisher noch nicht völlig geklärten Gründen kommt es häufiger zu einer Verschmelzung der Spermien mit Y-Chromosomen und einer Eizelle. Die embryonale und fetale Sterblichkeit ist im männlichen Geschlecht größer als im weiblichen, so daß in den ersten Entwicklungsstadien das männliche Geschlecht noch stärker überwiegt. Man hat geschätzt, daß zu diesem Zeitpunkt auf etwa 40 weibliche Früchte 60 männliche entfallen. Auch bei der Geburt und in früher Jugend sterben mehr Knaben als Mädchen. Bei Eintreten der Geschlechtsreife ist dann etwa ein gleiches Zahlenverhältnis der Geschlechter erreicht. Auch vom Alter der Eltern scheint das Geschlecht abhängig zu sein, denn man hat feststellen können, daß junge Eltern etwas mehr Knabengeburten als Erstgeburten haben und unter den späteren Kindern die Mädchen überwiegen. Diese Angaben beziehen sich auf den Durchschnitt der Bevölkerung. Treten geschlechtsgebundene Letalfaktoren auf, so kann sich das Geschlechtsverhältnis in den betroffenen Familien merklich verschieben.

Bei den klassischen Versuchen MORGANS über die geschlechtsgebundene Vererbung der Weißäugigkeit bei Drosophila traten gelegentlich männliche und weibliche Fliegen auf, die den zu erwarteten Werten nicht entsprachen. BRIDGES konnte nachweisen, daß bei diesen Fruchtfliegen die Meiose gestört wurde: bei der Reifung der Eizellen unterbleibt die Trennung der beiden Geschlechtschromosomen, und diese wandern entweder in die Eizellen oder deren Richtungskörper. Verschmelzen jetzt diese anomalen Eizellen mit einem der beiden möglichen Spermatozoiden, so treten Tiere auf, die numerische Aberrationen der Geschlechtschromosomen aufweisen. Verschmilzt eine Eizelle, in der dieses sogenannte Non-Disjunction aufgetreten ist und die jetzt zwei X-Chromosomen enthält, mit einer Spermatozoide, so treten Zygoten auf, die entweder dem sogenannten XXY-Typ oder dem XXX-Typ angehören. Im ersten Fall sind es normale Weibchen, im zweiten Überweibchen. Enthält die Eizelle keine Geschlechtschromosomen, so kommt es nach der Befruchtung zu Tieren, die entweder dem XO-Typ oder dem YO-Typ entsprechen. Hier kennt man nur den ersten Fall, bei dem es sich um sterile Männchen handelt; der YO-Typ wurde bisher noch nicht beobachtet, und man darf wohl annehmen, daß diese Tiere nicht lebensfähig sind. Wenig später konnte BRIDGES auch Nondisjunction an den Autosomen bei Drosophila nachweisen.

Seit dem Jahre 1959 sind auch Störungen in der Zahl der Geschlechtschromosomen beim Menschen bekannt, die zu mehr oder weniger stark ausgeprägten Krankheitsbildern führen. Nicht nur die sekundären Geschlechtsmerkmale werden bei diesen sogenannten Aberrationen der Gonosomen betroffen, auch die geistige Entwicklung wird meist beeinflußt.

Von den Aberrationen der Geschlechtschromosomen kennt man zwei Typen, von denen sich noch zahlreiche weitere numerische Aberrationen ableiten lassen. Die eine Anomalie in der Zahl der Gonosomen ruft das Erscheinungsbild des ULRICH-TURNER-Syndroms hervor. Aus der Bezeichnung XO-Typ geht bereits hervor, daß diese weiblichen, meist sterilen Individuen nur 45 Chromosomen in ihren Zellen aufweisen; neben dem normalen diploiden Autosomensatz von 44 Chromosomen findet sich nur ein X-Chromosom. Der andere noch häufigere Typ (unter 800 Geburten etwa einmal, vgl. Tab. 21) hat 47 Chromosomen, und zwar tritt im männlichen Geschlecht ein zusätzliches X-Chromosom auf. Die betroffenen sterilen und mehr oder weniger debilen Individuen zeigen das Krankheitsbild des KLINEFELTER-Syndroms oder des XXY-Typs (Abb. 16). Weitere Aberrationen der Geschlechtschromosomen, die bisher beobachtet wurden, sind die genetisch weiblichen, vorwiegend debilen und nur zum Teil fertilen Typen XXX und XXXX. Genetisch männlich, ebenfalls meist debil und steril sind die Typen XXXY, XXXXY, XXXXXY, XYY und XXYY.

Tab. 10. Numerische Aberrationen der Gonosomen bei Mensch und Tier

	Mensch	*Maus*	*Katze*	*Drosophila*
XXY	♂ anomal steril ± debil (Klinefelter)	♂ normal steril	♂ anomal steril	♀ normal fertil
XO	♀ anomal meist steril (Turner)	♀ normal fertil	—	♂ normal steril
XXX	♀ weitgehend normal teils fertil teils steril debil	—	—	♀ anomal („superfemale“)
OY		wahrscheinlich nicht lebensfähig		

Vergleicht man die gefundenen numerischen Aberrationen der Gonosomen mit den bei Tieren gemachten Beobachtungen (Tab. 10), so fällt auf, daß sich Drosophila von den Säugetieren sowohl beim XO- als auch beim XXY-Typ unterscheidet. Der XO-Typ ist bei Mensch und Maus weiblich; beim Menschen entsteht das meist sterile anomale TURNER-Syndrom, die XO-Maus ist ein normales und fertiles Weibchen. Bei Drosophila dagegen entsteht beim XO-Typ ein normales steriles Männchen. Beim XXY-Typ ist es umgekehrt: hier sind bei Mensch und Maus (auch bei der Katze) die Individuen männlich und steril. Beim Menschen tritt das KLINEFELTER-Syndrom auf; bei der Katze hat man ein ähnliches Krankheitsbild beobachtet. Demgegenüber ist bei Drosophila der XXY-Typ ein normales fertiles Weibchen. Was kann man daraus schließen? Bei Drosophila und anderen Insekten hat das Y-Chromosom nur eine untergeordnete Bedeutung. Entscheidend für die Geschlechtsbestimmung ist — wie zahlreiche Kombinationen und die Intersexe gezeigt haben — das Verhältnis der X-Chromosomen zu den Autosomen. Beim Menschen und wahrscheinlich bei allen Säugetieren dagegen ist das Y-Chro-

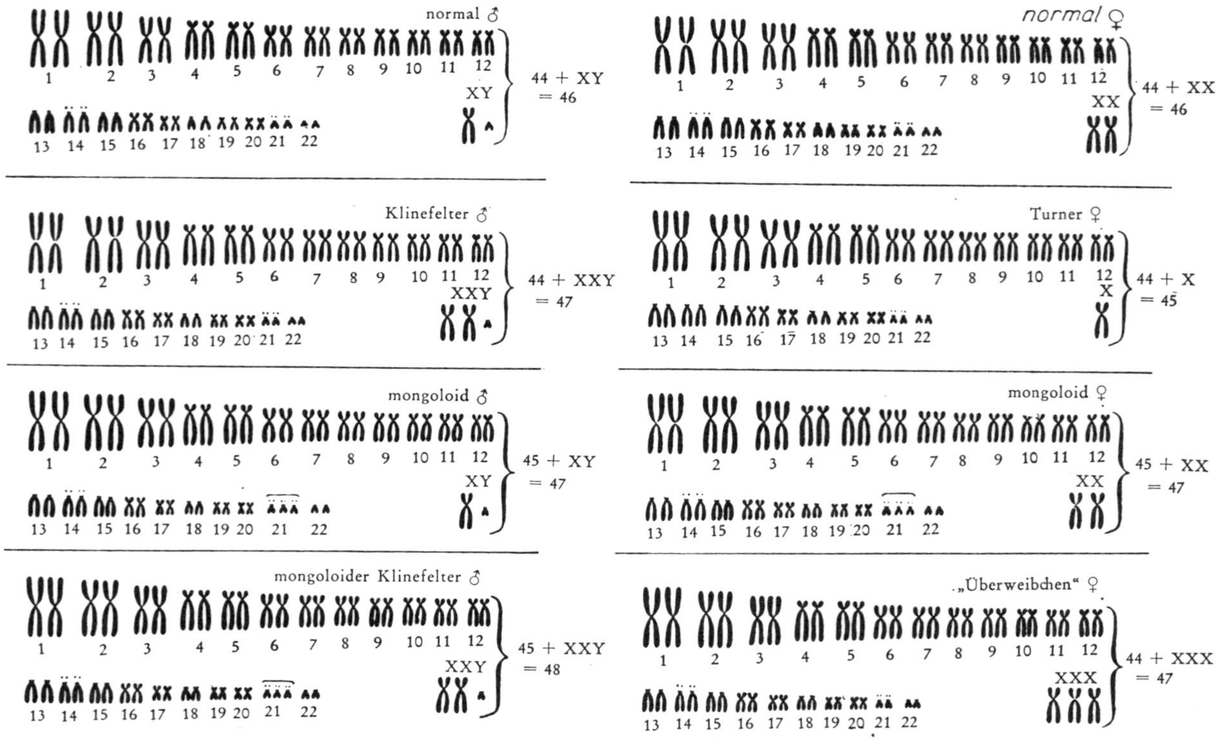

Abb. 16. Normale und anomale Chromosomenzahl des Menschen. (nach CHU und GILES, 1959; aus PENROSE, 1965)

mosom männchenbestimmend. Es entsteht immer dann ein männliches Individuum, wenn mindestens ein Y-Chromosom vorhanden ist. Überzählige Y-Chromosomen machen nicht „männlicher“ wie auch zusätzliche X-Chromosomen nicht zu „Überweibchen“ führen.

Der größte Teil der beim Menschen gefundenen numerischen Chromosomenaberrationen ist sicher durch Non-Disjunktion entstanden. Es muß aber auch andere Ursachen für die Entstehung dieser Chromosomenanomalien geben. Möglich wäre z. B. auch ein Verlust unpaarer überzähliger Chromosomen während einer Mitose. Die Folge wäre eine Mosaikbildung zwischen normalen und trisomen Zellen. Solche Mosaike sind mehrfach beobachtet worden. Mosaikbildungen können sogar dazu führen, daß sich ein Teil der Zellen eines Individuums in genetisch weiblicher, ein anderer Teil der Zellen in genetisch männlicher Richtung entwickelt. Man kennt z. B. XO/XY-, XO/XXXY- und XX/XXY/XXYYY-Mosaike; also echte Zwischengeschlechtlichkeit, wie sie bereits bei verschiedenen Insekten unter der Bezeichnung Gynander beschrieben wurden. Diese Individuen werden von einigen Autoren als „echte“ Hermaphroditen bezeichnet. Eine Zusammenfassung der bisher gefundenen Aberrationen der Gonosomen gibt die Tabelle 11.

Tab. 11. Die Aberrationen der Gonosomen (nach STENGEL, 1974)

Gonosomen	*Geschlecht*	*Krankheitsbild*	*Barrkörperchen*
XO	weiblich	Turner-Syndrom	0
XXX	weiblich	Triplo-X-Syndrom („superfemale“)	2
XXXX	weiblich	Tetra-X-Syndrom	3
XXXXX	weiblich	Penta-X-Syndrom	4
XXY	männlich	Klinefelter-Syndrom	1
XXXY	männlich	Triplo-X-Y-Syndrom	2
XXXXY	männlich	Tetra-X-Y-Syndrom	3
XXXXXY	männlich	Penta-X-Y-Syndrom	4
XYY	männlich	XYY-Syndrom	0
XXYY	männlich	XXYY-Syndrom	1
XO/XXX-Mosaik	weiblich		
XO/XY-Mosaik	Gynander		
XO/XXXY-Mosaik	Gynander		
XO/XY/XXY-Mosaik	Gynander		
XX/XY-Mosaik	Gynander		
XX/XXY-Mosaik	Gynander		
XX/XXY/XXYYY-Mosaik	Gynander		
X-Isochromosomen (46, XXqi)	weiblich	Turner-Syndrom	0
X-Ringchromosomen (46, XXr)	weiblich	Turner-Syndrom	0

In diesem Zusammenhang recht interessant sind die sehr seltenen vorkommenden eineiigen Zwillinge mit verschiedenem Geschlecht. TURPIN und Mitarbeiter haben ein solches Zwillingspaar genauer untersucht. Daß es sich auch wirklich um echte eineiige Zwillinge handelt, wurde durch verschiedene Merkmalsvergleiche und durch reziproke Hauttransplantationen sichergestellt. Der männliche Partner dieses Zwillingspaares hatte einen normalen diploiden Chromosomensatz mit 46 Chromosomen, der weibliche Zwilling hatte dagegen nur 45 Chromosomen, ihm fehlte das männlich bestimmende Y-Chromosom. Er gehörte dem XO-Typ an und zeigte auch alle Symptome des TURNER-Syndroms. Die Entstehung derartiger monozygotischer, aber getrenntgeschlechtiger Zwillinge läßt sich folgendermaßen erklären: Nach einer normalen Befruchtung einer normalen Eizelle muß bei der ersten mitotischen Teilung der normalen XY-Zygote ein Y-Chromosom verloren gegangen sein, so daß zwei Blastomeren mit XY und XO entstanden sind. Eine Trennung der beiden Blastomeren führte dann zur Bildung eineiiger Zwillinge, von denen der eine die Geschlechtschromosomen X und Y erhielt und damit männlich wurde, der andere jedoch nur ein X und sich daher in weiblicher Richtung entwickelte.

Ergänzt werden diese Untersuchungen über das normale Verhalten der Gonosomen und die numerischen Chromosomenanomalien durch eine Beobachtung von BARR im Jahre 1949. In den Interphasekernen der Gehirnzellen weiblicher Katzen entdeckte er das Geschlechtschromatin (BARR-Körperchen). Auch beim Menschen tritt dieses Geschlechtschromatin auf und kann in den Mundschleimhautzellen der Frau nachgewiesen werden. Es hat sich gezeigt, daß am Rand der Kerne ein basisch färbbares Körperchen immer dann auftritt, wenn zwei X-Chromosomen vorhanden sind (chromatin-positiv). Im männlichen Geschlecht mit nur einem X-Chromosom fehlt es (chromatin-negativ). Die Bildung eines BARR-Körperchens setzt das Vorhandensein von zwei X-Chromosomen voraus, tritt also normalerweise nur im weiblichen Geschlecht auf. Zytologische Untersuchungen des Geschlechtschromatins gestatten eine Aussage über das chromosomale Geschlecht und über die Zahl der X-Chromosomen. Diese ist stets um eins größer als die Zahl der BARR-Körperchen. Wie wir heute wissen, handelt es sich bei dem Geschlechtschromatin um ein genetisch heterochromatisches X-Chromosom. Bei Mäusen hat man feststellen können, daß ein X-Chromosom entbehrlich ist, die XO-Maus ist daher auch — im Gegensatz zum Menschen — normal und voll fortpflanzungsfähig. Die englische Genetikerin MARY LYON hat im Jahre 1961 die Funktion der X-Chromosomen zu klären versucht. An Hand von Untersuchungen bei Mäusen, auf die wir hier nicht näher eingehen wollen, konnte sie zeigen (Lyon-Hypothese), daß im Laufe der Entwicklung eines der beiden X-Chromosomen inaktiv wird. Unbekannt ist jedoch, wodurch und wie dies geschieht und welches der beiden X-Chromosomen betroffen wird. Auch die sogenannten „drumsticks“ (Trommelschlegel), die man gelegentlich in den Leukozyten von Frauen beobachten kann, scheinen in enger Beziehung zu den X-Chromosomen zu stehen.

Erbanlagen, die auf den Geschlechtschromosomen lokalisiert sind, werden geschlechtsgebunden vererbt. Ob die Y-Chromosomen Träger von Genen sind, ist beim Menschen mit Sicherheit nicht zu sagen. Wäre es der Fall, so dürfte ein solches Merkmal nur im männlichen Geschlecht auftreten. In der älteren humangenetischen Literatur findet man Beispiele für solche „holandrische“ Vererbung. Bekannt geworden ist eine Familie Lambert, bei der nach den damaligen Angaben über vier Generationen hornartig verdickte Hautauswüchse (Ichthyosis hystrix gravior) auftraten, und zwar sollten nur die männlichen Mitglieder der Familie betroffen sein. Sie wurden als Stachelschweinmenschen im vorigen Jahrhundert bekannt und auch mehrmals von Fachgelehrten der damaligen Zeit untersucht und beschrieben. Nachuntersuchungen von PENROSE und STERN ließen jedoch starken Zweifel an der holandrischen Vererbung dieses Erbleidens aufkommen. Und so war es auch mit den anderen Y-gebundenen Anlagen, wie etwa der Behaarung der Ohren. Gegenwärtig kann gesagt werden, daß beim Menschen eine holandrische Vererbung nicht erwiesen ist.

Wenn von geschlechtsgebundener Vererbung gesprochen wird, meint man die auf den X-Chromosomen lokalisierten Erbanlagen. Hier kennt man heute eine ganze Reihe von Beispielen. Wir haben den Stammbaum einer Familie mit Farbenblindheit ausgewählt, der bereits im 18. Jahrhundert bekannt war, ohne daß damals eine Erklärung für diese Erscheinung gegeben werden konnte. In der Abb. 17 ist auch die genetische Analyse mit aufgenommen worden, die zeigt, daß die Farbenblindheit geschlechtsgebunden rezessiv vererbt wird. Den gleichen Erbgang zeigt die meist als Schulbeispiel angeführte Bluterkrankheit, die vor allem dadurch bekannt wurde, weil sie in den früheren europäischen Fürstenhäusern verbreitet war (Abb. 18). Es hat oft den Anschein, als ob bei einem solchen Erbgang nur Männer befallen werden und die Frauen die Krankheit nur übertragen (Konduktorinnen). Das muß nicht der Fall sein, wie wir ja bereits aus unserem Beispiel der Vererbung der Farbenblindheit gesehen haben.

Eine auf den X-Chromosomen gelegene rezessive Erbanlage, wie etwa die für Bluterkrankheit, tritt im weiblichen Geschlecht auf, wenn eine Konduktorin Nachkommen mit einem Bluter hat. Einige solcher Familien sind bekannt (Abb. 19). 50% der weiblichen Nachkommen wären dann im Durchschnitt betroffen, während die anderen 50% wieder Konduktorinnen sind. Auch unter den männlichen Nachkommen dieser Paarung finden sich theoretisch 50% von der Krankheit befallene Individuen.

Weitere Beispiele für eine rezessiv-geschlechtsgebundene Vererbung sind die Rot-Grün-Blindheit, bei der von der Rotblindheit (Protanopie), Rotschwäche (Protanomalie) über die Normalsichtigkeit bis zur Grünschwäche (Deuteranomalie) und Gründblindheit (Deuteranopie) alle Störungsgrade vorkommen können. Ferner eine bestimmte Form des fortschreitenden Muskelschwundes (progressive Muskeldystrophie), der erbliche Sehnervschwund (Lebersche Opticusatrophie) und eine Form der Fischschuppenkrankheit (Ichthyosis vulgaris).

Von den dominant X-chromosomalen Genen sind nur einige wenige bekannt. Als Beispiele seien genannt: eine erbliche Unterentwicklung des Zahnschmelzes (Zahnschmelzhypoplasie), eine stachelförmige Haarbalgverhornung und das Augenzittern (Nystagmus).

In den letzten Jahren sind auch einige geschlechtsgebundene biochemische Stoffwechselleiden bekannt geworden. Rezessiv X-chromosomal mit teilweiser Manifestation auch im heterozygoten Zustand (Konduktorinnen) vererbt

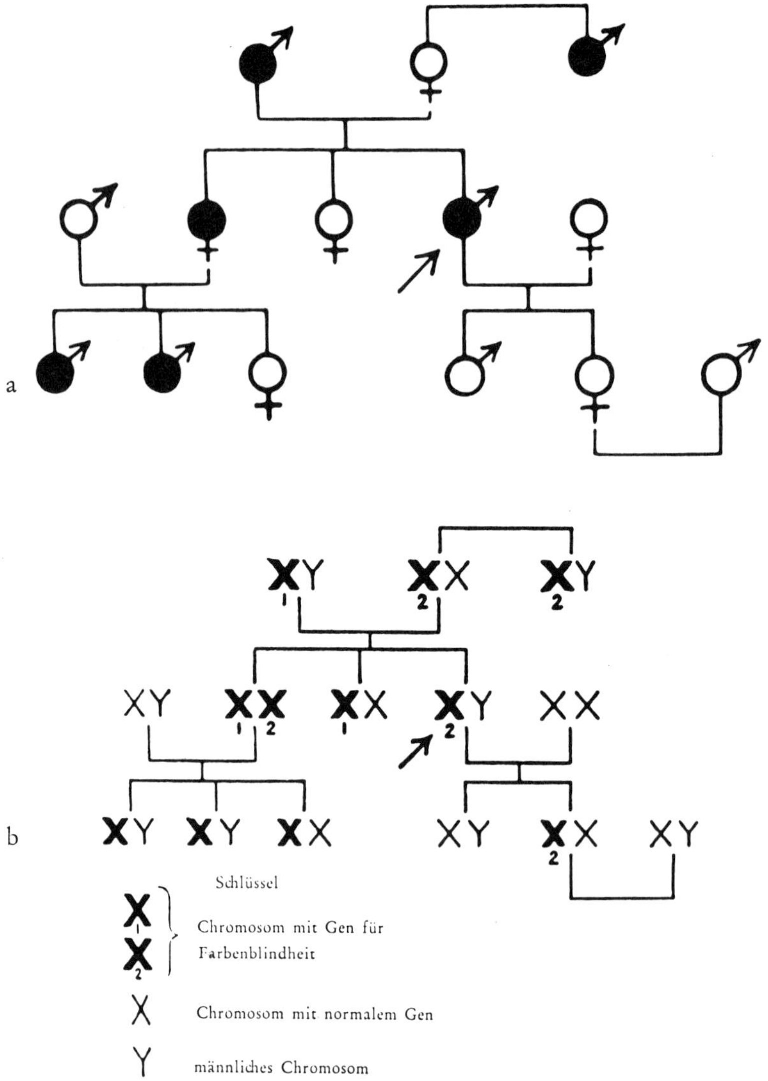

Abb. 17. a. Stammbaum mit Farbenblindheit. b. Genetische Analyse dieses Stammbaumes. (nach Penrose, 1965)

sich ein Glucose-6-Phosphat-Dehydrogenase-Mangel. Homozygote Männer und homozygote Frauen mit diesem Leiden reagieren auf bestimmte Malariamittel mit einer intravasalen Hämolyse, d. h., die Erythrozyten zerfallen in den Gefäßen. Dieses und auch andere Beispiele zeigen eine unterschied-

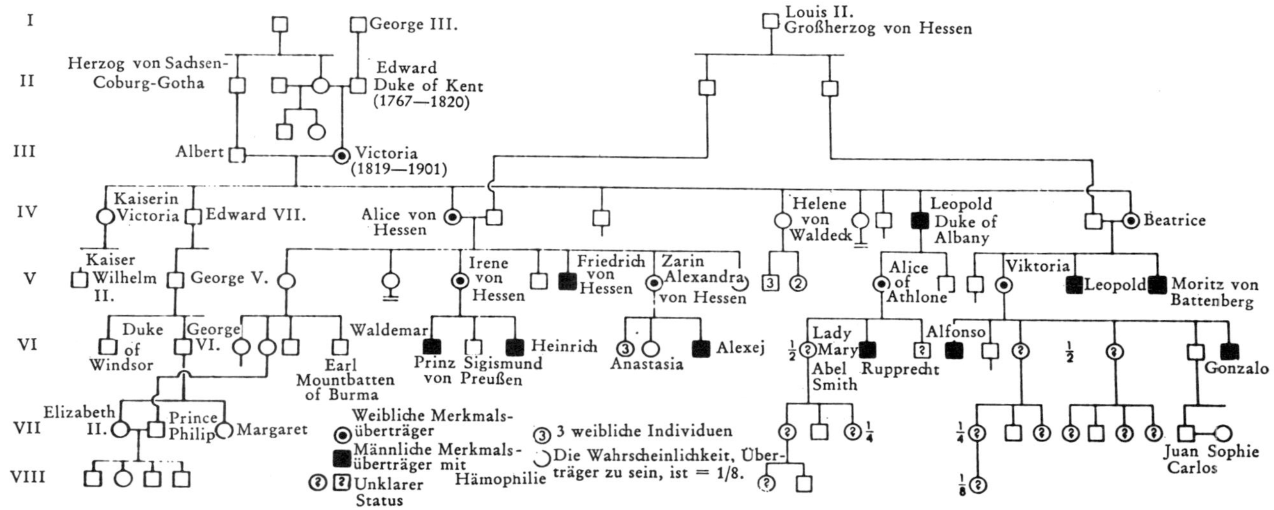

Abb. 18. Geschlechtsgebundener rezessiver Erbgang der Hämophilie in europäischen Herrscherhäusern. (nach McKusick, 1968)

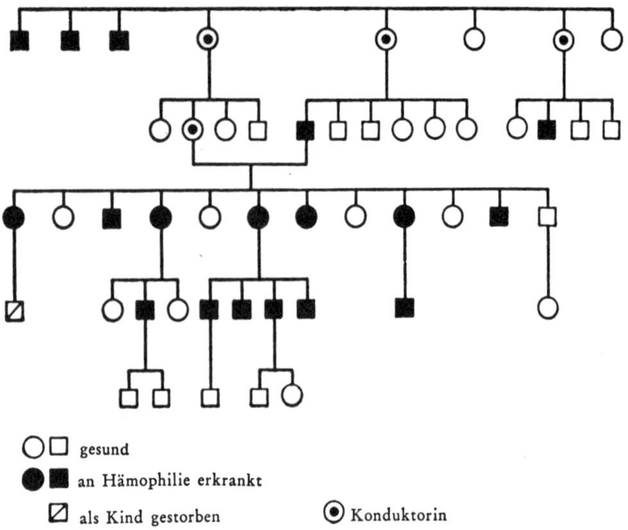

Abb. 19. Hämophiliestammbaum mit homozygoten weiblichen Blutern. (nach MERSKEY; aus v. VERSCHUER, 1959)

liche Ansprechbarkeit der Organismen auf Medikamente; diese Erscheinung gehört zum Forschungsbereich der Pharmakogenetik. Durch diesen Enzymmangel tritt auch nach Genuß von Pferde- oder Saubohnen (Vicia faba) eine hämolytische Reaktion ein und führt zu schwerer Anämie, zu Gelbsucht, Fieber und Erbrechen (Favismus). Gleichen Erbgang zeigt auch der Diabetes insipidus (Wasserharnruhr), eine mit starkem Durstgefühl einhergehende Vermehrung der Harnmenge. Ungenügende Flüssigkeitszufuhr kann bei dieser Krankheit zu Wachstumshemmung und Schwachsinn führen. Als Beispiel für eine dominant (wahrscheinlich unregelmäßig) X-chromosomale Stoffwechselstörung kann man die genuine (erbliche) Vitamin D-resistente Rachitis (Phosphatdiabetes) anführen, eine Störung im Calcium- und Phosphatstoffwechsel mit sehr niedrigem Serumphosphatspiegel. Eine Vitamin-D-Behandlung führt hier im Gegensatz zur gewöhnlichen Rachitis zu keinem Erfolg.

Neben der geschlechtsgebundenen Vererbung gibt es auch eine Geschlechtsbeeinflussung autosomal erblicher Merkmale (geschlechtsbegrenzte Manifestation, sex limitation). Allgemein bekannt ist hier die Kahlköpfigkeit, die fast ausschließlich bei Männern vorkommt. Ein anderes Beispiel für geschlechtsabhängige Manifestation ist die dominant autosomal erbliche Pubertas praecox, eine vorwiegend bei Knaben auftretende körperliche und geistige Frühreife, die durch frühzeitiges Aussetzen der Hormonbildung der Epiphyse auftritt. Diese Störung kann allerdings auch durch andere Erbkrankheiten (z. B. Hydrocephalus), durch Entzündungen oder durch Tumorbildungen hervorgerufen werden und findet sich dann auch im weiblichen

Geschlecht. Es ist nicht immer leicht, eine Geschlechtsbeeinflussung mit Sicherheit festzustellen, da wohl die meisten Anomalien polygen bedingt sind und peristatische Faktoren an der Ausprägung beteiligt sind. Es ist verständlich, daß während der Entwicklung labiler Merkmale auch Hormone ihren Einfluß ausüben. Daher kann durch die verschiedenen Geschlechtshormone eine unterschiedliche Manifestation in beiden Geschlechtern auftreten.

4. Vererbung geistig-seelischer Merkmale

Es besteht heute kein Zweifel, daß nicht nur die Anlagen für morphologische, anatomische und physiologische Merkmale vererbt werden; auch die Anlagen für psychische Merkmale werden von genetischen Faktoren bestimmt. Im Bereich der Psyche ist die Beziehung zwischen Erbe und Umwelt besonders groß. Gerade hier sind die bestimmenden Faktoren so vielgestaltig, daß es auch in Zukunft kaum möglich sein wird, die Einflüsse des Erbgutes und der Umwelt zu trennen und die Anteile der einzelnen Faktoren und ihre Wirksamkeit im einzelnen genau zu bestimmen. Politik und Weltanschauung haben ein übriges getan, vorgefaßte Meinungen in der von ihnen gewünschten Richtung zu beeinflussen. Einmal wurde die Umwelt, d. h. die Erziehung als alleiniger charakterbildender Faktor hingestellt. Jeder Mensch wäre danach durch äußere Beeinflussung formbar. Zum anderen wurde ausschließlich das Erbgut für die Persönlichkeit eines Menschen verantwortlich gemacht

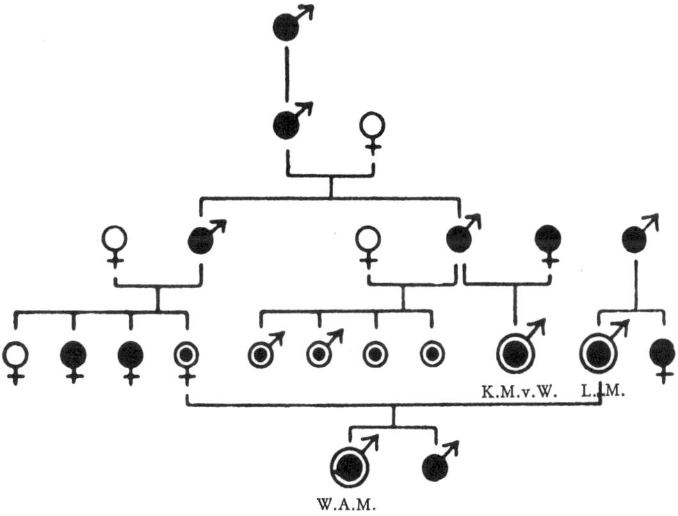

Abb. 20. Musikalische Begabung in der Familie Mozart-Weber. Punkt im Kreis durchschnittliche musikalische Begabung, schwarzer Kreis hochbegabte Personen, mit Ring umgeben geniale Musiker. (nach Baur-Fischer-Lenz, 1927)

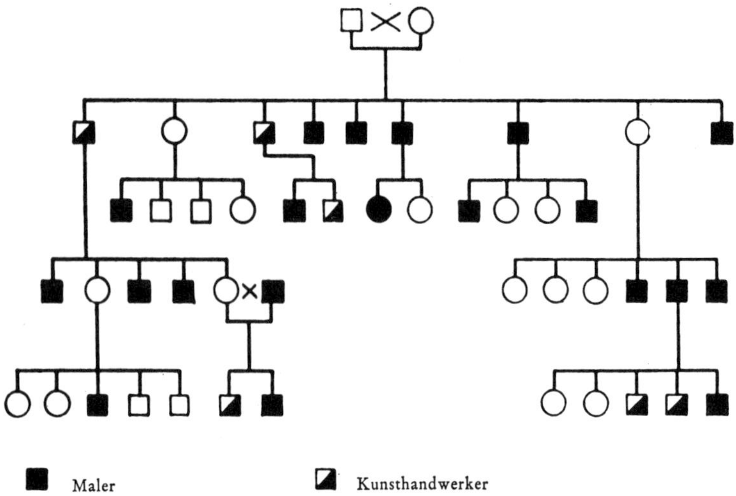

Abb. 21. Stammbaum der Maler- und Kunsthandwerker-Familie Tischbein. (nach LINK; aus v. VERSCHUER, 1959)

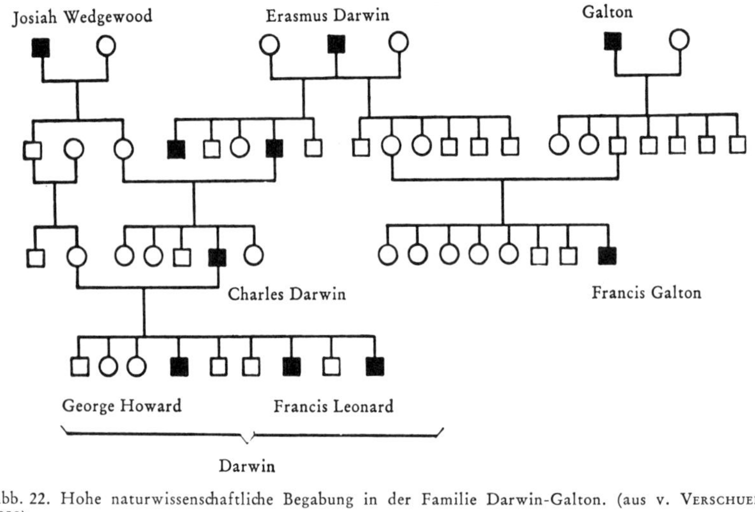

Abb. 22. Hohe naturwissenschaftliche Begabung in der Familie Darwin-Galton. (aus v. VERSCHUER, 1959)

und der Umwelt jede Einwirkung abgesprochen. Dazu kommt, daß der einzelne Mensch recht subjektiv derartigen Untersuchungen gegenübersteht. Er will vielfach seine Persönlichkeit weder als Produkt seiner Umwelt auffassen noch ausschließlich seinen Vorfahren verdanken; er möchte seinem eigenen Ich möglichst viel Unabhängigkeit zusprechen. Nur objektive statistische Untersuchungen können hier zur Klärung dieser Problematik beitragen.

Solche zahlenmäßigen Erhebungen wurden bereits von FRANCIS GALTON durchgeführt. Er veröffentlichte 1869 eine Arbeit, in der er die Vorfahren, Geschwister und Nachkommen von 415 hochbegabten englischen Männern untersuchte. Er wollte feststellen, wieviel bedeutende Männer sich in ihrer Verwandtschaft befanden und dadurch eine Vererbung der *Begabung* nachweisen. Eine Umrechnung ergab, daß von 100 hochbegabten Männern 31 hochbegabte Väter, 17 hochbegabte Großväter, 48 hochbegabte Söhne, 14 hochbegabte Enkel und 41 hochbegabte Brüder hatten. Als Vergleich nahm er an, daß ein Hochbegabter einmal unter 4000 Personen auftritt. Gäbe es keine erbliche Anlagen für die Begabung, so wären nach der Wahrscheinlichkeit nicht 31, sondern nur 0,025 Väter von 100 Ausgangspersonen hochbegabt. Die familiäre Häufung überschreitet um das 1240fache eine rein zufallsmäßige Verteilung. Genauere Untersuchungen wurden von ADELE JUDA in den Jahren 1928 bis 1940 durchgeführt. Unter den Vätern von 294 Wissenschaftlern und Künstlern (181 Wissenschaftler und 113 Künstler) zeigten 92 (=31%) ebenfalls ungewöhnliche Begabung. Von ihren 798 Kindern waren 190 (=24%) und von ihren 902 Geschwistern 153 (=17%) überdurchschnittlich begabt. Für das gehäufte Auftreten spezieller Hochbegabung in bedeutenden Familien lassen sich zahlreiche Beispiele anführen. Einige davon haben wir in den Abbildungen 20 bis 22 angeführt. Diese Beispiele ließen sich noch um ein Vielfaches vermehren. Auch bei Beethoven, Bach, Brahms, Schubert, Liszt oder der Walzerfamilie Strauß findet sich musikalische Begabung in der Familie. Der Vater Beethovens war Tenorsänger, der Großvater Tondichter (Komponist). Auch die Väter von Brahms, Cherubini und Rossini waren ausübende Musiker. Georg Bizets Vater war Gesangslehrer. Die Anlage für Malerei findet sich in der näheren Verwandtschaft Tizians (hier sind neun Maler bekannt), Holbeins und Cranachs. Dichterische Begabung trat neben anderen Beispielen in den Familien von Seidel, Schlegel, Kleist, Arnim und Huch auf. Auch in der Familie Goethe, vor allem mütterlicherseits, finden sich überdurchschnittlich begabte Vorfahren; einer davon war der Maler und Holzschnitzer Lucas Cranach d. Ält. In der Verwandtschaft Schillers treten gleich mehrere bedeutende Persönlichkeiten auf. Mit Schiller blutsverwandt waren die Dichter Uhland, Möricke, Hölderlin und Hauff sowie die Philosophen Hegel und Schelling. Beispiele für die Weitergabe technischer Begabung findet sich u. a. in den Familien Siemens und Krupp. Ein Musterfall für die Vererbung geistiger Eigenschaften ist ferner die Gelehrtenfamilie Bernoulli. Aber auch Ausnahmen sind bekannt, so bei dem Philosophen Kant, bei dem Mathematiker K. F. Gauß oder bei dem Musiker Schumann, in deren näheren Verwandtschaft keine entsprechende Veranlagung festgestellt werden konnte. Sie zeigen, daß die Vererbung besonderer Begabung nicht immer so klar zutage tritt, wie es aus den vorigen Namen zunächst scheinen mag.

Was für die spezielle Hochbegabung gilt, dürfte auch für die allgemeine Begabung zutreffen. Hier ist jedoch eine genetische Analyse noch weit schwieriger. Durch die Familien- und Zwillingsuntersuchungen einerseits und die Entwicklung besonderer Testmethoden andererseits ist es gelungen, auch in der Vererbung der Intelligenz gewisse Einblicke zu gewinnen. Zahlreiche Untersuchungen in allen Teilen der Welt liegen vor. Wir beschränken uns auf eine Zusammenstellung der Testergebnisse an ein- und zweieiigen Zwillingen (Tabelle 12). Ein Zusammenhang zwischen Intelligenz und genetischen Faktoren ist in diesen Untersuchungen unverkennbar.

Enge Beziehungen bestehen auch zwischen dem *Verhalten* und der Vererbung. Es ist Aufgabe der „behaviour genetics" oder Verhaltensgenetik zu ergründen, wieweit das Verhalten auf einzelne Gene oder Gengruppen

Tab. 12. Intelligenz-Testungen an ein- und zweieiigen Zwillingen (nach ROHRACHER, 1965)

Autor und Jahr der Untersuchung	*Anzahl der eineiigen Paare*	*Korrelationskoeffizient*	*Anzahl d. zweieiigen Paare*	*Korrelationskoeffizient*	*Test*
Wingfield and Sandford (1928)	45	0,90	57	0,70	Stanford u. a.
Stocks and Karn (1933)	68	0,84	119	0,65	
Newman, Freeman, Holzinger (1937)	50	0,88	50	0,63	Binet
Eysenck and Prell (1951)	25	0,91	25	0,67	Wechsler-Bellevue
Wictorin (1952)	128	0,85	141	0,70	Simplex
Husén (1959)	36	0,87	71	0,55	I-test
Husén (1960)	215	0,90	416	0,70	I-test
Gottesmann (1963)	34	0,83	34	0,59	Otis
Gesamtzahlen und Mittelwerte	601	0,87	913	0,65	

zurückgeführt werden kann und die Wirkungsweise solcher Gene zu analysieren. Die Schwierigkeiten, die solchen Untersuchungen entgegenstehen, sind aus erklärlichen Gründen sehr mannigfaltig, zumal psychische Merkmale quantitativ und qualitativ schwer zu erfassen sind. Auch dürfte es meistens so sein, daß mögliche Erbgänge polygen und bereits aus diesem Grund genetisch kaum analysierbar sind. Trotz dieser Schwierigkeiten gibt es bereits erste Ergebnisse über die Genetik des Verhaltens. Viele Fragen müssen aber zunächst noch unbeantwortet und der fortschreitenden Forschung vorbehalten bleiben. Auch hier müssen verhaltensgenetische Kreuzungsexperimente beim Tier als Modellversuch vergleichend herangezogen werden. Voraussetzung hierfür sind äußerst exakte Ethogramme, die aufzustellen nicht immer leicht ist und die subtile Kenntnisse über die einzelnen Verhaltensmuster erfordern. Neuere Untersuchungen zur Verhaltensgenetik der Säugetiere betreffen vorwiegend den Vergleich von Inzuchtstämmen, da hier die Unterschiede gering und wenige typische Eigenschaften exakt faßbare Ergebnisse liefern können. Eine Erörterung dieser Untersuchungen muß einer Betrachtung allgemein genetischer Fragen vorbehalten bleiben. Der Hinweis soll nur zeigen, daß auch hier die genetische Forschung in Neuland vorstößt und vor allem auch die Frage nach den physiologischen Mechanismen, die dem Verhalten zugrunde liegen, experimentell in Angriff genommen werden können. Daß auch beim Menschen erbliche arttypische Verhaltensmuster auftreten, dafür sind bestimmte Instinkthandlungen, wie etwa der Pflegeinstinkt ein Beispiel. K. Lorenz hat gezeigt, daß hierzu das Kindchen-Schema, ein pausbäckiges Kindergesicht oder auch entsprechende Ersatzobjekte, auslösende Schlüsselreize für ein Sympathieverhalten darstellen. Die Bedeutung eines solchen Verhaltensmusters sowohl für die Mutter als auch für das Kind sind offensichtlich. Pathologische Veränderungen des Verhaltens können weitere Störungen nach sich ziehen und Ursache von abwegigen Persönlichkeitsstrukturen sein.

In diesem Zusammenhang von Interesse sind auch Beobachtungen an taub und blind geborenen Kindern, die also niemals in der Lage waren, von anderen Menschen jemals Verhaltensmuster zu sehen bzw. zu hören und dadurch zu erlernen. Solche Kinder verfügen dennoch über das gleiche Repertoire an mimischen Ausdrucksbewegungen wie ihre gesunden Altersgenossen. Sie können weinen und lachen, mit den Füßen stampfen und im Zorn die Fäuste ballen und besitzen ebenfalls ausgeprägte soziale Neigungen. Solche bedauernswerten Kinder zeigen, daß auch beim Menschen stammesgeschichtliche Anpassungen als „Erbkoordinationen" vorhanden sind.

Auch wenn es uns heute selbstverständlich erscheint, daß Erbfaktoren an normalen und anomalen Verhaltensweisen beteiligt sind — jeder kennt solche Ähnlichkeiten in bestimmten Gebärden, in Gang oder Haltung unter Familienmitgliedern — muß auch hier versucht werden, unter Zuhilfenahme bestimmter Methoden einen Einblick in die Vererbung der *Persönlichkeit* zu gewinnen. Beispielhaft für viele sollen hier nur einige dieser Untersuchungen angeführt werden. I. Frischeisen-Köhler untersuchte bereits 1933 durch Metronom- und Klopfversuche an Zwillingen, einzelnen Geschwistern und Kontrollpersonen die Abhängigkeit des persönlichen Tempos von Erbfaktoren. Bei diesen Experimenten wurden die Versuchspersonen aufgefordert, mit einem Metallstift oder mit den Fingern auf eine Platte zu klopfen in einem Tempo, das ihnen am angenehmsten erschien oder dieses an einem Metronom einzustellen. Die 53 eineiigen Zwillingspaare zeigten unter sich keine größeren Verschiedenheiten als derselbe Mensch während verschiedener Messungen und Situationen. Bei den 65 zweieiigen Zwillingspaaren war der Unterschied etwa doppelt so groß, etwa gleich dem Unterschied zwischen Geschwistern. Die Kontrollgruppen wiesen noch größere Abweichungen auf. Da das persönliche Tempo von äußeren Faktoren und vom Alter weitgehend unabhängig ist, zeigen diese Untersuchungen eine umweltstabile und erbbedingte Verhaltensweise.

Andere Persönlichkeitszüge und Charakteranlagen und ihre Erbbedingtheit wurden durch Umfragen bei Lehrern und Eltern eineiiger und zweieiiger Zwillingspaare zu klären versucht. Auch hier zeigte sich bei eineiigen Zwillingen größere Konkordanz als bei zweieiigen. Ch. Riedl hat in Österreich 51 eineiige und 28 zweieiige Zwillingspaare mit einem Persönlichkeits-Interessen-Test (P-I-Test) untersucht und auch hier bei den eineiigen größere Übereinstimmung festgestellt. Von besonderem Interesse sind auch die von K. Gottschaldt durchgeführten Längsschnittuntersuchungen an Zwillingen. Bereits 1937 hatte er 90 schulpflichtige Zwillingspaare zwei Monate in einem Heim beobachten und mit psychologischen Methoden untersuchen können.

15 Jahre später konnten noch 68 dieser nunmehr erwachsenen Zwillingspaare wieder aufgefunden und erneut untersucht werden. GOTTSCHALDT stellte fest, daß bei den 35 eineiigen und 33 zweieiigen Zwillingspaaren etwa die gleiche Konkordanz bzw. Diskordanz sich wiederfand wie im Kindesalter; ebenfalls ein Beweis für den Einfluß der Vererbung auf psychische Verhaltensweisen. Zwillingsuntersuchungen von GEYER zeigten, daß auch für Antrieb, Empfindlichkeit und Grundstimmung genetische Faktoren mitverantwortlich sind.

Pathologische Verhaltensweisen und ihre Abhängigkeit von Erbfaktoren wurden ebenfalls an Zwillingen untersucht. Die Ergebnisse, die von den verschiedenen Autoren über die *Kriminalität* vorgelegt wurden, sind in der Tabelle 13 aufgeführt. Auch wenn hier die Konkordanz bei den eineiigen Zwillingen größer als bei den zweieiigen ist, so sind eventuelle Schlußfolgerungen nur sehr vorsichtig zu interpretieren. Einmal ist die Kriminalität kein biologischer, sondern ein juristischer Begriff, und es ließe sich darüber diskutieren, ob überhaupt mit genetischen Methoden ein Vergehen gegen von Menschen geschaffene Gesetze untersucht werden kann. Und zum anderen: die Faktoren, die zur Kriminalität führen, sind so vielseitig, daß eine statistische Errechnung sehr gewagt erscheint. Gerade bei der Kriminalität spielen vielfach soziale, ethische, wirtschaftliche, juristische und auch erlebnis-

Tab. 13. Kriminalität bei Zwillingen (nach KOCH, 1965)

Autor und Jahr	*E Z*		*Z Z*	
	konkordant	*diskordant*	*konkordant*	*diskordant*
Lange (1929)	10	3	2	15
Legras (1932)	4	—	—	5
Kranz (1936)	20	11	23	20
Stumpfl (1936)	11	7	7	12
Borgström (1939)	3	1	2	3
Rosanoff-Handy-Plesset (1941)	35	10	6	21
Yoshimasu (1947/59)	14	14	—	26
Gesamtzahl	97	46	40	102
in %	68	32	28	72

mäßige Faktoren eine wichtige Rolle. Soviel darf aber nach dem Studium der vorliegenden Untersuchungen gesagt werden, daß neben diesen umweltbedingten Faktoren genetische Veranlagung ebenfalls eine recht wesentliche Rolle spielt.

Eine andere Extremvariante im Verhalten ist die *Homosexualität.* Diese Anomalie im psychosexuellen Verhalten kann ebenfalls verschiedene Ursachen haben. Auch hier sind die Ergebnisse der Zwillingsforschung zunächst nicht mehr als der Versuch, einen Anhaltspunkt über mögliche Erbbedingtheit zu bekommen. Die Homosexualität ist ätiologisch uneinheitlich, und neben der homosexuellen Betätigung gibt es auch noch die homosexuelle Triebrichtung, eine Störung der psychosexuellen Entwicklung. Die Tabelle 14 gibt eine Reihe dieser Zwillingsuntersuchungen wieder. Berücksichtigt man bei der großen Zwillingsserie von KALLMANN, daß sie New Yorker Gerichtsakten entstammen, es sich also nur um hochgradige Homosexuelle handelt, so darf man aus den Zahlenergebnissen wohl schließen, daß hier ein erblicher Einfluß unverkennbar ist.

Tab. 14. Homosexualität bei Zwillingen (gekürzt nach KOCH, 1965)

Autor und Jahr	*EZ*		*ZZ*	
	konkordant	*diskordant*	*konkordant*	*diskordant*
Sanders (1932)	6	1	—	1
Habel (1950)	3	2	—	5
Kallmann (1952)	44	—	13	38
Koch (1958)	—	1	—	1

Untersuchungen über die Erblichkeit der *Trunksucht* leiten über zu den Psychopathien, abnormen Geistes- und Seelenverfassungen, die zwischen der Norm und der Geisteskrankheit alle Übergänge bilden. Etwa zwei Drittel der dem Alkohol Verfallenen sind Psychopathen (davon sind wiederum etwa ein Drittel kriminell) und etwa 10% Geisteskranke (Schwachsinnige, Depressive, Epileptiker). Der Trunksucht verfallen vor allem haltlose und willensschwache, aber auch reizbare und explosive Menschen. Da die Psychopathien meist erblich sind, so ist auch der Alkoholismus weitgehend von einer genetischen Veranlagung abhängig. Zwillingsuntersuchungen haben das bestätigt. L. KAIJ untersuchte in Schweden 48 eineiige und 126 zweieiige Zwillinge, die sehr starke Alkoholiker waren. 54% der eineiigen und nur 31,5% der zweieiigen Zwillingsprobanden hatten einen konkordanten Zwillingspartner. Auch zahlreiche Familien, in denen über mehrere Generationen gewohnheitsmäßige Trinker auftraten, sind bekannt. Häufiger als im Durchschnitt sind die Kinder von Alkoholikern debil (4—5%), imbezil (2—3%) oder psychopathisch (5%). Das beruht nicht auf der unmittelbar schädlichen Wirkung des Alkohols, sondern auf der hier dargelegten höheren erblichen Belastung solcher Familien.

Daß bei den meisten Psychopathien eine erbliche Belastung vorliegen kann, darüber besteht heute kein Zweifel. Allein der Begriff des Psychopathen ist schwer definierbar, und die einzelnen Typen der Psychopathie kommen in reiner Form kaum vor. Nur von Fall zu Fall kann daher eine Aussage über mögliche Ursachen gemacht werden; alle Verallgemeinerungen müssen besonders hier vermieden werden. Wenn wir die wichtigsten Psychopathien nennen wollen, so könnte man verschiedenen Einteilungen folgen, je nachdem wie weit man den Begriff der Psychopathie fassen will. Als Typen gibt es die Willenlosen, die Stimmungslabilen, ferner die Gemütslosen, Geltungsbedürftigen, Explosiven und Fanatiker; auch depressive und selbstunsichere Menschen können wir den Psychopathen zurechnen. Wenn wir den Begriff sehr weit fassen, gehören hierher die sexuellen Perversionen, die Süchtigkeiten und die Monomanien (z. B. Kleptomanie oder Stehltrieb, Poriomanie oder Wandertrieb). Auch die Prostitution wird gelegentlich zu den Psychopathien gerechnet. Die abnorme Persönlichkeit, die bei den Psychopathen zum Ausdruck kommt und die sie mit sich und der Welt oft nicht zurechtkommen läßt, kann auch bei geistig hochstehenden Persönlichkeiten, bei Künstlern und Wissenschaftlern, auftreten. Sie kann, wie wir schon sagten erblich sein, kann aber auch eine Vorstufe von Geisteskrankheiten sein, durch das Milieu oder durch überstandene Erkrankungen des Gehirns hervorgerufen werden.

Wir haben in unserer Betrachtung dem Thema gemäß die genetischen Aspekte in den Vordergrund gerückt. Das soll nun keineswegs heißen, daß Umweltbedingungen kaum oder nur gering an den psychischen Eigenschaften des Menschen prägend beteiligt sind. Daher haben wir auch immer wieder auf peristatische Faktoren hingewiesen. Soziales Milieu und Erziehung sind sehr wichtige Faktoren in der Entwicklung eines Kindes, allerdings sind sie nicht die einzigen, wie heute noch gelegentlich von nichtbiologischer Seite behauptet wird. Wir sagten bereits, daß es nicht Aufgabe der Erbpsychologie sein kann und auch nicht sein soll, beide Faktoren gegeneinander abzuwägen. Vielmehr sollten Genetiker, Mediziner, Psychologen und Soziologen gemeinsam die Stellung des Menschen zu sich und seinen Mitmenschen zu ergründen suchen.

5. Erbkrankheiten

Die Erbpathologie befaßt sich mit anomalen und krankhaften Lebensvorgängen und Entwicklungsstörungen, soweit sie genetisch bedingt sind. Im Gegensatz zu den meist polygen vererbten „normalen" Merkmalen, werden Erbkrankheiten oft monogen weitergegeben. Häufig wird ein gleiches oder doch ähnliches Krankheitsbild auch von verschiedenen Erbanlagen hervorgerufen. Oft erschwert auch die Erscheinung der Penetranz und Expressivität eine genetische Analyse. Trotz der schon mehrfach angedeuteten Schwierigkeiten, denen der Humangenetiker gegenübersteht, konnte bisher ein umfangreiches Material über die Erbkrankheiten und erblichen Anomalien zusammengetragen werden. Es läßt zwar nicht immer exakte Angaben über den Erbgang einer bestimmten Krankheit zu, hat jedoch die Kenntnisse und Erkenntnisse über die menschliche Erbforschung sehr bereichert. Im folgenden wollen wir einige Ergebnisse der Erbpathologie betrachten.

a. Erbliche Anomalien und Krankheiten der Haut und der Hautgebilde

Zu den Anomalien und Krankheiten, die meist leicht zu erkennen und oft ohne große Schwierigkeiten über mehrere Generationen verfolgt werden können, gehören die der Haut und der Hautgebilde. Unmittelbar beobachtet werden können Störungen in der Pigmentbildung sowie fehlerhafte Verhornungen. Auch eine übermäßige wie auch eine unterentwickelte Ausbildung einzelner Gewebebestandteile kann familiär auftreten. Wir kennen heute eine Reihe solcher dominant- und rezessiv-erblichen Hypo- und Hyperplasien. Bei manchen Menschen rufen bereits geringe äußere Reize (Verletzungen, Reibungen, Mückenstiche, toxische Stoffe, starke Sonnenbestrahlung usw.) Blasenbildungen auf der Haut hervor. Diese können relativ harmlos sein, es gibt aber auch Formen, die zu schweren, z. T. tödlichen Schädigungen der Haut führen (Letalfaktor). Verschiedene erbliche Krankheitsbilder wurden bisher beschrieben. Auch bei den Anhangsgebilden der Haut, den Haaren und Nägeln kennt man zahlreiche erbliche Entwicklungsstörungen. Die Tabelle 15 gibt einige Beispiele hier zu nennender Anomalien und Krankheitsbilder.

Tab. 15. Erbliche Anomalien und Krankheiten der Haut

Anomalie	*Krankheitsbild*	*Allgemeine Bemerkungen*
Albinismus	Pigmentmangel. Durch Fehlen des Fermentes Tyrosinase wird die Bildung von Melanin unterbunden	Vererbung rezessiv Verteilungsstörungen führen zum Teilalbinismus
Xeroderma pigmentosum (Pergamenthautkrankheit)	Überempfindlichkeit der Haut gegenüber Sonnenlicht. Bildung von Pigmentflecken, Gefäßerweiterungen, krebsartige Entartungen	Erbgang rezessiv
Epheliden (Sommersprossen)	Kleine, gelbbraune Flecke; am häufigsten im Gesicht	Erblichkeit durch Zwillingsuntersuchungen nachgewiesen
Naevi (Muttermale)	umschriebene Hautveränderungen mit auffallender Färbung	verschiedene erbliche Formen bekannt
Epidermolysis bullosa	Blasenbildung der Haut, hervorgerufen durch geringe äußere Reize	verschiedene dominant- und rezessiv-erbliche Formen bekannt
Ichthyosis (Fischschuppenkrankheit)	Sammelbezeichnung für verschiedene Hautkrankheiten mit mehr oder weniger starken Schuppen- und Hornbildungen. Die schwerste Form führt in wenigen Stunden oder Tagen nach der Geburt zum Tod	Man kennt dominant- und rezessiv-autosomale sowie rezessiv-geschlechtsgebundene Formen
Keratosis	Verhornungen vorwiegend im Bereich der Handteller und Fußsohlen. Verschiedene klinische Formen	autosomale und gonosomale Vererbung bekannt
Hypertrichose	Überbehaarung meist auf umschriebenen Körperbezirken	familiäre Häufung wurde beschrieben
Atrichose	Haarlosigkeit	kann wahrscheinlich rezessiv vererbt werden
Onychogryphosis (Krallennägel)	Krallenartige Verkrümmung der Nägel	Erbgang dominant autosomal

Ein Krankheitsbild mit mangelhafter Entwicklung der Nägel, mit einer Neigung zu Verrenkungen der Kniescheibe und Knochenabnormitäten an Ellbogen und Becken ist das Nagel-Patella- oder TURNER-KIESER-Syndrom. Diese dominant erbliche Anomalie wird mit der AB0-Allelenreihe gekoppelt vererbt. Es ist dies eine der wenigen sicher nachgewiesenen autosomalen Genkopplungen beim Menschen. Sie sind im Gegensatz zu einer gonosomalen Kopplung — alle Gene auf dem X-Chromosom werden gekoppelt vererbt und können an dem geschlechtsgebundenen Erbgang erkannt werden — nur schwer feststellbar. Die Abbildung 23 zeigt einen Familienstammbaum, in dem dieses Syndrom mit der Blutgruppe B gekoppelt vererbt wird.

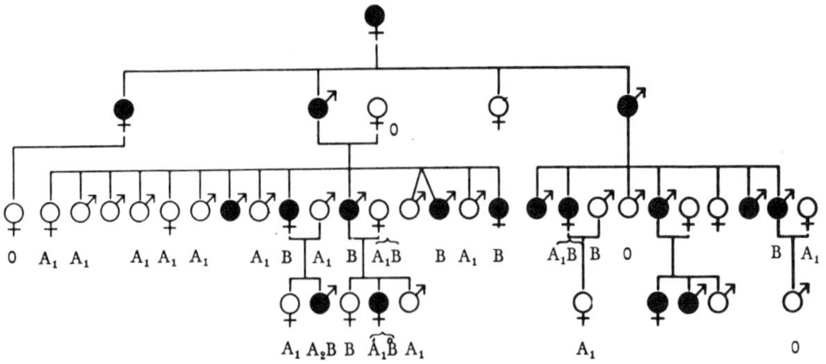

Abb. 23. Stammbaum einer Familie mit Genkopplung: Nagel-Patella-Syndrom gekoppelt mit der Blutgruppe B. Auszugsweise. (nach RENWICK und LAWLER; aus LENZ, 1961)

Die genetische Kopplung der Erbanlagen eines Chromosoms kann durch die Erscheinung des crossing over aufgehoben werden. Durch diesen Austausch zwischen den Kopplungsgruppen werden die Allele neu geordnet. Da das crossing over mit einer bestimmten Häufigkeit auftritt und die Gene linear auf den Chromosomen angeordnet sind, kann diese Häufigkeit als Maß für die Entfernung zweier Gene betrachtet werden. Bei einigen Organismen, so vor allem bei Drosophila, hat man experimentell auf diese Weise ganze Chromosomenkarten aufstellen können. Auch beim Menschen dürfen wir crossing over erwarten, nur ist eine statistische Auswertung hier nicht möglich, und von einer Aufstellung von Chromosomenkarten kann, von einigen sehr vorsichtigen Versuchen abgesehen, zunächst noch keine Rede sein. Aber auch aus der Humangenetik kennen wir einige Beispiele für crossing over. Der erste Nachweis eines Faktorenaustausches zwischen den auf den X-Chromosomen gelegenen Erbanlagen für Hämophilie und für Rotgrünblindheit beim Menschen gelang v. VERSCHUER bereits 1938. Wir haben ein Beispiel gewählt, bei dem crossing over die oben genannte Kopplung zwischen dem Nagel-Patella-Syndrom und der Blutgruppe B gelöst hat. In dem Stammbaum der Abbildung 24 ist mehrmals ein Faktorenaustausch aufgetreten: Da das Elternpaar der Generation I Kinder mit der Blutgruppe 0 und B hat und der Vater die Blutgruppe 0, muß die Mutter mit dem Nagel-Patella-Syndrom den Blutgruppengenotyp B0 gehabt haben. Unter ihren Kindern findet sich dreimal ein crossing over; das sind Nachkommen, bei denen keine Kopplung zwischen dem Syndrom und der Blutgruppe B auftritt (II,4; II,7 und II,15). Auch in der III. Generation findet sich ein crossing over bei dem weiblichen Individuum III,4. Bei den Individuen III,8 und III,9 ist eine Entscheidung nicht möglich, da beide Eltern die Blutgruppe 0 hatten, also homozygot 00 waren.

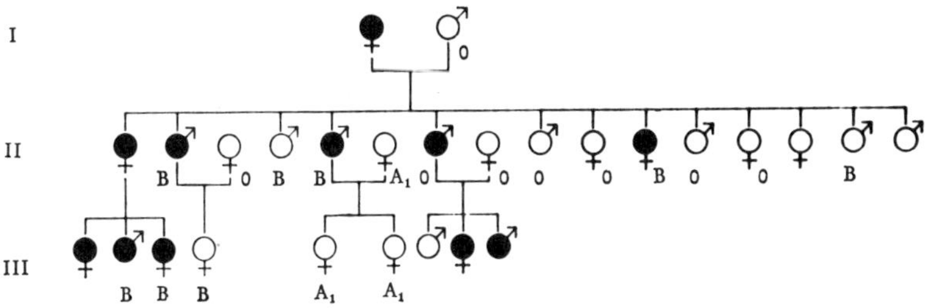

Abb. 24. Crossing over in einem Stammbaum mit Nagel-Patella-Syndrom. Erklärung im Text. (nach Renwick und Lawler; aus Lenz, 1961)

b. Erbliche Skelettanomalien

Zu den auffallendsten, das ganze Skelett betreffenden Anomalien gehört der Zwergwuchs. Von den zwei Arten dieser Hemmungsbildungen, dem hypophysären (oder auch thyreogenen) und dem chondrodystrophen Zwergwuchs, ist der erstere, wie der Name sagt, auf eine Störung des Hormonhaushaltes zurückzuführen. Man erkennt ihn daran, daß bei den Betroffenen der Körperbau wohlproportioniert ist. Bei dem erblichen Zwergwuchs, der *Chondrodystrophie,* kommt es vor allem zu einer Störung der enchondralen Ossifikation (Knorpelverknöcherung) und als Folge davon zu einer Wachstumshemmung der Extremitäten. Diese Zwerge haben bei weitgehend normal entwickeltem Kopf und Körper kurze und plumpe Extremitäten. Sie sind geistig normal entwickelt (im Gegensatz zu den oft als Kretins auftretenden hypophysären Zwergen). Auch im Tierreich tritt die Chondrodystrophie als Parallelmutation auf und wird vom Menschen weitergezüchtet (Dakkel, Anconschaf, Dexterrind, Krüperhuhn). Wie beim Tier, so wird auch beim Menschen die Anlage für Chondrodystrophie dominant vererbt.

Erbliche Wachstumshemmungen können bereits vor der Geburt einsetzen und dafür sorgen, daß auch während der Entwicklung des heranwachsenden Jugendlichen niemals die normale Größe erreicht wird. Dieser *primordiale Zwergwuchs* kann durch Selektion entstehen, wenn kleinwüchsige Menschen stets untereinander heiraten und durch diese Paarungssiebung polymere Gene sich anhäufen. Bei den Pygmäen ist dieser primordiale Zwergwuchs Rassemerkmal geworden (Rassenzwerge). Solche Zwergpopulationen leben heute noch — vielfach bereits rassisch gemischt — in Rückzugsgebieten, so die Bambuti im tropischen Urwald Mittelafrikas und die Buschmänner in den Halbwüsten Südafrikas. Auch in Südostasien, auf einigen Inseln Indonesiens sowie in Venezuela kommen Pygmäen vor.

Hormonale Störungen können zum Zwergwuchs, aber auch zum *Riesenwuchs* führen. Wie im Tierreich, so kennt man auch beim Menschen erbliche Formen eines nicht krankhaften Hochwuchses, der ebenfalls als Rassemerkmal auftritt. Diese genetisch bedingte Vergrößerung kann auch nur einzelne Knochen betreffen, wie zum Beispiel die Extremitätenknochen, insbesondere die der Finger. Das Erscheinungsbild wird als *Arachnodaktylie* (Spinnenfingrigkeit) bezeichnet. Diese Anlage wird dominant vererbt.

Wohl die häufigste Erbkrankheit des Skelettes ist die *Luxatio coxae congenita,* die angeborene Hüftverrenkung. Sie tritt im weiblichen Geschlecht bereits einmal unter 250 bis 400 Geburten auf, doch finden sich geographisch recht große Unterschiede. Im männlichen Geschlecht beobachtet man dagegen die Hüftverrenkung nur einmal unter 2000 bis 3000 Geburten. Auch hier gibt es alle Übergänge von einer kaum entwickelten Hüftgelenkpfanne bis zu nur im Röntgenbild nachweisbaren geringfügigen Störungen in der Verknöcherung des Beckens. Familien- und Zwillingsuntersuchungen deuten auf einen dominanten Erbgang dieses geschlechtsbegrenzten Merkmals hin.

Häufig ist auch der *Klumpfuß* (Pes varus), der uns zu den Anomalien des Extremitätenskelettes führt. Das männliche Geschlecht ist häufiger von dieser Verkrüppelung betroffen: auf zwei männliche Neugeborene mit Klumpfuß kommt nur ein weibliches. Wie bei der Hüftverrenkung zeigt auch der Klumpfuß unvollständige Manifestation (Penetranz ca. 35%). Dominant und rezessiv erbliche Formen dieser Mißbildung sind bekannt.

Es gibt eine große Zahl von erblichen Fehlbildungen der Gliedmaßen. Als Beispiel sei die *Brachydaktylie* (Kurzfingrigkeit) erwähnt. Sie war eines der ersten beim Menschen nachgewiesenen erblichen Merkmale (Abb. 25). Man kennt heute mehrere Formen, die wohl alle dominant vererbt werden.

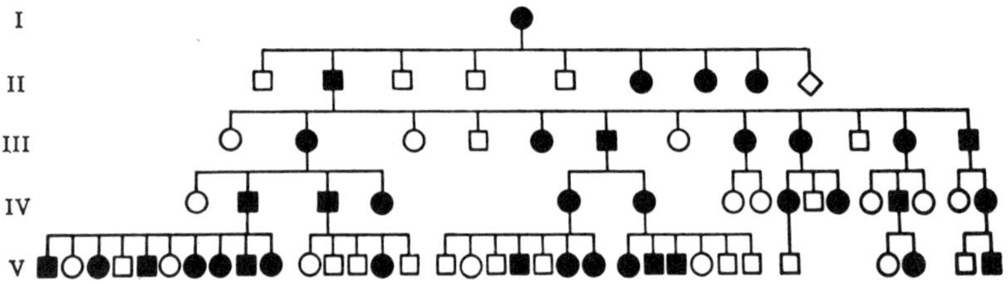

Abb. 25. Stammbaum einer Familie mit Brachydaktylie. Erste Darstellung einer dominanten Mendel-Vererbung beim Menschen. (nach FARABEE, 1905; aus STERN, 1955)

Zahlreich sind die erblichen Mißbildungen des Kopfes. Allgemein bekannt ist hier die *Lippen-Kiefer-Gaumenspalte.* Es gibt verschiedene Formen, die sowohl durch Umweltfaktoren als auch durch Erbfaktoren hervorgerufen werden können. Die Lippenspalten, im Volksmund Hasenscharte, können isoliert oder gemeinsam mit Kiefer- und Gaumenspalten auftreten. Eine andere Form ist der Wolfsrachen, bei dem isolierte Gaumenspalten entstehen, ohne daß der Kiefer und die Lippen betroffen sind. Zwillings- und Familienuntersuchungen haben gezeigt, daß für diese beiden erblichen Typen mindestens zwei Gene vorhanden sein müssen, die beide dominant sind. Beide Typen zeigen unregelmäßige Manifestation und scheinen, ohne daß die Ursache hierfür bekannt ist, sich auch in den beiden Geschlechtern verschieden zu manifestieren. Die Lippenspalten kommen im männlichen

Geschlecht häufiger vor (auf einen weiblichen Träger kommen zwei männliche), während die isolierten Gaumenspalten im weiblichen Geschlecht häufiger sind.

Eine Reihe erblicher Schädelmißbildungen beruhen auf Entwicklungsstörungen. Unter der Bezeichnung *Dysostosis craniofacialis* versteht man eine dominant erbliche Entwicklungsstörung der Schädelbasis, die zur Ausbildung von Turmschädeln, zu einer Unterentwicklung des Oberkiefers und zur Deformation der Gesichtsknochen führt. Bei der *Dysostosis mandibulo-facialis* ist der Unterkiefer unterentwickelt, auch das Ohr, die Jochbeine und gelegentlich die Nase sind betroffen. Der Erbgang ist wahrscheinlich dominant und die Manifestation unterschiedlich. Schließlich gibt es noch eine *Dysostosis cleidocranialis,* eine Entwicklungsstörung der Schädelknochen, aber auch der Schlüsselbeine. Die Fontanellen und Nähte bleiben bei dieser Mißbildung vielfach offen, die Schädelbasis ist verkürzt, oft treten auch Prognathie, Mikrodontie, Gaumenspalten und überhaupt Hypoplasien der Gesichtsknochen auf. Untersuchte Stammbäume mit diesem Leiden deuten auf einen autosomal-dominanten Erbgang hin.

In diesem Zusammenhang wollen wir auch die erblichen Anomalien der Zähne erwähnen. Neben den Anomalien, die im Zusammenhang mit anderen Erkrankungen, insbesondere mit Veränderungen des Gesichtsschädels und mit Umweltfaktoren einhergehen, ist die Bedeutung der Vererbung für die Entwicklung und Gestaltung von Kiefer und Gebiß durch zahlreiche Untersuchungen belegt. Zahnüber- und Zahnunterzahl bis zur Zahnlosigkeit, Durchbruch der Milchzähne und Zahnwechsel, Schmelz- und Dentinhypoplasien werden ebenso vererbt wie die Form und die Farbe der Zähne oder Biß- und Stellungsanomalien.

c. Erbliche Anomalien und Krankheiten des Blutes, des Herzens und der Gefäße

Als Beispiel für eine geschlechtsgebundene Vererbung hatten wir auf Seite **51** bereits eine Blutkrankheit, die *Hämophilie,* erwähnt. Zwei Formen dieser Störungen der Gerinnungsfähigkeit des Blutes sind bekannt. Sie werden als Hämophilie A und B bezeichnet. Bei beiden fehlt ein anderer für die Blutgerinnung notwendiger Stoff: bei der Hämophilie A das antihämophile Globulin A (Faktor VIII) und bei der Hämophilie B das antihämophile Globulin B (Faktor IX). Neben diesen beiden, auf zwei verschiedenen im X-Chromosom lokalisierten Erbanlagen oder aber auf Pseudoallelen beruhenden Formen der Bluterkrankheit, die auch mit AHF- bzw. PTC-deficiency bezeichnet werden, gibt es auch eine autosomal-dominante Form der Hämophilie, die als PTA-deficiency in die Literatur eingegangen ist.

An der Gerinnung des Blutes sind noch weit mehr Faktoren beteiligt, auch sind noch nicht alle dieser komplizierten Vorgänge restlos geklärt. *Blutungsneigungen* (hämorrhagische Diathesen) können neben exogenen Ursachen wie z. B. Skorbut, kleinere Blutergüsse usw. auch noch durch andere Erbfaktoren beeinflußt werden. Bisher liegen meist nur Einzelbeobachtungen vor, die eine genauere genetische Analyse noch nicht gestatten. Wie es scheint, gibt es hier sowohl autosomal-dominante wie autosomal-rezessive Erbgänge.

Eine Blutanomalie, die im heterozygoten Zustand ohne serologische Untersuchung überhaupt nicht erkannt wird und die die weißen Blutkörperchen betrifft, wollen wir als weiteren Letalfaktor hier kurz betrachten: Die *Pelger-Anomalie* hat ihren Namen nach dem niederländischen Internisten K. PELGER, der 1928 bei zwei Knaben zweisegmentierte Zellkerne in den sonst höher segmentierten neutrophilen weißen Blutkörperchen entdeckte. 1931 konnte HUET die Erblichkeit dieser Zellkernanomalie nachweisen (daher auch Pelger-Huetsche familiäre Kernanomalie). 1939 fand der Schweizer E. UNDRITZ dieses Blutbild auch beim Kaninchen und ermöglichte dadurch H. NACHTSHEIM eine genaue genetische Analyse dieser Anomalie. Bei Mensch und Tier wird die Pelger-Anomalie dominant vererbt. Kreuzt man heterozygote Pelger-Kaninchen untereinander, so findet man eine Aufspaltung von zwei zu eins und nicht das erwartete 3 : 1-Verhältnis. Die Erklärung konnte nur die sein, daß die homozygoten Tiere frühzeitig als Keim absterben. In einigen wenigen Fällen gelang es NACHTSHEIM, diese Tiere am Leben zu erhalten und das Blutbild zu untersuchen. Bei diesen sogenannten „Überpelgern“ waren die weißen Blutkörperchen unsegmentiert (Abb. 26), und die Entwicklung war stark gestört (Chondrodystrophie). Man muß annehmen, daß auch beim Menschen das Pelger-Gen homozygot letal wirkt. Die wenigen Fälle von homozygoten menschlichen Pelgern lassen zunächst noch keine genauen Schlüsse zu. In einem Fall zeigte ein wahrscheinlich für das Pelger-Gen homozygotes Mädchen geistige und körperliche Entwicklungsstörungen, verbunden mit epileptischen Anfällen. Es ist jetzt gelungen, das Blutbild der homozygoten Pelger-Kaninchen durch Injektion von Colchicin zu phänokopieren. Beim Menschen wurde eine solche Phänokopie bei einem heterozygoten Pelger nach einer Erkrankung an akuter Angina beobachtet.

Als Beispiel für Störungen in der Bildung des Hämoglobins wollen wir die Sichelzellenanämie und die Thalassämie erwähnen. Bei der *Sichelzellenanämie* nehmen die roten Blutkörperchen bei Sauerstoffentzug zum Unterschied von normalem Blut sichelförmige Gestalt an (Abb. 27). Auch hier hat, ähnlich der Pelger-Anomalie, der heterozygote Zustand des dominanten Genes — von dieser anomalen Gestalt der Erythrozyten unter den besonderen Bedingungen abgesehen — keinen Einfluß auf die Vitalität der Träger. Homozygot jedoch führt dieses meistens bei Negern und Negermischlingen auftretende Merkmal in früher Jugend fast immer zu schweren, vielfach tödlichen Anämien. Eingehende biochemische Untersuchungen haben gezeigt, daß sich bei der Sichelzellenanämie der rote Blutfarbstoff nur in einer Aminosäure von dem normalen Hämoglobin unterscheidet. Die Sichelzellenanämie ist das am besten gesicherte Beispiel beim Menschen, wie ein an sich letales Gen durch einen heterozygoten Vorteil sich in einer Population halten kann und zu einem stabilen genetischen Gleichgewicht führt (S. 27).

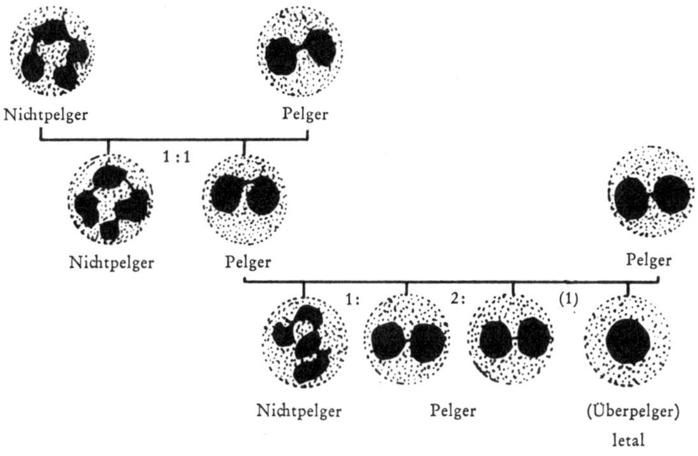

Abb. 26. Schema des Erbgangs der Pelger-Anomalie. (nach NACHTSHEIM; aus v. VERSCHUER, 1959)

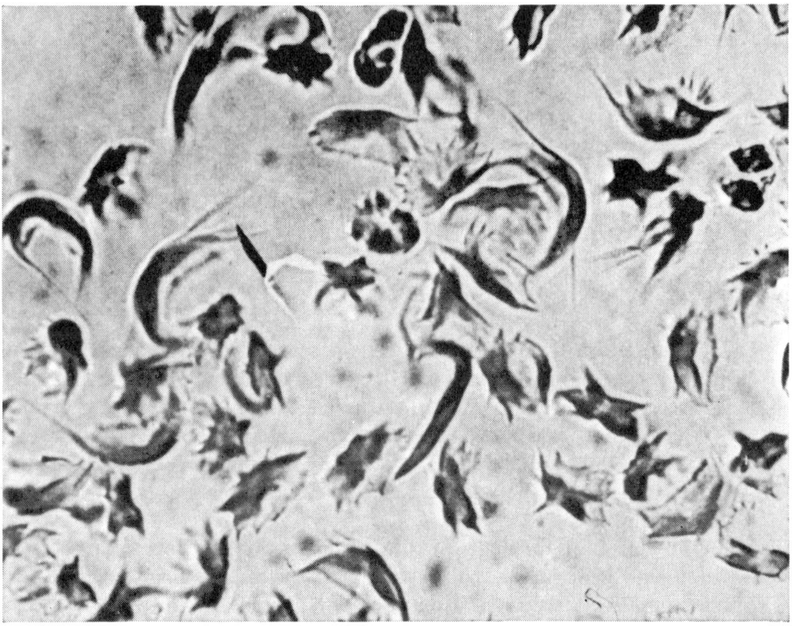

Abb. 27. Natives Blut einer Sichelzellen-Anämie nach 24 Stunden in einer feuchten Kammer. Deutliche Sichelform der Zellen (nach HEILMEYER und BEGEMANN, 1951; aus VOGEL, 1961)

Tab. 16. Erbliche Anomalien und Krankheiten des Blutes, des Herzens und der Gefäße

Anomalie	*Krankheitsbild*	*Allgemeine Bemerkung*
Hämophilie (Bluterkrankheit)	erbliche Störung der Gerinnungsfähigkeit des Blutes	Hämophilie A (AHF-deficiency): Fehlen des antihämophilen Globulin A (Faktor VIII) Hämophilie B (PTC-deficiency): Fehlen des antihämophilen Globulin B (Faktor IX) bei beiden Formen rezessiv-geschlechtsgebundene Vererbung
Sichelzellenanämie	Die Erythrozyten nehmen bei Sauerstoffentzug sichelförmige Gestalt an. Heterozygot kein Einfluß auf die Vitalität des Trägers; homozygot in früher Jugend fast immer schwere, vielfach tödliche Anämie (Letalfaktor)	Vererbung dominant-autosomal. Der rote Blutfarbstoff (Hb-S) unterscheidet sich nur durch eine Aminosäure vom normalen Hämoglobin
Thalassämie	Blockierung der normalen Hämoglobinbildung. Hoher Gehalt an fetalem Hb in den homozygoten Erythrozyten. Die schwere Anämie führt oft zum Tod vor der Geschlechtsreife (Thalassämie major, Letalfaktor)	dominant-autosomale Vererbung Vorkommen im Mittelmeerraum
Pelger-Huet-Anomalie	Heterozygote Träger zeigen zweisegmentierte neutrophile Leukozyten. Keine oder nur geringe Vitalitätsminderung. Homozygote Träger besitzen rundkernige neutrophile Leukozyten („Über-Pelger"); führt zu schweren, meist tödlichen Mißbildungen (Letalfaktor)	Vererbung dominant-autosomal
Hämolytischer Ikterus (hämolytische Gelbsucht)	Vorwiegend kugelförmige Erythrozyten, die leicht zerfallen (Hämolyse). Blutfarbstoff tritt in das Blut über; Anämie	dominanter Erbgang mit unterschiedlicher Manifestation
Angiokardiopathie (angeborene Herzfehler)	Herz- und Gefäßerkrankung infolge Mißbildungen	Erbfaktoren spielen wichtige Rolle; einige wenige Formen mit einfachem Erbgang sind bekannt. Auch exogene Faktoren sind Ursache deser Anomalie

Die *Thalassämie* ist eine schwere, oft noch vor der Geschlechtsreife zum Tode führende Anämie, bei der die normale Hämoglobinbildung blockiert ist. Heterozygot führt die dominante Erbanlage zu einem gering ausgeprägten Krankheitsbild (Thalassämie minor), nur im homozygoten Zustand wirkt das Gen letal (Thalassämie major). Unter den Mittelmeervölkern, aber auch in Vorder- und Südostasien sowie auf den Philippinen ist diese Erbanlage besonders häufig.

Während das Blut durch leichte Entnahme recht gut untersucht werden kann und eine genetische Analyse dadurch erleichtert wird, sind erbliche Erkrankungen des Herzens und des Gefäßsystems der unmittelbaren Beobachtung weitgehend entzogen. Zwar sind durch verbesserte Untersuchungsmethoden auch hier neue Ergebnisse erzielt worden. Die große Variabilität und die zahlreichen exogenen Ursachen erschweren die genetischen Untersuchungen sehr. Nur durch Familien- und insbesondere Zwillingsuntersuchungen können hier gewisse Aufschlüsse erzielt werden. Sie zeigen, daß z. B. bei den angeborenen wie auch erworbenen Herzfehlern die Vererbung nur eine geringe Rolle spielt, daß vielmehr exogene Faktoren während der Schwangerschaft (Ernährungsstörungen, Infektionen) und auch noch nach der Geburt von großer Bedeutung sind. Auch bei den zahlreichen Gefäßerkrankungen ist eine Trennung von exogenen und genetischen Faktoren schwer möglich.

d. Erbkrankheiten der Verdauungsorgane, der Atmungsorgane und der Ausscheidungsorgane

Bei den hier genannten inneren Organen ist bisher noch recht wenig über den Einfluß der Vererbung auf bestimmte Krankheitsbilder bekannt. Aber auch wenn diese familiär gehäuft auftreten und ein genetischer Einfluß sehr wahrscheinlich ist, sind nur in wenigen Fällen Angaben über den Vererbungsmodus möglich. Wir wollen uns hier jeweils auf ein Beispiel beschränken.

Noch am besten unterrichtet sind wir über den Einfluß der Vererbung auf einige Krankheiten der Verdauungsorgane. Daß die Leistungsfähigkeit dieser Organe auch in einzelnen Familien recht unterschiedlich sein kann, ist eine allgemeine Beobachtung. Vielfach sind es nervöse Störungen oder auch Störungen der Fermentproduktion, die die Verdauungsorgane beeinflussen und die letzten Endes wieder erblich bedingt sind. Bei der zystischen *Pankreasfibrose* ist rezessive Vererbung wahrscheinlich. Das Leiden äußert sich in einer funktionellen Schwäche der Bauchspeicheldrüse, oft in Zusammenhang mit pathologischen Veränderungen des Darmes, der Leber und sogar auch der Bronchien. Auch bei den Drüsen äußerer Sekretion wie Schleim-, Schweiß- und Tränendrüsen treten häufig schwere Störungen auf. Bereits im ersten Lebensjahr beobachtet man die ersten Krankheitssymptome, die innerhalb von etwa zehn Jahren meist zum Tod der betroffenen Kinder führen. Die zystische Pankreasfibrose beruht auf einem rezessiven Letalfaktor, den etwa 20% der weißen Bevölkerung heterozygot besitzen, da etwa einmal unter eintausend Geburten diese meist tödlich verlaufende Krankheit auftritt. Nur bei den Angehörigen der weißen Rasse manifestiert sich dieses Gen, wie es scheint, denn bei Negern ist es bisher nur ganz selten beobachtet worden; in der mongoloiden Rasse tritt es überhaupt nicht auf.

Zwillingsuntersuchungen haben ergeben, daß unter den Erkrankungen der Atmungsorgane für die *Bronchiektasen* eine erbliche Veranlagung vorliegt. Es handelt sich hierbei um eine zylindrische oder sackförmige Erweiterung der Bronchien. Beschwerden sind heftige Hustenanfälle mit oft größeren Mengen eines meist eitrigen Auswurfes.

Als Beispiel einer erblichen Erkrankung der Ausscheidungsorgane erwähnen wir die *Cystenniere* (Cystinose), eine auf einer Entwicklungsstörung beruhende Nierenanomalie. Die Betroffenen haben eine mit vielen Zysten durchsetzte Niere, wodurch die Funktion dieses Ausscheidungsorgans sehr beeinträchtigt werden kann. Wie es scheint, gibt es zwei Formen: eine sich rezessiv vererbende schwerere Form, die bereits bei Neugeborenen auftritt und meist letal wirkt, und die dominant erbliche leichtere Form, die nur Erwachsene befällt.

e. *Erbliche Stoffwechselkrankheiten*

Wohl die größten Fortschritte der Erbpathologie der letzten Jahre liegen auf dem Gebiet der Stoffwechselleiden und der biochemischen Abweichungen. Durch verbesserte und neue Untersuchungsmethoden ist es der Biochemie gelungen, immer tiefer in die biochemischen Zusammenhänge des Stoffwechsels einzudringen und bis zu dem molekularen Bereich vorzustoßen (Molekularbiologie). Auch für die Humangenetik sind dabei zahlreiche neue Erkenntnisse zusammengetragen worden. Viele Erbkrankheiten, die in anderem Zusammenhang bereits genannt wurden, beruhen letztlich ebenfalls auf biochemischen Störungen. Wenn wir hier einige Aspekte an wenigen Anomalien aufzeigen wollen, so kann und soll es nur ein Überblick über die genetischen Grundlagen der Stoffwechselkrankheiten sein.

Die Vielzahl der bisher bekannten Abweichungen legt eine Einteilung in Störungen des Kohlenhydrat-, Fett- und Eiweißstoffwechsels nahe. Weiter können der Pigment-, Pyrimidin-, Purin- und Phosphatstoffwechsel betroffen sein. Schon früher hatten wir darauf hingewiesen, daß sowohl die normalen als auch die pathologischen Gene oft polyphän wirksam sind, d. h. auf mehrere Erscheinungsbilder gleichzeitig einwirken. In der Abbildung 1 hatten wir als Beispiel die pleiotrope Wirkung für das Stoffwechselleiden der Phenylketonurie angeführt. Es ist Aufgabe der Phänogenetik, die Beziehungen zwischen den Genen und Phänen aufzudecken und wenn möglich die biochemischen Syntheseschritte und ihre genetische Steuerung festzustellen. Ein Beispiel für eine solche Genwirkkette ist der Stoffwechsel des Phenylalanins, des Tyrosins und verwandter Verbindungen, den die Abbildung 28 wiedergibt. Die einzelnen Syntheseschritte werden durch Enzyme gesteuert (Biokatalysatoren), die selbst wieder Eiweiße sind, und deren Synthese durch die genetische Information reguliert wird. Durch Änderung der genetischen Information (Mutation) kann die Enzymbildung ausbleiben oder abgewandelt werden. Die Genwirkkette wird unterbrochen, und es kommt zu einer Anreicherung bzw. Verminderung der normalen Metaboliten oder aber zur Bildung pathologischer Substanzen. Eine Stoffwechselkrankheit ist die Folge dieser „biochemischen Mißbildung". In unserem Beispiel des Phenylalaninstoffwechsels sind verschiedene genetische Blocks möglich, die alle durch Enzymopathien entstehen können. Kann das Phenylalanin nicht in Tyrosin umgewandelt werden, so kommt es zum Krankheitsbild der *Phenylketonurie* (Block A). Es kommt zur Ausscheidung von Phenylbrenztraubensäure, Phenylmilchsäure, Phenylalanin und Phenylacetylglutamin im Harn. Die Störung des Tyrosinstoffwechsels führt zum Schwachsinn, der von der Imbezillität bis zur Idiotie führen kann. Wird aus Tyrosin kein 3,4-Dihydroxyphenylalanin gebildet, da die Tyrosinase fehlt (Block B), so unterbleibt die Melaninbildung und es entsteht ein *Albino*. Der Block C verhindert die Überführung von p-Hydroxyphenylbrenztraubensäure (die jetzt vermehrt

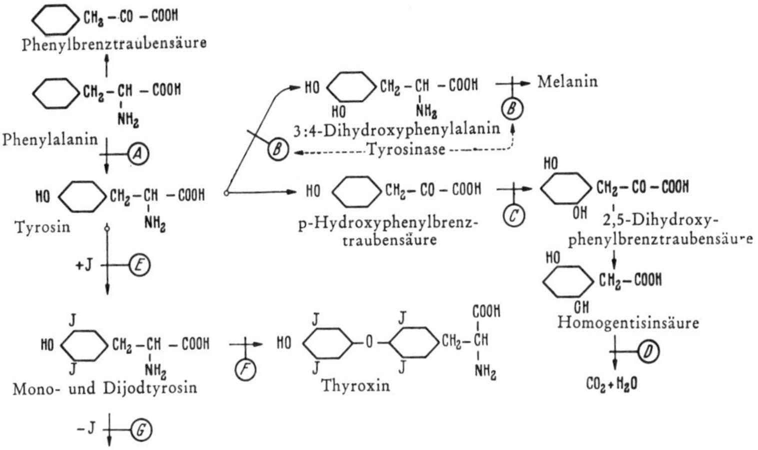

Abb. 28. Genwirkkette im Stoffwechsel des Phenylalanins, Tyrosins und verwandter Verbindungen. Erklärung im Text. (stark vereinfachte und schematische Darstellung; nach VOGEL, 1961)

ausgeschieden wird) in 2,5-Dihydroxyphenylbrenztraubensäure. Diese Stoffwechselstörung wird als *Tyrosinose* bezeichnet. Das Krankheitsbild der *Alkaptonurie* tritt dann ein, wenn die Synthese der Homogentinsäure-Oxydase unterbleibt (Block D), die für den Abbau der Homogentinsäure sorgt. Diese Säure wird jetzt im Urin ausgeschieden und kann hier nachgewiesen werden. Der genetische Block E blockiert die Bildung von organischen Jodiden aus Tyrosin, während der Block G die Dejodierung verhindert. Schließlich gibt es noch den genetischen Block F, der die Verbindung von Dijodtyrosin zu Thyroxin unterbindet. Bei den genetischen Blocks E, F und G unterbleibt die Bildung des Schilddrüsenhormons, für die das Tyrosin eine Vorstufe darstellt. Diese drei Störungen führen zu drei erblichen Typen des *Kretinismus.*

Nur bei einigen wenigen Stoffwechselkrankheiten sind die Genwirkketten so gut bekannt wie bei dem hier geschilderten Beispiel. Sicher wird es aber auch bei anderen erblichen Störungen des Stoffwechsels mehr und mehr gelingen, tiefere Einblicke in die Biosynthese der verschiedensten Genwirkketten zu bekommen. In der Tabelle 17 sind erbliche Stoffwechselleiden aufgeführt und die pathologisch-biochemischen Substanzen angegeben.

Wir hatten bereits erwähnt, daß rezessive Anomalien im heterozygoten Zustand Teilmanifestierungen zeigen können. Oft sind es nur Mikrosymptome, die bisher übersehen wurden, durch neuere Untersuchungsmethoden jedoch erfaßt werden können. Daß der Nachweis heterozygoter Genträger rezessiver Leiden von großer praktischer Bedeutung für die Medizin und die Humangenetik ist, steht außer Frage. In der Tabelle 18 sind die Wirkungen pathologischer Erbfaktoren im homozygoten und heterozygoten Zustand gegenübergestellt. Die aufgeführten Anomalien sind weitere Beispiele für rezessiv-erbliche Stoffwechselkrankheiten des Menschen.

Tab. 17. Pathologisch-biochemische Substanzen bei erblichen Stoffwechselleiden (nach PFÄNDLER, 1963; gekürzt)

Anomalie	*Grundstörung*	*Pathologische Substanzen*	*Pathologische Vermehrung oder Verminderung normalerweise im Organismus vorhandener Substanzen*	*Vererbung*
Glykogenosen (Typ I)	Defekt der Glucose-6-Phosphatase (Glucose-6-PO_4 kann nicht in Glucose und Phosphat aufgespalten werden)	Ketonurie	Glykogenthesaurierung in Leber und Niere. Hypoglykämie, Hypercholesterinämie. Anhäufung von Glucose-6-Phosphat in den Erythrocyten	einfach recessiv
Morbus Niemann-Pick	Störung im Phosphatidstoffwechsel (Enzymdefekt als Grundlage der cellulären Dysplasie?)	Speicherung von Sphingomyelin in Leber, Milz, Lymphdrüsen, Knochenmark und in anderen Organen	Häufige Erhöhung der Fettsäuren- und anorganischen Phosphorwerte im Blut	einfach recessiv
Gicht	Störung im Purinstoffwechsel (Enzymdefekt?)		Hyperuricämie. Speicherung von harnsauren Salzen in den Geweben	dominant
Methämoglobinämie Typ I	Diaphorese I-Defekt. (Die Reduzierung von Methämoglobin zu Hämoglobin ist blockiert)		Erhöhte Methämoglobinwerte (20—50% des Blutpigments)	einfach recessiv
Hepatische Porphyrie Sog. akute Porphyrie	Enzymdefekt im Rahmen der Leberkatalase-Biosynthese.		Excessive Ausscheidung von Zink-Porphyrin, Porphobilinogen und anderen Stoffen im Urin	autosomal dominant

f. Erbliche Anomalien und Erkrankungen der innersekretorischen Drüsen

Es ist unmöglich, eine scharfe Grenze zwischen Stoffwechselkrankheiten und Krankheiten der innersekretorischen Drüsen zu ziehen. Beides sind vorwiegend biochemische Störungen. Auch eine Abgrenzung gegenüber Wachstumsanomalien des Skeletts oder den verschiedensten Syndromkomplexen ist kaum möglich, da diese ebenfalls vielfach durch hormonale Störungen verursacht werden. Unsere Darstellung kann daher nur ein Versuch sein, die große Zahl von Erbkrankheiten etwas systematisch zu ordnen.

Im Jahre 1889 entfernten von Mering und Minkowski durch einen operativen Eingriff bei einem Hund die Bauchspeicheldrüse und erzeugten dadurch eine Krankheit, die beim Menschen in den letzten Jahren an Häufigkeit zugenommen hat, und die als *Zuckerkrankheit* (Diabetes mellitus) allgemein bekannt ist. Durch das Tierexperiment war bewiesen, daß diese Krankheit auf einer Unterfunktion dieser Drüse beruht, genauer gesagt, auf einer absoluten oder relativen funktionellen Schwäche der Langerhansschen Inselzellen. Im Jahre 1921 fanden die kanadischen Ärzte F. G. Banting, C. H. Best und J. J. Macleod das Insulin und ermöglichten dadurch eine Therapie des Diabetes. Bereits um die Jahrhundertwende hatte der Russe Ssobolew ein solches Inkret in der Bauchspeicheldrüse vermutet. Seit dieser Zeit sind zahlreiche Populations-, Familien- und Zwillingsuntersuchungen über die Häufigkeit und Erblichkeit der Zuckerkrankheit durchgeführt worden. Es zeigte sich, daß es erbliche und nichterbliche Formen dieser Krankheit gibt. Wahrscheinlich können auch exogene und genetische Faktoren gemeinsam an der Störung des Kohlenhydratstoffwechsels beteiligt sein. Auch Anomalien der Hypophyse, der Schilddrüse und der Nebenniere können das Krankheitsbild des Diabetes hervorrufen, ohne daß eine Unterfunktion der Bauchspeicheldrüse eintreten muß. Ein klinisch sehr heterogenes Krankheitsbild und das Fehlen eindeutiger diagnostischer Kriterien erschweren die genetische Analyse. Wohl alle bekannten Erbgänge sind schon einmal vertreten worden. Nach unseren heutigen Kenntnissen kann nur soviel gesagt werden, daß für bestimmte Formen dieser Krankheit genetische Faktoren als Ursache von Bedeutung sind und daß wahrscheinlich Heterogenie vorliegt.

Bei der Besprechung der Entwicklungsstörungen des Skeletts hatten wir bereits den Zwerg- und den Riesenwuchs als erbliche Störung der Hormonproduktion kennengelernt. Es gibt verschiedene Arten von Zwergwuchs, die oft noch mit anderen Symptomen verbunden sind. Beim *kretinoiden Zwergwuchs* ist die Funktion der Schilddrüse gestört. Wie wir bereits bei Besprechung der Stoffwechselkrankheiten (S. 73) zeigen konnten, gibt es verschiedene erbliche Formen, je nachdem, an welcher Stelle der Thyroxinsynthese ein genetischer Block auftritt. Das Erscheinungsbild des Kretinismus kann auch durch ungenügende Jodzufuhr entstehen. Dieser endemische Kretinismus ist ein Beispiel einer Phänokopie.

Zwergwuchs wird auch durch eine Funktionsstörung der Hypophyse verursacht. Ein rezessiv erblicher, hypophysärer Zwergwuchs ist der *Hanhartsche Zwergwuchs.* Überfunktion bestimmter Hypophysenhormone führt zum

Tab. 18. Rezessive Stoffwechselanomalien mit Teilmanifestation im heterozygoten Zustand (nach PFÄNDLER, 1963; gekürzt)

Anomalie	*Homozygoter Zustand*	*Heterozygoter Zustand*
Glykogenose Typ I (Speicherung von Glykogen)	Fehlen der Glucose-6-Phosphatase in den Leberzellen. Speicherung von Glykogen in Leber und Niere. Fehlen der Hyperglykämie nach Adrenalin-, Glucagon- und Galaktoseverabreichung. Anhäufung von Glucose-6-Phosphat und Fruktose-6-Phosphat in den Erythrocyten. Stark erhöhter Glykogengehalt der Thrombocyten.	Verminderter Anstieg des Blutzuckers nach Adrenalin. Anhäufung von Glucose-6-Phosphat und Fructose-6-Phosphat in den Erythrocyten. Vermehrter Glykogengehalt der Thrombocyten.
Niemann-Picksche Erkrankung	Speicherung von Sphingomyelin im reticulo-endothelialen System der Leber, Milz Lymphdrüsen und des Knochenmarks, sowie in anderen Organen. Erhöhung der Fettsäuren- und anorganischen Phosphorwerte im Serum.	Vermehrung der Fettsäuren und des anorganischen Phosphors im Blut.
Phenylpyruvischer Schwachsinn	Ausfall der Umwandlung von Phenylalanin in Tyrosin, infolge Mangel an Phenylalaninoxydase. Phenylalaninspiegel im Blut um das 30fache der Norm erhöht. Pathologische Ausscheidung von Phenylbrenztraubensäure, Phenylmilchsäure, Phenylessigsäure, Phenylalanin und Acetylphenylglutamin im Urin. Störung im Tyrosinstoffwechsel mit dadurch bedingter Melaninverminderung (Pigmentarmut). Verschiedene Schwachsinnsgrade (Imbezillität bis Idiotie).	Gegenüber Kontrollen deutlich erhöhter Plasma-L-Phenylalaninspiegel, nach Probefütterung mit L-Phenylalanin. Abnorm hoher Gehalt des Nüchternserums an Phenylalanin. Ausscheidung von o-Hydroxyphenylessigsäure nach Phenylalaninbelastung.
Cystinose	Bei Kleinkindern auftretender, progressiver und letal verlaufender Krankheitsprozeß. Minderwuchs, rachitische Knochenveränderungen, Hyperaminoacidurie, Hypophosphatämie, Proteinurie, Glykosurie, Niereninsuffizienz.	Hyperaminoacidurie
Familiärer Kretinismus (eine Form)	Mangelhafte Dejodierung des Dijodtyrosin. Kropf, Myxödem, Abnorm erhöhte Mono- und Dijodtyrosinmengen im Blut nach Jodgaben.	Verminderte Fähigkeit Dijodtyrosin zu dejodieren. Vermehrte unveränderte Harnausscheidung von ^{131}J nach Injektion.
Nichthämolytische angeborene Gelbsucht mt Kernikterus	Unfähigkeit zur Glucuronsäurekuppelung von Bilirubin, Salicylaten und Hydrocortison. Bilirubindurchsetzung der Basalganglien, Opisthotonus, Spastizität, Rigidität.	Verminderte Ausscheidung von an Glucuronsäure gekoppeltem Salicylaten, nach Belastung mit Na-Salicylat.

Riesenwuchs. Werden besonders Hände und Füße, Nasen und Ohren vergrößert, so kommt es zum Erscheinungsbild des *akromegaloiden Riesenwuchses*. Wieweit es auch hier erbliche Formen gibt, konnte mit Sicherheit

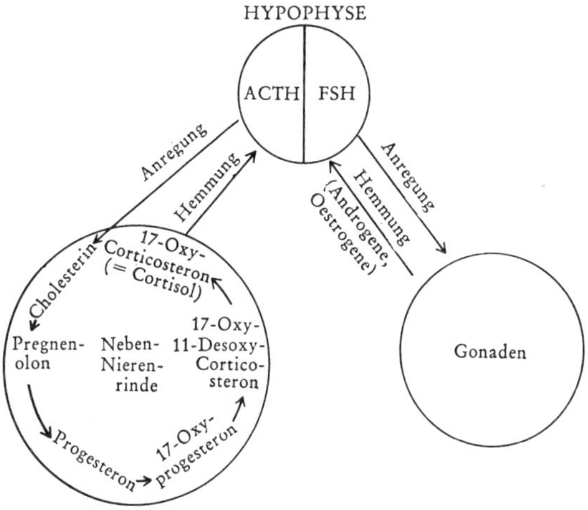

Abb. 29. Selbststeuerung der Nebennierenrinde und der Gonaden durch Vermittlung von Hypophysenhormonen. Normale Verhältnisse. (nach LENZ, 1961)

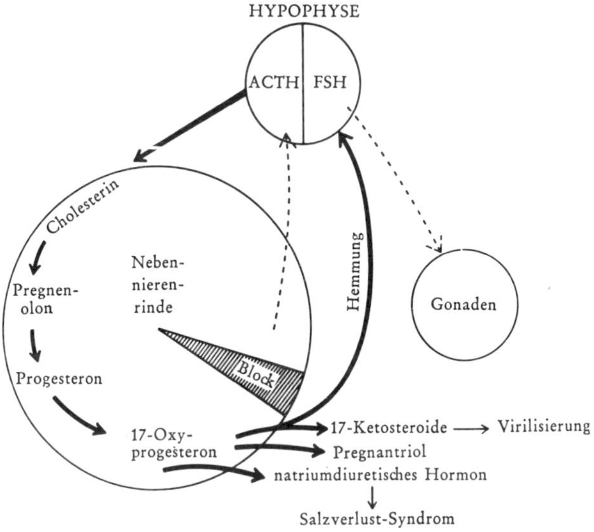

Abb. 30. Der Block in der Corticoidsynthese beim adrenogenitalen Syndrom und die sekundären Folgen in der endokrinen Selbststeuerung. (nach LENZ, 1961)

noch nicht geklärt werden.

Die bekanntesten Erkrankungen der Schilddrüse sind die Basedowsche Krankheit, das Myxödem und der Kropf. Bei allen drei Drüsenstörungen gibt es erbliche Veranlagungen. Bei der *Basedowschen Krankheit,* die auf einer Überfunktion der Thyreoidea beruht, konnte man einen geschlechtsbegrenzten rezessiven Erbgang feststellen. Bei Frauen ist die Krankheit etwa fünf- bis sechsmal so häufig wie bei Männern. Das Gegenteil im Krankheitsbild ist das *Myxödem.* Es beruht auf einer Unterfunktion der Schilddrüse und kann wahrscheinlich ebenfalls rezessiv vererbt werden. Kropfbildungen können recht verschiedene Ursachen haben. Einen Zusammenhang mit der Vererbung hat man beim *sporadischen Kropf* nachweisen können; er tritt gelegentlich kombiniert mit Kretinismus auf.

Eine meist erbliche, endokrine Erkrankung mit einem vielschichtigen Krankheitsbild ist das *adrenogenitale Syndrom.* Die Ursache dieser vorwiegend die Geschlechtsorgane und die sekundären Geschlechtsmerkmale beeinflussenden Nebennierenstörung ist heute bekannt. Sie beruht auf einer rezessiv-erblichen Blockierung der Steroidhormonsynthese in der Rinde dieser Hormondrüse. Die Abbildungen 29 und 30 zeigen schematisch die normalen Wechselwirkungen zwischen Nebenniere, Hypophyse und Gonaden und die Störungen beim adrenogenitalen Syndrom.

g. Erbliche Prädisposition

Unter dieser Sammelbezeichnung wollen wir alle erblichen Neigungen zu allergischen und rheumatischen Erkrankungen, zu Infektionskrankheiten und zu den verschiedenen bösartigen Geschwülsten zusammenfassen. Es unterliegt keinem Zweifel, daß die Disposition zu bestimmten Krankheiten von den Eltern auf die Kinder übertragen werden kann. Weit verbreitet sind *Allergien* (Idiosynkrasien) der verschiedensten Art. Es handelt sich hierbei um Überempfindlichkeiten eines Organismus als Folge von Antigen-Antikörper-Reaktionen. In den Zellen bilden sich Antikörper, die auf bestimmte Antigene ansprechen.

Fast alle Organe können allergische Krankheitserscheinungen zeigen; besonders die Schleimhäute und die Nerven und Gefäße der Haut werden befallen. Vielfach ist die auslösende Noxe bekannt (z. B. Genuß bestimmter Nahrungsmittel, Berührung bestimmter Pflanzen wie etwa Primeln oder Einatmung bestimmter Stoffe wie beim Heuschnupfen), oft treten aber auch Idiosynkrasien auf, ohne daß die Ursache immer gleich erkannt werden kann. All dies erschwert die genetische Analyse. Anhand von Familien- und Zwillingsuntersuchungen hat man festgestellt, daß es erworbene und ererbte Allergien gibt. Das gilt für den Heuschnupfen ebenso wie für das Asthma, für Nahrungsmittelallergien ebenso wie für Allergien gegenüber Arzneimitteln oder anderen chemischen Agentien.

Unter dem Begriff *Rheumatismus* werden eine Reihe von Krankheitserscheinungen zusammengefaßt. Sie beruhen im wesentlichen auf schmerzhaften Gelenk- und Muskelerkrankungen und können die verschiedensten Ursachen haben. Meist sind es Infektionen, Allergien oder hormonale Regulationsstörungen. Wenn wir auch annehmen müssen, daß die Mehrzahl der rheumatischen Erkrankungen durch Umweltfaktoren primär oder sekundär hervorgerufen werden, so haben doch Familien- und Zwillingsuntersuchungen gezeigt, daß auch eine erbliche Veranlagung vorliegen kann.

Bei den Infektionskrankheiten wurde viel die Frage diskutiert, ob eine

Disposition für Tuberkulose, Kinderlähmung oder auch Diphtherie vererbt werden kann. Besonders zahlreich sind die Untersuchungen über die *Tuberkulose.* Schon länger hatte man festgestellt, daß diese Krankheit gehäuft in bestimmten Familien auftritt. Auch wenn hier weitgehend gleiche Umwelteinflüsse und Infektionswahrscheinlichkeiten vorliegen, so konnten eine Reihe von Beobachtungen und Vergleichen nur mit einer erblichen Erkrankungsbereitschaft erklärt werden. Den endgültigen Beweis, daß für die Erkrankung an Tuberkulose Erbfaktoren mitverantwortlich sein können, lieferten Zwillingsuntersuchungen, die erstmals 1930 bis 1936 von DIEHL und v. VERSCHUER durchgeführt wurden. Seit dieser Zeit sind weit über 1000 tuberkulöse Zwillingspaare, darunter allein 381 erbgleiche, untersucht und miteinander verglichen worden. Bei 53% der eineiigen Zwillingspaare waren beide Partner betroffen, während nur bei 22,2% der zweieiigen Zwillinge Konkordanz auftrat.

Für andere Infektionskrankheiten, wie z. B. die *Kinderlähmung* oder die *Diphtherie,* liegt kein so umfangreiches Material vor. Aber auch hier müssen wir mit einem, wenn auch geringeren Einfluß der Vererbung rechnen. Das ist verständlich, wenn wir davon ausgehen, daß ein Organismus auf von außen kommende Antigene mit der Bildung von Antikörpern antwortet. Die Synthese dieser Antikörper wird durch genetische Information gesteuert. Eine Änderung dieser Information kann eine besondere Anfälligkeit oder aber auch Widerstandsfähigkeit gegenüber Infektionskrankheiten nach sich ziehen.

Etwa jeder 5. Mensch in der Bundesrepublik erkrankt im Laufe seines Lebens an *Krebs.* In der Statistik der Todesursachen nimmt diese Krankheit bereits den zweiten Platz ein. Die Genetik der bösartigen Tumoren ist sehr vielschichtig. Familien- und Zwillingsuntersuchungen sowie Tierexperimente zeigen, daß es spezifisch erbbedingte Anomalien gibt, die zu krebsartigen Entartungen führen können. Hier zu nennen ist z. B. die dominant-erbliche Form des Retinoblastoms (Glioma retinae), die in der Tabelle 20 aufgeführt ist. Den gleichen Erbgang zeigt eine Erkrankung des Dünn- und Dickdarms,

Tab. 19. Zwillingserien mit Krebs (nach v. VERSCHUER, 1959)

Eineiige Zwillinge				*Zweieiige Zwillinge*			
n	*kk*	*kd*	*d*	*n*	*kk*	*kd*	*d*
129	20	5	104	287	7	37	243
Konkordanz:							
Diskordanz =		25 : 104				44 : 243	
in Prozent =		19 : 81				15 : 85	

n = Zahl der Zwillingspaare
d = diskordant: der Proband hat Krebs, sein Partner nicht
kd = konkordant nur im Auftreten eines Tumors, diskordant in der Art oder Lokalisation des Tumors
kk = konkordant in Art und Lokalisation des Tumors

die unter dem Namen Polyposis intestini bekannt ist. Als Spätfolge treten sehr häufig krebsige Entartungen des Enddarmes auf. Unvollständig geschlechtsgebunden-rezessiv vererbt wird die Xeroderma pigmentosum, die in der Tabelle 15 genannt wird. Durch Sonneneinwirkung auf unbedeckte Körperstellen kommt es bei dieser Krankheit zu schweren Hautschädigungen und sekundär meist zur Bildung von Hauttumoren.

Diese erblichen Sonderformen sind jedoch sehr selten. Bei der Mehrzahl krebsartiger Erkrankungen konnte bisher ein Zusammenhang zwischen Erkrankungsbereitschaft und Erbfaktoren nicht nachgewiesen werden. Zwillingsuntersuchungen zeigen, daß ein Unterschied zwischen ein- und zweieiigen Zwillingen nicht besteht, wenn man nur die Häufigkeit der Krebserkrankungen berücksichtigt, daß jedoch bei der Lokalisation der Geschwulstbildungen Erbeinflüsse beteiligt sein können (Tab. 19).

Da man in schnell wachsenden Tumorzellen schon häufig anomale Zellteilungen beobachtet hat und 1960 von NOWELL und HUNGERFORD bei einer vom Knochenmark ausgehenden chronischen bösartigen Zellvermehrung (myeloische Leukämie) regelmäßig ein kleines sogenanntes „minute"- oder Philadelphia-Chromosom gefunden wurde, ist die Frage nach einem Zusammenhang zwischen Chromosomenaberrationen und Krebs schon oft gestellt worden. Bei diesen kleinen Chromosomen handelt es sich wahrscheinlich um ein Autosom 21, dem ein Teil des langen Armes fehlt. Diese Deletion findet man nur in Zellkulturen des Blutes und des Knochenmarkes, nicht in den anderen Somazellen. Bei anderen Leukämieformen treten Chromosomenbrüche nur gelegentlich nach Bestrahlungen oder Behandlung mit Medikamenten auf.

Drei Hypothesen über einen Zusammenhang zwischen Chromosomenaberrationen und Krebs sind denkbar: Die Aberrationen selbst sind die Ursache des bösartigen Zellwachstums, sie treten nur zufällig in den Tumorzellen auf, oder ein bestimmtes Agens, vielleicht eine virusähnliche Substanz, verursacht sowohl die Entstehung der Tumoren als auch die Chromosomenanomalien. Ursache der Krebsentstehung sind die Anomalien der Chromsomen sicher nicht. Die Aberrationen, die in den Knochenmarkszellen bei Leukämie gefunden werden, sind nicht angeboren, es handelt sich hier um somatische Mutationen. Für die zweite Hypothese spricht, daß es bei der Behandlung von Krebsgeschwüren durch physikalische (z. B. Bestrahlung) oder chemische Noxen (z. B. Medikamente) zu Verteilungsstörungen kommen kann. Die Virustheorie der Krebsentstehung wird durch Tierversuche gestützt. Bei einigen Mäusetumoren sind Viren als Ursache nachgewiesen worden. Auch beim Menschen konnte man in einigen wenigen Fällen Viren aus Krebszellen isolieren.

h. Erbliche Anomalien und Krankheiten der Sinnesorgane

Zu den am besten untersuchten Organen des menschlichen Körpers gehört das Auge. Es ist der Beobachtung unmittelbar zugänglich; Störungen in seiner Funktion sind meist so einschneidend, daß nicht nur der Betroffene,

Tab. 20. Erbliche Anomalien und Krankheiten der Sinnesorgane

Anomalien der Sinnesorgane	*Krankheitsbild*	*Allgemeine Bemerkung*
Augenleiden		
Mikrophthalmie	angeborene Kleinheit des Auges	mehrere Formen mit verschiedenen Erbgängen
Glaukom (grüner Star)	Sammelbezeichnung für Augenkrankheiten, bei denen der Innendruck im Auge erhöht ist. Je nach Stärke unterschiedliche Schädigungen	bei den erblichen Formen dominanter und rezessiver Erbgang; auch sekundär durch exogene Faktoren
Hornhauttrübung	vielfältiges Krankheitsbild	drei erbliche Formen mit dominanter und rezessiver Vererbung
Linsentrübung (grauer Star, Katarakt)	Sammelbezeichnung für Trübungen der Linse. Man unterscheidet: angeborener, juveniler, präseniler und Altersstar oder nach der Form Total-, Ring-, Pol-, Pyramiden-, Kristall-, Schicht-, Korallenstar usw.	Entsprechend den verschiedenen Phänotypen verschiedene erbliche Formen bekannt; vorherrschend dominanter Erbgang. Star auch als Phänokopie
Retinoblastom (Glioma retinae)	Bösartige Geschwulst der Retina. Tritt bereits im Kindesalter auf	autosomal-dominanter Erbgang. Häufigkeit fast 1 : 20 000 Geburten
angeborene Nachtblindheit (Hemeralopie)	Herabgesetzte Sehkraft in der Dämmerung und bei Nacht	drei Formen mit autosomal-dominantem, autosomal-rezessivem und gonosomal-rezessivem Erbgang
Rot-Grün-Blindheit	Sehschwäche meist in Form der Grünblindheit bzw. Grünschwäche (Deuteranopie bis Deuteranomalie) Gelegentlich auch Rotblindheit bzw. Rotschwäche (Protanopie bis Protanomalie)	rezessiv-geschlechtsgebundener Erbgang
Totale Farbenblindheit	Unfähigkeit Farben zu sehen. Ausfall der Funktion der Zäpfchen	Vererbung wahrscheinlich rezessiv. Seltene Anomalie
Optikusatrophie	Degeneration der Markscheiden und Achsenzylinder der Sehnervenfasern	neben exogenen Ursachen verschiedene erbliche Formen
Schielen (Strabismus)	Fehlerhafte Augenstellung, gleichzeitiges Fixieren eines Punktes mit beiden Augen nicht möglich	wahrscheinlich unregelmäßig dominanter Erbgang
Ohrenleiden		
Taubstummheit	Entwicklungshemmung der nervalen Hörelemente (sporadische Taubheit), bei Innenohrschwerhörigkeit auch Mißbildungen der knöchernen Labyrinthkapsel. Tritt sie vor dem Sprechenlernen auf, kommt es zur Stummheit	neben mannigfaltigen äußeren Ursachen verschiedene erbliche Formen mit unterschiedlichen Erbgängen
Otosklerose (Mittelohrschwerhörigkeit)	Knochenumwandlung der Labyrinthkapsel, häufig auch Versteifung des Steigbügels. Setzt erst nach der Geschlechtsreife ein	unregelmäßig dominante Vererbung

sondern meist auch die ganze Familie davon Kenntnis hat. Dies ist für retrospektive Untersuchungen von großer Bedeutung. Entsprechend umfangreich sind unsere Kenntnisse über erbliche Anomalien und Krankheiten dieses Sinnesorgans. Dabei kann das Auge als Ganzes betroffen sein, oder das Leiden beruht auf einer Erkrankung der Horn-, Ader- oder Netzhaut, der Linse oder der Iris. Auch Erbkrankheiten des Sehnervs und der Hilfsorgane des Auges sind bekannt. Die Tabelle 20 gibt aus der Vielzahl der hier zu nennenden Anomalien einige Beispiele. Sie enthält auch einige Ohrleiden, bei denen ein Zusammenhang mit genetischen Faktoren bekannt ist.

i. Erbliche Nerven- und Muskelleiden

Eine Abgrenzung der Krankheiten, die das Nervensystem betreffen, ist schwierig, da viele Erkrankungen anderer Organe in ursächlichem Zusammenhang mit Nervenleiden stehen und andererseits auch die sogenannten Geisteskrankheiten auf Störungen in der Funktion des Nervensystems beruhen. Wir wollen jedoch der allgemein üblichen Einteilung folgen und hier die Störungen des Nervensystems aufführen, die körperlich in Erscheinung treten. Zu erwähnen wären zunächst die Erbkrankheiten, die zu einem fortschreitenden Schwund einzelner Teile des Nervensystems führen. Sie prägen sich vielfach als Myopathien aus, d. h. als muskuläre Dysfunktionen. Am häufigsten sind die *progressiven Muskeldystrophien* (Dystrophia musculorum progressiva). Eine der Hauptursachen des fortschreitenden Muskelschwundes ist eine Degeneration bestimmter Nerven und eine Störung der Nährstoffzufuhr zu bestimmten Muskelgruppen. Es kommt dadurch zunächst zu einer Schwäche, dann zu einer Verkümmerung und schließlich nicht selten zu einer vollständigen Lähmung der betreffenden Muskeln. Man kennt mehrere Formen dieser Erkrankung. Rezessiv-geschlechtsgebunden vererbt wird die Beckengürtelform, die bereits im Kindesalter auftritt, zu Beginn der Pubertät meist zur Gehunfähigkeit und wenige Jahre später zum Tod führt. Dominant-autosomal vererbt sich die Schultergürtelform, die außer dem Schultergürtel auch die Gesichtsmuskeln befällt.

Erkrankungen des Rückenmarkes können zu einer Reihe von Lähmungen führen, die unter der Bezeichnung *Spinalparalyse* zusammengefaßt sind. Die Folge ist eine *Muskelatrophie,* die man je nach klinischem Bild in verschiedene Typen einteilen kann. Dominanter und rezessiver Erbgang ist bisher beobachtet worden, auch besteht die Möglichkeit polygener Vererbung.

Unkontrollierte Kontraktionen der quergestreiften Muskeln als Folge von Schädigungen der Stammganglien ist das Krankheitsbild der *Huntingtonschen Chorea* (Chorea hereditaria chronica). Diese auch als Veitstanz bezeichnete Nervenkrankheit tritt erst im 3. bis 4. Lebensjahrzehnt auf und äußert sich in fortschreitenden Verrenkungen der Hände und des ganzen Körpers sowie in chronischem Grimassenschneiden. Der Erbgang dieses Leidens ist dominant, d. h., ein Kranker gibt sie an seine Nachkommen weiter, meist bevor die Krankheit überhaupt sichtbar wird.

Eine erbliche Erkrankung des extrapyramidalen Systems führt zu der *Schüttellähmung* (Paralysis agitans oder Parkinsonsche Krankheit). Da diese durch unablässiges Zittern charakterisierte Nervenkrankheit erst zwischen dem 5. und 6. Lebensjahrzehnt auftritt und auch die Penetranz nur etwa 60% beträgt, ist eine genetische Analyse schwierig. Wahrscheinlich ist dominanter Erbgang.

Aus der Vielzahl der Nervenkrankheiten wollen wir zum Schluß noch die *Sklerosen* erwähnen. Es handelt sich um herdförmige Verhärtungen im

Zentralnervensystem, die bei der multiplen Sklerose vorwiegend durch Umweltfaktoren, wahrscheinlich durch Virusinfektion entstehen.

k. Erbliche Geisteskrankheiten und Psychopathien

Geisteskrankheiten sind psychische Anomalien des Zentralnervensystems. Wir wollen hier nur die endogenen Psychosen betrachten, d. h. die vererbbaren seelischen Störungen. Bisher sind mit Sicherheit noch keine anatomischen Veränderungen bei diesen Krankheiten nachgewiesen worden. Wir müssen annehmen, daß bei ihnen biochemische Abläufe in den Zellen des Gehirns gestört sind, zumal wir Stoffwechselkrankheiten kennen gelernt haben, bei denen durch Blockierung bestimmter Syntheseschritte Störungen in der Funktion des Zentralnervensystems auftreten.

Wohl die häufigste, aber auch vielgestaltigste Geisteskrankheit ist der *Schwachsinn* oder die Oligophrenie. Von der leichteren Debilität über die schwerere Imbezillität bis zur Idiotie (Blödsinn) finden sich alle Übergänge. Der Intelligenzquotient beträgt bei den Debilen 50 bis 69, d. h., sie erreichen nur ein Intelligenzalter von 12 bis 16 Jahren. Bei den Idioten reicht der Intelligenzquotient nur bis 19, sie bleiben unter der Intelligenz eines sechsjährigen Kindes, während die Imbezillen sowohl im Intelligenzquotient als auch im Intelligenzalter zwischen beiden Schwachsinnsgraden eingeordnet werden können. Verschiedene Fälle von Oligophrenie werden durch äußere Ursachen, durch ein Geburtstrauma, durch eine Gehirnentzündung oder durch andere Erkrankungen oder Einwirkungen auf die werdende Mutter verursacht. Auch gibt es Formen des Schwachsinns, die durch erbliche Stoffwechselstörungen verursacht werden und von denen schon die amaurotische Idiotie und der phenylpyruvische Schwachsinn erwähnt wurden. Auch andere erbliche Syndrome können Schwachsinn als charakteristisches Symptom aufweisen.

Bei der Mehrzahl der Schwachsinnigen kennt man bisher die Ursache nicht. Weder exogene Schädigungen, noch Stoffwechselstörungen und auch keine auf andere Erbkrankheiten oder Chromosomenstörungen hinweisenden Syndrome lassen sich feststellen. Eine genetische Analyse ist hier nur mit Hilfe der Zwillings- und Familienforschung möglich. Die bisher vorliegenden Untersuchungen lassen keine eindeutigen Rückschlüsse auf einen Erbgang zu, zumal ja die Ursachen noch weitgehend ungeklärt sind. In Zukunft wird man daher vor allem nach körperlichen und physiologischen Merkmalen suchen, durch die sich die Schwachsinnigen von den „normalen" Individuen unterscheiden. Anfänge sind mit der Untersuchung von Papillarlinien der Hand und vom Aminosäure-Stoffwechsel gemacht. Soviel scheint sicher, daß die Vererbung des Schwachsinns verschiedenen Erbgängen folgt und wahrscheinlich auch polymer auftritt. Auch scheint Erbe und Umwelt gemeinsam an der Ausprägung beteiligt zu sein.

Die zweite große Gruppe von Geisteskrankheiten ist die *Schizophrenie* oder das Spaltungsirresein. Das Denkvermögen, das Handeln und vor allem das Erleben der eigenen Person mit Willen und Gemüt ist bei dieser Krankheit gestört. Es kommt zu einer Entfremdung gegenüber der Umwelt und der eigenen Person. Schon in der Jugend kann das Krankheitsbild einsetzen. Es kommt zur Hebephrenie (dementia praecox, Jugendirresein), bei der zunächst läppisch-albernes Verhalten, Persönlichkeitsveränderungen und Antriebsverarmung auftreten, die zunehmend bis zur seelischen Verödung führen können. Eine andere Form ist die Katatonie (Spannungsirresein), die sich vor allem in motorischen Störungen mit sehr starken Erregungen ausdrückt. Erst zwischen dem 30. und 40. Lebensjahr kann dann die paranoide Schizophrenie einsetzen, in deren Verlauf sich Halluzinationen und Wahnvorstellungen einstellen. Allein schon diese Vielgestaltigkeit mit den verschiedensten Ausprägungen zeigt die Schwierigkeit, denen der Humangenetiker bei seinen Untersuchungen gegenübersteht. Eine Veranlagung für diese Krankheit erhellt jedoch bereits daraus, daß meist schon vor Ausbruch eine schizothyme oder etwas verstärkt eine schizoide Psychopathie bei den entsprechenden Individuen zum Ausdruck kommt. Die Ergebnisse der Familien- und Zwillingsuntersuchungen über die Vererbung der Schizophrenie sind verschieden gedeutet worden. Soviel scheint jedoch festzustehen, daß eine erbliche Veranlagung vorhanden sein kann, ohne daß eine Aussage über die Zahl der Gene und den Erbgang bisher möglich ist. Auch die genetische Gesamtkonstitution ist nicht ohne Einfluß, wie die Korrelation mit bestimmten Körperbautypen zeigt. Etwa zwei Drittel der Schizophrenen haben leptosomen und athletischen Körperbau, während bei der folgenden manisch-depressiven Krankheit zwei Drittel pyknisch sind. Schließlich muß auch die Umwelt (Intoxikation, organische Erkrankungen) von Bedeutung für diese schwere Geisteskrankheit sein.

Außer der Schizophrenie gibt es noch eine weitere Gruppe endogener Psychosen, die man zusammenfassend als zirkuläre Psychosen bezeichnen kann. Die Hauptform ist die *manisch-depressive Gemütserkrankung* (Zyklophrenie). Zwei Krankheitsbilder sind es, die hier vor allem auftreten: die Depression oder Melancholie und die Manie. Beide Formen können bei den Patienten abwechseln und auch Zeiten normaler Gemütsverfassung eingeschaltet sein. Zwischen Zeiten pessimistischer Lebensauffassung, psychischen Hemmungen jeglicher Art (d. h. des Handelns, des Wollens und des Denkens) und Zeiten der Verzweiflung und der Selbstanklage sowie Zeiten übersteigerter Stimmung und Erregtheit, planloser Betriebsamkeit und leicht abschweifenden Gedankenlaufs schwankt der Manisch-Depressive hin und her. Die häufig verwendete Bezeichnung „manisch-depressives Irresein“ ist nicht richtig, denn die Geistesverfassung des Patienten ist an sich normal, wird aber durch krankhafte Gemütsverfassung unterbrochen. Eine Anlage für diese Krankheit findet sich als Psychopathie in Form von zyklothymem oder zykloidem Charakter. Bei diesen Menschen schwankt die Stimmung von Hypomelancholie bis Hypomanie. Familienuntersuchungen und auch Beobachtungen an Zwillingen haben gezeigt, daß diese Psychopathien gehäuft in der Verwandtschaft von Manisch-Depressiven auftreten und auch diese selbst vor und zwischen den Krankheitsphasen diese Seelenverfassung zeigen. Eine erbliche Veranlagung steht außer Zweifel, nur kann man bei der Vielschichtigkeit des Krankheitsbildes keinen einfachen Mendelschen Erbgang erwarten. Soweit Untersuchungen vorliegen, deuten sie auf eine direkte Übertragung von den Eltern auf die Kinder hin, eine Vererbung, die auf dominante Merkmale hinweist.

Eine weitere Gruppe von verschiedenen Geisteskrankheiten, deren wichtigstes gemeinsames Symptom zerebrale Krampfanfälle sind, ist die *Epilepsie* oder Fallsucht. Man unterscheidet zwei Formen, die symptomatische und die genuine Epilepsie („echte Fallsucht"). Bei der ersteren kommen exogene Faktoren als Ursache in Frage, so z. B. Hirnverletzungen und Mißbildungen des Gehirns, Erkrankungen der Hirngefäße oder Entzündungen des Gehirns oder der Hirnhäute. Bei der genuinen Epilepsie liegt — wie Untersuchungen an Zwillingen oder betroffenen Familien ergaben — erbliche Veranlagung vor. Die Vielfalt, in denen die generalisierten Anfälle in Erscheinung treten, die unterschiedliche Dauer und die besonderen Begleitumstände erschweren die genetische Analyse und gestatten keine Aussage über den Erbgang.

Neben den eigentlichen psychischen Erkrankungen gibt es eine Reihe weiterer psychischer Störungen, bei denen jedoch im Gegensatz zu den endogenen Psychosen (Schizophrenie, manisch-depressive Erkrankung) die reale Welt im Bewußtsein der Betroffenen erhalten bleibt, und die oft selbst unter ihrer Unausgeglichenheit leiden. Solche Psychopathien, Neurosen und psychosomatischen Störungen sind keine eigentlichen Krankheiten, weshalb wir sie hier nicht besprechen wollen.

6. Anomalien der Autosomen

Eine besondere Gruppe von Entwicklungsstörungen, die meist mit schweren geistigen Störungen verbunden sind, werden durch numerische und strukturelle Chromosomenanomalien (Chromosomenaberrationen) hervorgerufen. Im Jahre 1959 fanden LEJEUNE, GAUTIER und TURPIN bei der als mongoloide Idiotie oder Mongolismus bezeichneten Schwachsinnsform eine Störung in der Zahl der Autosomen. Die mit diesem Leiden behafteten männlichen oder weiblichen Individuen haben mit den Angehörigen der mongoloiden Rasse nur phänotypisch die schlitzförmigen Augen mit der sogenannten Mongolenfalte gemeinsam. Die Bezeichnung mongoloide Idiotie, Mongoloidismus oder Mongolismus ist irreführend, das Krankheitsbild sollte besser mit LANGDON-DOWN-Sydrom oder 21-Trisomie bezeichnet werden. Aus dem letzten Namen geht bereits hervor, daß das Chromosom mit der Nummer 21 bei diesen Individuen nicht doppelt, sondern dreimal vorhanden ist, hier also eine Trisomie vorliegt (Abb. 31). Schon 1895 wurde von SHUTTLEWORTH beobachtet und später von anderen Forschern bestätigt, daß die Häufigkeit der Geburten mit diesem Krankheitsbild mit dem Alter der Mutter zunimmt. Bei 25jährigen Müttern tritt die 21-Trisomie etwa einmal unter 2000 Geburten auf, bei 40jährigen Müttern bereits 15mal unter 1000 Geburten, und sind die Mütter 5 Jahre älter, so kommen etwa 20 Geburten mit DOWN-Syndrom auf 1000 Geburten (vgl. Abb. 32). Das Alter des Vaters

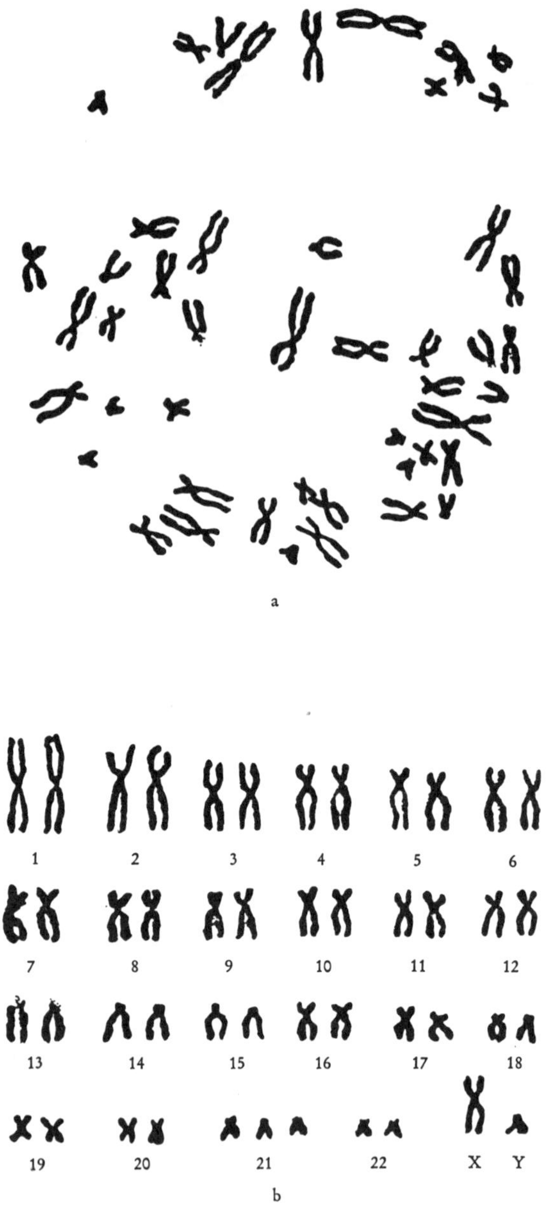

Abb. 31. Chromosomen in einer Hautzellkultur von einem männlichen Patienten mit mongoloider Idiotie. a. Metaphasenplatte. b. Die 22 Autosomenpaare der Größe nach geordnet. Chromosome Nr. 21 dreifach vertreten. (nach Ellis; aus Kalmus, 1966)

hat keinen Einfluß auf das Auftreten dieser Krankheit. Die männlichen Träger dieser Anomalie sind, soweit bekannt, steril, die weiblichen mongoloiden Individuen, die mit gleicher Häufigkeit auftreten, können dagegen teilweise Nachkommen haben. Wiederholtes Auftreten der 21-Trisomie in der gleichen Familie führte zur Aufdeckung des „Translokationsmongoloidimus"; das überzählige Autosom mit der Nummer 21 ist bei diesen Individuen an ein Chromosom der Gruppe D (13—15), seltener der Gruppe G (21—22) angeheftet. Im Gegensatz zu den bisher erwähnten Probanden mit DOWN-Syndrom, die 47 Chromosomen besitzen, ist hier der diploide Chromosomensatz wieder 46 (Abb. 33). Bereits im gleichen Jahr, in dem die Aberrationen entdeckt wurden, fand man bei einem Patienten mit dem Krankheitsbild der 21-Trisomie bei cytologischen Untersuchungen 48 Chromosomen. Hier trat die 21-Trisomie mit einer Aberration der Gonosomen gekoppelt auf. Der Pa-

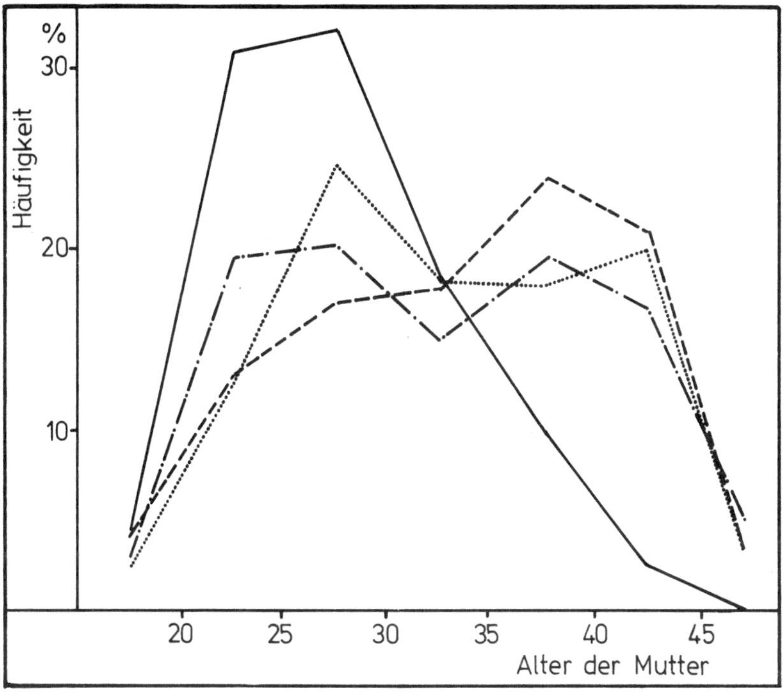

Abb. 32. Das Alter der Mütter bei einigen Chromosomenaberrationen. (nach STENGEL, 1974)
———————— normale Geburten (Kontrolle); — — — — — — 21-Trisomie;
— · — · — · — · 18-Trisomie · · · · · · · · · · · · · 13-Trisomie

tient hatte zwei normale Autosomensätze, ein überzähliges Chromosom 21 und drei Geschlechtschromosomen XXY, eine Aberration die das Klinefelter-Syndrom hervorruft (Abb. 16). Unter etwa 560 000 Geburten tritt diese Kombination einmal auf.

Tab. 21. Häufigkeit der Chromosomenaberrationen (nach STENGEL, 1974)

Syndrom	*Aberration*	*Häufigkeit*	*auf 1000 Geburten*
Down-Syndrom (Mongoloide Idiotie)	G-21-Trisomie	1 : 600	1,7
Patau-Syndrom	D-13-Trisomie	1 : 7500 bis 1 : 9000	0,15
Edwards-Syndrom	E-18-Trisomie	1 : 3500 bis 1 : 6500	0,2 bis 0,3
			auf 1000 männliche Geburten
Klinefelter-Syndrom	XXY	1 : 500 bis 1 : 1000	1 bis 2
			auf 1000 weibliche Geburten
Turner-Syndrom	XO	1 : 3000	0,3
Triplo-X-Syndrom	XXX	1 : 1000	1

Zu den weiteren bekannten autosomalen Chromosomenaberrationen gehören die 17-18-Trisomie (E-Trisomie oder EDWARDS-Syndrom) und die 13-15-Trisomie (D-Trisomie oder PATAU-Syndrom). Die Folgen dieser Anomalien sind so schwer, daß die Neugeborenen meist sehr frühzeitig sterben. Auch hier findet man eine Abhängigkeit dieser Chromosomenanomalien vom Alter der Mutter, d. h., die Häufigkeit, mit der solche Kinder geboren werden, nimmt mit dem Alter der Mutter zu (durchschnittliches Alter der Mutter bei 25 Fällen mit 17-18-Trisomie 35,2 ± 3,8 Jahre; bei 13 Fällen von D-Trisomie 33,4 ± 1,7 Jahre, vgl. Abb. 32). Bei der D-Trisomie oder PATAU-Syndrom kennt man ebenfalls Translokationen. Autosomale numerische Aberrationen der größeren Chromosomen sind bisher noch nicht beobachtet worden. Auch sie treten sicher auf, nur scheint dann das Gleichgewicht der Gene so stark beeinflußt zu sein, daß die betroffenen Zellen nicht lebensfähig sind und absterben. Angaben über die Häufigkeit einiger autosomaler und gonosomaler Chromosomenaberrationen enthält die Tabelle 21.

Ein Vergleich der hier erwähnten autosomalen Chromosomen und der beobachteten strukturellen Aberrationen mit dem Bau der Chromsomen, wie er in der Tabelle 1 aufgeführt ist, zeigt, daß vorwiegend akrozentrische Chromosomen betroffen sind, die Satelliten besitzen. Diese SAT-Chromosomen (sine acido thymonucleinico) besitzen färbbare Satelliten, die durch kleine nicht färbbare Verbindungsstücke mit den färbbaren Chromosomen verbunden sind. Wahrscheinlich kann die hier gebildete Nucleolarsubstanz unter bestimmten Bedingungen zusammenfließen und zu einer Verklebung führen. Auch das gehäufte Auftreten von Translokationen an diesen Chromosomen ließe sich so erklären.

Aberrationen der Autosomen wurden bisher nur bei den kleineren Kernschleifen festgestellt. Überzählige größere Chromosomen beeinflussen wahrscheinlich das genetische Gleichgewicht so stark, daß eine solche Zelle nicht mehr lebensfähig ist. Mit gleicher Häufigkeit wie die genannten numerischen Aberrationen mit überzähligen Chromosomen, müßten theoretisch auch In-

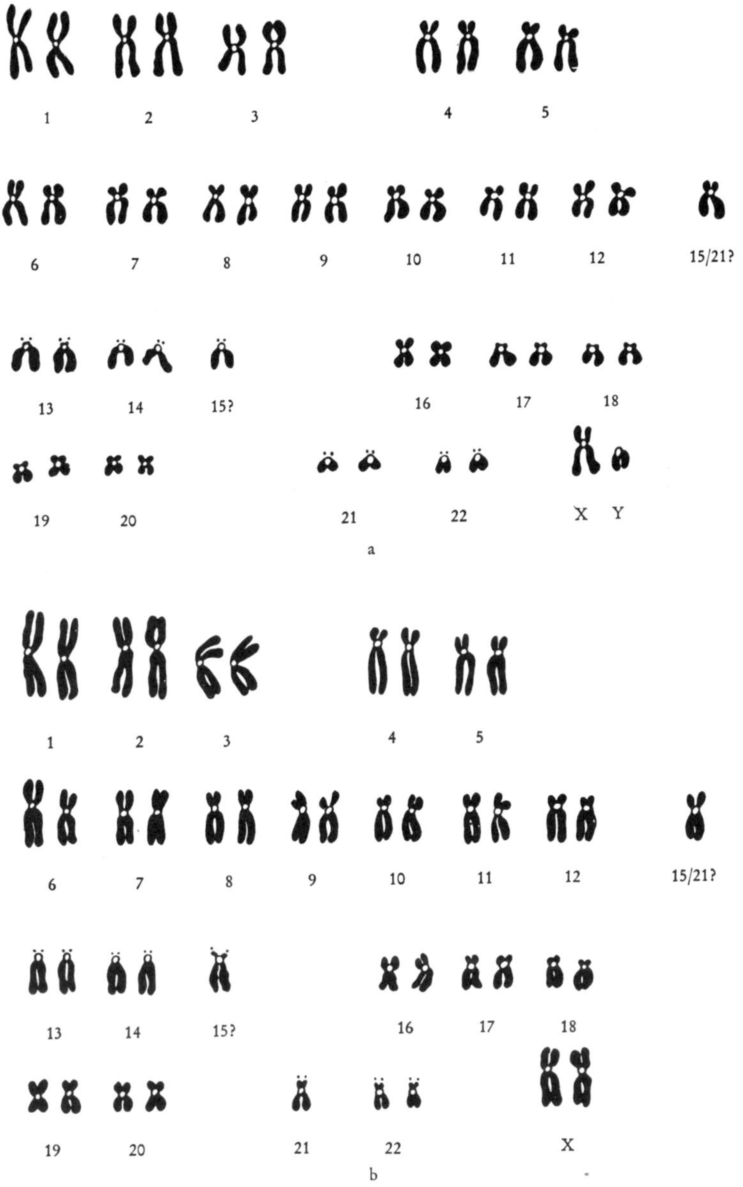

Abb. 33. a. Karyotyp eines Patienten mit Translokationsmongoloidismus. Der Patient hat 46 Chromosomen; ein Chromosom 15 ist normal, aus einem Chromosom 15 und einem Chromosom 21 hat sich ein Translokationschromosom gebildet. b. Karyotyp der Mutter dieses Patienten, die phänotypisch normal ist, aber nur 45 Chromosomen hat. Eines dieser 45 Chromosomen ist eine Fusion (Translokation) der Chromosomen 15 und 21. (nach McKusick, 1968)

Tab. 22. Die Aberrationen der Autosomen (nach STENGEL, 1974)

Aberration	*Karyotyp der männlichen Individuen*	*Krankheitsbild*
Numerische Chromosomenaberrationen		
G 21-Trisomie	47, XY, 21 +	Down-Syndrom
D 13-Trisomie	47, XY, 13 +	Patau-Syndrom
E 18-Trisomie	47, XY, 18 +	Edwards-Syndrom
partielle Trisomie E 18	47, XY, (18q—) +	
G 21-Trisomie + XXY	48, XXY, 21 +	Down- und Klinefelter-Syndrom
Strukturelle Chromosomenaberrationen		
Isochromosomen		
21-Isochromosomen	46, XY, 21qi	Down-Syndrom
Translokationen		
D 15-G 21-Translokation	46, XY, t(21q+15q—)	Down-Syndrom
G 21-G 21-Translokation	46, XY, t(21q+21q—)	Down-Syndrom
G 21-G 22-Translokation	46, XY, t(22q+21q—)	Down-Syndrom
E 18-G 21-Tanslokation	46, XY, t(21q+18q—)	Down-Syndrom
D-E Translokation	46, XY, t(Dq+Eq—)	Patau-Syndrom
D-D-Translokation	46, XY, t(Dq+Dq—)	Patau-Syndrom
E-E-Translokation	46, XY, t(Eq+Eq—)	Edwards-Syndrom
Deletionen („partielle Monosomien")		
B 5-Deletion (kurzer Arm)	46, XY, 5p—	Cri-du-Chat-Syndrom
B 4-Deletion (kurzer Arm)	46, XY, 4p—	
E 18-Deletion (kurzer Arm)	46, XY, 18p—	de-Grouchy-Syndrom
G 21-Deletion (langer Arm)	46, XY, 21q—	
Ringchromosomen		
in den Gruppen A, B, C, D, E und G beobachtet		

dividuen auftreten, die durch Verlust einer Kernschleife nicht mehr den normalen diploiden Satz besitzen (Monosomie). Nur bei den Geschlechtschromosomen ist das bisher beobachtet worden (XO-Typ); auch hier muß man annehmen, daß Zellen durch den Verlust eines Autosoms absterben. Man kennt bisher nur einige wenige Fälle von partieller Monosomie, bei denen ein Stück eines Chromosoms verloren gegangen ist. Bei beiden Kernschleifen der Gruppe B hat man solche Deletionen gefunden. Fehlt ein Teil des kurzen Arms des Chromosoms 5, so führt das zum Cri-du-chat-(Katzenschrei-)Syndrom, so benannt nach dem charakteristischen Schrei der betroffenen Säuglinge. Wie diese sind auch die Individuen mit einer Deletion am kurzen Arm der Kernschleife E18 schwachsinnig. Das dadurch entstehende Krankheitsbild nennt man DE GROUCHY-Syndrom.

Die Tabelle 22 gibt eine Übersicht über die wichtigsten der bisher bekannten Aberrationen der Autosomen. Diese Zusammenstellung enthält auch die heute gebräuchlichen Karyotypsymbole. Um den Chromosomenstatus eindeutig und unmißverständlich zu charakterisieren, einigte man sich

1966 auf dem Internationalen Kongreß für Humangenetik in Chicago auf ein System von Symbolen. Danach gibt man zunächst die Chromosomenzahl an und fügt die jeweiligen Geschlechtschromosomen hinzu (z. B. 46, XY normaler Mann; 46, XXY Klinefelter-Syndrom). Überzählige Autosomen werden mit Nummer oder, sofern nicht eindeutig bestimmbar, mit dem Gruppenbuchstaben und einem Pluszeichen angegeben (z. B. 47, XY, 21 + männlicher Mongoloider). Translokationen erhalten das Symbol t und in Klammern die beteiligten Chromosomen, dabei bedeutet p der kürzere und q der längere Arm. Das Pluszeichen steht für Verlängerung, das Minuszeichen für Verkürzung. Auf diese Weise lassen sich auch Deletionen beschreiben. Durch Symbole ausgedrückt werden auch Isochromosomen und Ringchromosomen. So bedeutet z. B. 46, XY, 21qi Down-Syndrom im männlichen Geschlecht mit Isochromosom des langen Arms der Kernschleife 21 oder 46, XXr Turner-Syndrom mit Ringchromosom X.

Numerische Anomalien sind beim Menschen fast immer mit bestimmten pathologischen Symptomen verbunden; das deutet darauf hin, daß eine Störung des normalen Gengleichgewichtes hierfür verantwortlich ist. Denn bei den anomalen, vielfach lebensschwachen und oft auch unfruchtbaren Individuen sind ja keine Gene mutiert; nur die Zahl der Erbanlagen, nicht diese selbst, haben sich bei diesen Genommutationen verändert. Zellen mit überzähligen Chromosomen sind gegenüber Zellen mit einem normalen Chromosomensatz benachteiligt. Trisome und polysome Zellen entstehen sicher weit häufiger als sie gefunden werden. Das gilt auch für eine Verdopplung und Vervielfachung des ganzen Chromosomensatzes. Individuen mit polyploiden Zellen sind sicher sehr selten. Bei einigen früh abortierten menschlichen Feten fand man triploide und gelegentlich sogar hexaploide Zellen mit 138 Chromosomen. Treten bei lebenden Individuen triploide Zellen auf, so handelt es sich wohl immer um Mosaikbildungen. Böök und Santesson beschreiben ein solches Kind, welches sowohl geistig als auch körperlich zurückgeblieben war und eine Reihe von Mißbildungen aufwies. Zellkulturen von Haut und Oberschenkelfaszie zeigten diploide, triploide und einige wenige tetraploide und hexaploide Zellen.

V. Erkenntnisse und Anwendung der Humangenetik

1. Mutationen beim Menschen

Die Konstanz der Erbanlagen, wie sie in den Mendelschen Gesetzen, bei der Genkopplung, aber auch bei der Erscheinung des crossing over deutlich wird, gilt nicht uneingeschränkt. Die Mannigfaltigkeit, mit der uns Populationen und Einzelwesen entgegentreten, läßt sich nur durch Änderungen im Erbgut erklären. Wir nennen die Erbänderungen Mutationen. Sie machen uns auch die Erscheinungen der Phylogenie verständlich. Zwar kann durch Neukombination eine Variabilität im Erscheinungsbild auftreten, doch reicht diese neben der Selektion, der Isolation und der Gendrift als Evolutionsfaktor nicht aus. Im weitesten Sinne kann man jede nicht auf Neukombination beruhende Veränderung des Genotyps als Mutation bezeichnen. Hugo de Vries, einer der Wiederentdecker der Mendelschen Gesetze, hatte bereits zu Beginn unseres Jahrhunderts bei seinen Oenothera-Züchtungen (Nachtkerze) eine große Neigung zu Anomalienbildungen festgestellt und als Ursache Erbänderungen angenommen, denen er den Namen Mutationen gab. Nachuntersuchungen in späteren Jahren ergaben, daß es sich bei den von de Vries angegebenen sogenannten Mutanten in Wirklichkeit um Neukombinationen handelte, daß aber seine Theorie über die Mutationen richtig war.

Bereits aus der sehr allgemeinen Definition des Begriffes Mutation geht hervor, daß es sich hierbei um verschiedene Vorgänge im genetischen Material der Zelle handelt. Eingehende Studien, vor allem an Drosophila und neuerdings auch bei Mikroorganismen, haben verschiedene irreversible Änderungen sowohl morphologisch als auch cytologisch aufzeigen können. Danach teilen wir die Mutationen folgendermaßen ein:

A. Gen- oder Punktmutationen: Änderung eines einzelnen Gens

B. Chromosomenmutationen: Änderungen in der Struktur der Chromosomen, strukturelle Chromosomenaberrationen (vgl. Abb. 34)
   1. Verdopplung oder Reduzierung einzelner Chromosomenabschnitte
      a. Deletion (Deficiency, Stückausfall)
      b. Duplikation (Verdopplung)
   2. Änderungen in der Reihenfolge der Gene
      a. Inversion (Umkehrungen)
      b. Translokationen (Chromosomenstückaustausch)

C. Genommutationen: Änderungen in der Zahl der Chromosomen, numerische Chromosomenaberrationen
   1. Änderungen der Chromosomensätze
      a. Haploidie: nur ein Chromosomensatz ist vorhanden

b. Polyploidie: mehrere Chromosomensätze sind vorhanden (z. B. Triploidie, Tetraploidie, Pentaploidie, Hexaploidie usw.)

2. Änderungen in der Zahl einzelner Chromosomen (Aneuploidie)
   a. Nullisomie: zwei homologe Chromosomen fehlen
   b. Monosomie: ein Chromosom eines homologen Paares ist verloren gegangen
   c. Polysomie: ein oder mehrere Chromosome treten neben den homologen Chromosomen zusätzlich auf (z. B. Trisomie)

Während Genmutationen durch das Auftreten bisher nicht beobachteter Merkmale und ihre Weitergabe an die folgenden Generationen erkannt werden können, setzen die Schwierigkeiten der Untersuchungen und die große Zahl der kleinen menschlichen Chromosomen der cytogenetischen Forschung Grenzen. Das war auch einer der Gründe, warum lange Zeit über die Zahl der menschlichen Chromosomen falsche Angaben gemacht wurden. Erst als die Technik der cytologischen Untersuchungen verbessert wurde, konnte die Cytogenetik auch den Menschen in ihr Arbeitsgebiet einbeziehen.

Sprunghafte Änderungen an der strukturellen Einheit eines Gens treten äußerst selten, jedoch mit einer bestimmten Häufigkeit auf. Wie wir aus der Molekulargenetik aus Beispielen an Mikroorganismen wissen, können verschiedene Mutons, Subgene oder sites, aus denen sich die funktionelle Einheit des Gens zusammensetzt, betroffen werden. Bei Selbstverdopplung

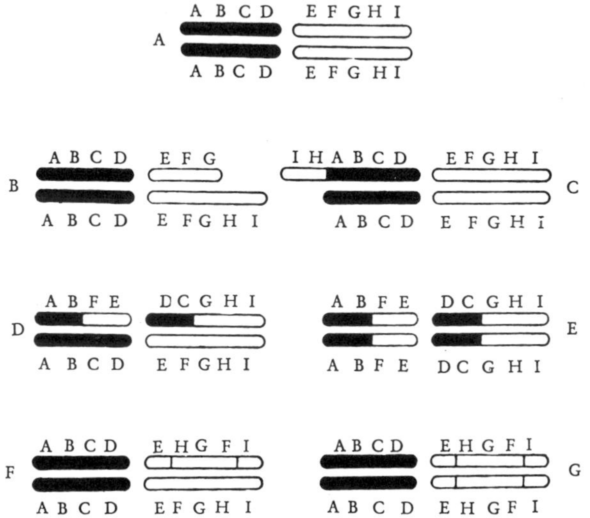

Abb. 34. Chromosomenmutationen: A normale Chromosomen; B Stückausfall (Deficiency); C Duplikation; D heterozygote Translokation; E homozygote Translokation; F heterozygote Inversion; G homozygote Inversion. (aus DOBZHANSKY, Die genetischen Grundlagen der Artbildung, Jena 1939)

der Desoxyribonukleinsäure, der Übertragung der genetischen Information durch die komplementären Basen der messenger-Ribonukleinsäure oder bei der Anlagerung der mit Aminosäuren behafteten transfer-Ribonukleinsäure an die Matrize kann durch Einbau einer falschen Base ein Übertragungsfehler und somit eine Änderung der genetischen Information erfolgen. Die Ursachen dieser spontan auftretenden Mutationen kennen wir nicht, nur soviel ist aus der Strahlen- und Chemogenetik bekannt, daß durch physikalische und chemische Einwirkungen auf die Keimzellen die Mutationsrate erhöht werden kann. Ändert sich nur eine Base eines Triplets, so kann bereits die Synthese eines lebensnotwendigen Proteins verhindert oder verändert werden.

Es ist nicht immer leicht, solche Störungen nachzuweisen, doch sind sie sicher recht häufig. Beim roten Blutfarbstoff Hämoglobin zum Beispiel müssen 574 Triplets in der richtigen Sequenz vorhanden sein, um die 574 Aminosäuren dieses Blutfarbstoffes zusammenzusetzen, oder anders ausgedrückt, damit das „Gen" „normal" ist. Ändert sich — wie wir schon früher gezeigt haben — das sechste Triplet, indem eine falsche Base eingebaut wird, so kann die ursprüngliche Information für die Glutaminsäure in die Information für Valin mutieren, und die Folge ist die Bildung des Sichelzellenhämoglobins (Hb-S). Eine andere falsch eingebaute Base kann in der Position 6 die Information für Lysin darstellen und die Bildung von Hämoglobin C veranlassen.

Da in jedem „Gen" solche Änderungen möglich sind, läßt sich das Auftreten von Allelen erklären. Beim Menschen können solche Punktmutationen experimentell nicht nachgewiesen werden. Sie können sehr eng beieinanderliegen und im Extremfall zwei benachbarte Nukleotide betreffen. Die Phagengenetik liefert uns hier ein Modell der sicher auch bei höheren Organismen und beim Menschen vorliegenden Verhältnisse.

Die phänotypische Erkennung neuer Mutationen ist oft schwierig. Es muß zunächst feststehen, daß keine exogenen Faktoren die vermeintliche Mutation phänokopiert haben, was wiederum nur durch eine Verfolgung dieses Merkmals über mehrere Generationen sichergestellt werden kann. Treten Neumutationen auf, so sind sie meist unsichtbar, da die Mehrzahl der mutierten Allele rezessiv sind. Wenn wir dennoch mehr dominante Allele beim Menschen kennen, so beruht das eben auf dieser Unsichtbarkeit rezessiver Merkmale, die ja nur homozygot phänotypisch in Erscheinung treten.

Beim Menschen ist man auf das zufällige Herausspalten solcher Merkmale angewiesen. Dieser Zufall wird durch das Auftreten von Verwandtenehen eingeschränkt, aber auch hier kann es viele Generationen dauern, bis ein rezessives Gen erkennbar wird. Es ist daher unmöglich, die Zahl der rezessiven Neumutationen zu bestimmen. Mit Hilfe bestimmter statistischer Verfahren eines „Inzuchtkoeffizienten" hat man auch hier versucht, Annäherungswerte zu ermitteln.

Dominante Mutationen sind leichter festzustellen. Sie zeigen sich bereits in der folgenden Generation. Aber auch hier kann durch unterschiedliche

Penetranz und Expressivität bei der meist nur sehr kleinen Individuenzahl pro Familie eine Analyse oft erschwert werden. Viele Mutationen führen in den verschiedenen Stadien der Entwicklung, manchmal auch erst nach der Geburt, zum Absterben der Keimzellen oder der Frucht. Diese Letal- oder Subletalfaktoren können, von wenigen Ausnahmen abgesehen, beim Menschen nicht erfaßt werden. Modellversuche, vor allem bei Drosophila mit Hilfe besonderer Methoden (z. B. ClB-Methode, Attached-X-Methode) geben Annäherungswerte über ihre Häufigkeit.

Bei der Berechnung der Mutationsrate beim Menschen müssen außer den bereits erwähnten Faktoren (Erbgang, Penetranz, Expressivität, Phänokopie) noch andere mögliche Vorgänge beachtet werden: Polygenie, Vitalität und Selektionswert der Heterozygoten, unterschiedliche Fruchtbarkeit der Genotypen, genetisches Gleichgewicht, exakte Diagnose, Vollständigkeit des Materials und Abstammungsnachweis. Mutationsraten beim Menschen sind daher mehr oder weniger Schätzungen, die durch verschiedene Methoden gewonnen wurden. Es gibt die direkte und indirekte Methode zur Bestimmung der Mutationsrate. Werden in einer Population alle Träger eines bestimmten Merkmals erfaßt, so erhält man nach der direkten Methode die Mutationsrate nach folgender Formel:

$$\text{Mutationsrate} = \frac{\text{Zahl der Neumutationen}}{2 \times \text{Gesamtzahl der Individuen}}$$

Da diese Berechnung nur bei autosomal-dominanten Neumutationen mit voller Penetranz und zwei gesunden Eltern möglich ist, bedarf es bei rezessiven und geschlechtsgebundenen Merkmalen einer indirekten Methode. Dabei wird die Mutationsrate nach bestimmten Formeln berechnet. Sie seien hier aufgeführt als ein weiteres Beispiel für die mathematische Durchdringung humangenetischer Probleme (nach HALDANE, 1935, und VOGEL, 1954):

autosomal dominante Merkmale	$u = \frac{1}{2}(1-f)\,x$
autosomal rezessive Merkmale	$u = (1-f)\,x$
gonosomal dominante Merkmale	$u = \frac{2}{3}(1-f)\,x$
gonosomal rezessive Merkmale	$u = \frac{1}{3}(1-f)\,x$
holandrische Merkmale	$u = (1-f)\,x$

oder allgemein ausgedrückt:

$$\text{Mutationsrate} = \frac{\text{Zahl der Neumutanten}}{\text{Zahl aller Allele des Genortes in der Population}}$$

In den Formeln bedeutet u die Mutationsrate, f die relative Fruchtbarkeit der Mutanten und x die relative Häufigkeit der Mutanten in der vorliegenden Population. Diese ist bei den autosomalen sowie den geschlechtsgebundenen-dominanten Merkmalen die Zahl der Merkmalsträger, dividiert durch die Gesamtzahl der männlichen und weiblichen Individuen dieser Population; bei einem geschlechtsgebundenen-rezessiven und einem möglichen holandrischen Merkmal natürlich entsprechend die Zahl der männlichen

Merkmalsträger, dividiert durch die männliche Bevölkerungszahl. Der Fertilitätsfaktor f ist nur sehr schwer zu bestimmen, daher können die nach dieser Methode errechneten Mutationsraten nur Annäherungswerte darstellen. In der Tabelle 23 sind einige Beispiele von Mutationsraten menschlicher Erbleiden aufgeführt, die unter diesem Gesichtspunkt zu werten sind.

Im Jahre 1928 entdeckte H. J. MULLER, daß Röntgenstrahlen die Mutationsrate bei Drosophila erhöhen. Er begründete damit die Strahlengenetik.

Tab. 23. Schätzung der Mutationsraten menschlicher Erbanlagen (nach verschiedenen Autoren)

Erbleiden	*Mutationsrate*	*auf 1 Million Gameten Zahl der Mutationen*
autosomal-dominante Gene		
Aniridie	$3–5 \times 10^{-6}$	3–5
Chondrodystrophie	$1,3 \times 10^{-5}$	13
Huntingtonsche Chorea	5×10^{-6}	5
Dystrophia myotonica	8×10^{-6}	8
Neurofibromatose	1×10^{-4}	100
Pelger-Anomalie	$2,7 \times 10^{-5}$	27
Retinoblastom	$6–8 \times 10^{-6}$	6–8
Thalassämie	4×10^{-4}	400
autosomal-rezessive Gene		
Albinismus	$2,8 \times 10^{-5}$	28
Ichthyosis congenita	$1,1 \times 10^{-5}$	11
Totale Farbenblindheit	$2,8 \times 10^{-5}$	28
infantile amaurotische Idiotie	$1,1 \times 10^{-5}$	11
X-chromosomal-rezessive Gene		
Hämophilie	$2,2–5,7 \times 10^{-5}$	22–57
Muskeldystrophie (Typ Duchenne)	$4,3–9,2 \times 10^{-5}$	43–92

1944 gelang CH. AUERBACH und J. M. ROBSON mit Senfgas ebenfalls eine Erhöhung der Mutationsrate bei Drosophila. Diese Entdeckung führte zur Bildung einer neuen Arbeitsrichtung, der Chemogenetik. Der Nachweis von genetischen Strahlenschäden und chemisch induzierten Erbänderungen ist beim Menschen nur sehr schwer möglich. Um eine Vorstellung von der mutationsauslösenden Wirkung ionisierender Strahlen zu bekommen, müssen wir auf statistische Untersuchungen von Personen zurückgreifen, die kürzere oder längere Zeit verschiedenen Strahlungen ausgesetzt waren. Eine einmalige hohe Strahlendosis erhielten die Einwohner der beiden Städte Hiroshima und Nagasaki durch den Abwurf der ersten Atombomben. Häufigeren kleineren Strahlenbelastungen waren alle die Personen ausgesetzt, die mit Röntgenstrahlen beruflich zu tun hatten. Und schließlich können auch noch Personen in die Untersuchungen einbezogen werden, die mehrmaligen hohen Strahlendosen aus therapeutischen Gründen ausgesetzt waren.

Recht umfangreiche Erhebungen an den Überlebenden der durch die Atombomben betroffenen japanischen Städte wurden von NEEL und SCHULL durchgeführt. Es interssierte vor allem die Frage, wieweit Kinder Erbschädigungen aufwiesen, wenn beide Eltern oder nur ein Elternteil den Strahlenwirkungen der Atombombe ausgesetzt waren. Um einen Anhaltspunkt über die erhaltene Strahlendosis dieser Personen zu haben, hat man die Eltern in Gruppen eingeteilt, die nach der Entfernung vom Explosionsort gestaffelt wurden. Es wurde weiter berücksichtigt, wieweit Blutsverwandtschaft der Eltern auftrat, wie alt die Mutter bei der Geburt des untersuchten Kindes war, dann auch, ob in der Familie bereits Mißbildungen und Totgeburten auftraten usw. Geforscht wurde nach Mißbildungen, die bei der Geburt vorhanden waren oder nach neun Monaten (hier erfolgte bei einem Teil der Kinder eine Nachuntersuchung) auftraten, nach Totgeburten oder Tod während der ersten neun Monate, nach der Häufigkeit von Frühgeburten, nach dem Gewicht der Neugeborenen und vor allem auch nach dem Geschlechtsverhältnis der Kinder, da man ja aus einer Verschiebung auf Letalfaktoren im X-Chromosom schließen kann. Das Ergebnis dieser hier nur skizzenhaft erwähnten Untersuchungen mag den Uneingeweihten zunächst verblüffen: es fanden sich nämlich keine signifikanten Unterschiede zwischen den Kindern, deren Eltern unter der Einwirkung ionisierender Strahlen gestanden haben und Kontrollgruppen (Kinder, deren Eltern während der Abwürfe sich nicht in den beiden Städten aufhielten); und zwar gilt das sowohl für die Mißbildung als auch für die Zahl der Totgeburten und der anderen untersuchten Merkmale. Eine allerdings geringe Abweichung fand sich im Geschlechtsverhältnis, so daß hier ein Strahlenschaden aufgetreten sein kann. Den Genetiker überrascht dieses Ergebnis nicht, denn der zunächst negative Befund heißt ja nicht, daß keine Mutationen aufgetreten sind. Wir erwähnten schon mehrmals, daß die meisten Mutationen rezessiv sind und erst dann sichtbar werden, wenn sie homozygot herausspalten, und das ist — von Inzucht abgesehen — frühestens nach 3 Generationen der Fall. Andere Mutationen sind letal und bringen, sofern sie dominant sind, bereits den Keim zum Absterben, der sich dann der Beobachtung entziehen kann; sie sind aber auch als autosomale rezessive Letalfaktoren nicht sichbar. Nicht alle Mutationen sind morphologisch nachweisbar. Viele beeinflussen die Vitalität, doch kann das erst nach langwierigen Beobachtungen über mehrere Generationen aufgezeigt werden. Den genetischen Schaden, den die Atombombenabwürfe und vielleicht auch die Versuchsexplosionen verursachten, werden womöglich erst spätere Generationen zu tragen haben.

Die zweite Informationsquelle über die mögliche Wirkung von Röntgenstrahlen auf das Erbgut sind vergleichende Untersuchungen an Kindern von Röntgenärzten und anderen Ärzten. In den Untersuchungen, die von Macht und Lawrence durchgeführt wurden, zeigte sich eine geringfügige Erhöhung der fötalen Todesfälle und angeborenen Mißbildungen unter den Kindern von Radiologen. Da jedoch über die Erblichkeit dieser Schädigungen noch nichts bekannt und auch das Material nicht ganz auslesefrei ist, sind die von den Autoren angegebenen Zahlenwerte (6,01% Mißbildungen bei Kindern von Radiologen gegenüber 4,82% Mißbildungen bei den Kindern anderer Ärzte) noch kein Beweis.

Eine Verschiebung im Geschlechtsverhältnis fand man unter den Kindern von therapeutisch in der Beckengegend bestrahlten Männern und Frauen. Die von Turpin, Lejeune und Rethore statistisch ausgewerteten Zahlen kann man so interpretieren, daß hier wohl eine Reihe von gonosomalen Letalmutationen aufgetreten sind.

Die bisherigen Befunde sind noch unzureichend und werden es beim Menschen auch vorläufig bleiben. Geringes Zahlenmaterial, weitgehend unbekannte Strahlendosen, genetisch unbekanntes Ausgangsmaterial, oft unzureichende Kenntnisse über die Erblichkeit aufgetretener Schädigungen (Phänokopien?), sind nur einige wenige Fehlerquellen derartiger Statistiken. Wir haben aber noch eine andere Quelle über die Wirkung ionisierender Strahlen auf das Erbgut: das Tierexperiment. Sind aber solche Rückschlüsse statthaft? Würden wir über Bau und Funktionen sprechen und hier Erkenntnisse von einfach gebauten wirbellosen Tieren auf den Menschen übertragen, so wäre das sicher nicht möglich. Auch die Testung von Medikamenten darf nicht ohne weiteres auf den Menschen übertragen werden. In der Genetik vergleichen wir aber nicht unterschiedliche Zellstrukturen, differenzierte Gewebe und Organe, sondern die genetischen Informationseinheiten der Keimzellen. Und hier finden sich erstaunliche Übereinstimmungen bei Drosophila, bei der Maus und beim Menschen.

Aus diesen und auch aus anderen Überlegungen dürfen wir also durchaus Ergebnisse der Strahlengenetik der Fruchtfliege und in noch stärkerem Maße der Maus vergleichend heranziehen. Gerade bei diesem Versuchstier, das als Säugetier in großen Mengen gezüchtet und über mehrere Generationen verfolgt werden kann, wurden in den letzten Jahren umfangreiche Bestrahlungsversuche durchgeführt. Sie zeigten zunächst, daß die Häufigkeit strahleninduzierter Mutationen von verschiedenen biologischen, chemischen und physikalischen Faktoren abhängt. Weiter ergab sich, daß Beziehungen zwischen Strahlendosis und Mutationsrate bestehen. Bei verschiedenen Genloci der Maus zeigte sich, daß eine einmalige (akute) Bestrahlung der Männchen wirksamer ist als eine chronische, wobei natürlich die Mutationsrate mit der Strahlendosis ansteigt, zumindest bis zu einem bestimmten Punkt, an dem durch Absterben der Spermatogonien die Dosiskurve wieder abfällt. Die einzelnen Gene mutieren nach Einwirkung ionisierender Strahlen, wie zu erwarten, verschieden stark. Ein Maß für die Strahlenwirkung auf das Erbgut ist die Verdopplungsdosis, d. h. die Dosis, die eine natürliche Mutationsrate verdoppelt. Bei Drosophila beträgt diese Dosis 30 bis 50 r, kann aber nach oben und unten variieren. Die Verdopplungsdosis der Maus beträgt etwa 50 r (7—80 r). Beim Menschen scheint der niedrigste Wert bei 3—4 r und der höchste Wert bei 150 r zu liegen. (Ein Röntgen oder 1 r ist die Bestrahlungsdosis einer Röntgen- oder Gammastrahlung, deren gesamte Korpuskularstrahlung in 0,001293 g Luft Ionen erzeugt, die eine elektrostatische Einheit der Elektrizitätsmenge eines Vorzeichens tragen.)

Jeder Mensch ist bereits einer „natürlichen“ Strahlung, teils durch kosmische Höhenstrahlung, teils durch Erdstrahlung ausgesetzt. Man schätzt, daß die Gonaden in etwa 30 Jahren eine Gesamtstrahlung von 3 bis 5 r erhalten. Diese Strahlung reicht nicht aus, um die spontane Mutationsrate zu erklären. Von Bedeutung für die Gegenwart und Zukunft ist die Frage, welche zusätzliche Strahlenbelastung auf den Menschen durch die Verwendung der verschiedensten Strahlen in Technik und Medizin einwirkt und evtl. einwirken wird. Genaue Angaben können hier natürlich nicht gemacht werden; alle Überlegungen sind mehr oder weniger theoretischer Art. Sie sind aber äußerst wichtig, um kommende Generationen vor vermehrten Strahlenschäden zu bewahren. Der Hauptanteil der Strahlenbelastung des heutigen Menschen kommt der diagnostischen und therapeutischen Anwendung der Röntgenstrahlen zu, alle anderen Strahlenquellen sind demgegenüber unbedeutend (Leuchtzifferblätter der Uhr etwa 1%, Fernsehempfänger weit weniger als 1% der natürlichen Strahlenbelastung). Wichtig ist daher, besonders für den beruflichen Umgang mit Strahlen, die Festsetzung einer maximal zulässigen Strahlenbelastung. Auch hier kann es sich natürlich nur um Näherungswerte handeln. Sie liegt z. Z. bei etwa 10 r in 30 Jahren.

Als weitere Ursache induzierter Mutationen kommen chemische Agentien in Frage. Über die Wirkung derartiger Stoffe auf das menschliche Erbgut wissen wir noch recht wenig. Aus Pflanzen- und Tierexperimenten ist jedoch bekannt, daß zahlreiche chemische Stoffe, die auch wir aufnehmen, Mutationen erzeugen. Es befinden sich darunter eine Reihe von Medikamenten, mit deren Wirkung auf das Erbgut und in Abhängigkeit vom Erbgut sich das Forschungsgebiet der Pharmakogenetik befaßt. Chemische Stoffe wirken, wie auch die Strahlen, verschieden auf das Erbgut ein. Durch Zerstörung chemischer Bindungen, durch Verlust bestimmter Bausteine oder durch Einbau neuer Bruchstücke können sich Änderungen im Aufbau der genetischen Substanz ergeben. Wir haben diese Erbänderungen als Genmutationen beschrieben. Auch Chromosomenbrüche und Änderungen in der Anordnung der Gene wie auch Störungen im Verteilungsmechanismus können chemisch induziert werden. Die Stoffe, die dazu in der Lage sind, sind recht unterschiedliche chemische Verbindungen, die auch in allen Bereichen der Therapie verwendet werden. Unter den bei Pflanze und Tier als mutagen erkannten Substanzen gibt es außer den Medikamenten auch Genußmittel, Desinfektionsmittel, Schädlingsbekämpfungsmittel und Kampfstoffe; bei letzteren hatte man zuerst eine mutationsauslösende Wirkung festgestellt. In der Tabelle 24 ist eine Auswahl solcher Stoffe aufgeführt. Eine vollständige Aufzählung ist kaum möglich, zumal ihre Zahl ständig zunimmt. Es ist auch noch unbekannt, ob und wieweit solche mutationsauslösenden Verbindungen die Keimzellen erreichen und dort Erbänderungen hervorrufen können. Rückschlüsse aus dem Tierreich sind hier nur bedingt möglich, da die im Tierexperiment verwendete Dosis die beim Menschen therapeutisch verabreichte Substanz meist erheblich übersteigt. Daß aber überhaupt chemische Stoffe mutationsauslösend sind, sollte uns in Zukunft zu besonderer Vorsicht und Aufmerksamkeit mahnen. Auch wenn sie die Keimzellen nicht erreichen sollten, so können sie doch somatische Mutationen hervorrufen, die zwar auf die Nachkommen nicht weitergegeben werden, die jedoch dem einzelnen Individuum schweren Schaden und dadurch viel Leid zufügen können.

Tab. 24. Als mutagen oder möglicherweise mutagen nachgewiesene Arzneimittel (gekürzt nach BARTHELMESS, 1956; aus VOGEL, 1961)

Gruppe der Arzneimittel	*Name der Substanz*	*Mutagene Wirkung*
1. Narkotika	Alkohole, Äthyläther	Alle aliphatischen Alkohole verursachen Störungen der Mitose
	Formaldehyd	Bei Drosophila und bei E. coli als mutagen nachgewiesen
	Chloralhydrat	Bei Antirrhinum als mutagen nachgewiesen; sonst Spindelstörungen
	Chloroform	Schwach mutagen (Reproduktionsfehler?)
	Acetophenon	Unter anderem Chromosomenmutationen (Translokationen) bei Oenothera
	Acetanilid (Antifebrin)	Chromosomenaberrationen bei der Meiose
	Diäthylbarbitursäure (Veronal)	Mitosestillstand bei Allium
	Aminophenazon (Pyramidon)	Spindelwirksamkeit bei Allium
	Percain, Pantocain, Tutocain, Novocain	Zytotoxische Spätwirkung im Gastrula-Stadium (Seeigel-Eier)
	Papaverin (u. a. Chinolinderivate)	Spindelwirksamkeit
	Scopolamin	Chromosomentranslokationen in der Meiose von Oenothera
	Morphin-Hydrochlorid	Chromosomentranslokationen in der Meiose von Oenothera
	Codein-Hydrochlorid	Chromosomenbrüche an den Wurzeln von Vicia faba
	Narcein	Chromosomentranslokationen in der Meiose von Oenothera
2. Analeptika	Coffein u. a. Xanthinderivate	Umfangreiche Beobachtungen über Chromosomenbrüche und Mutationen bei verschiedenen Objekten
	Kampfer	Mitosestörungen
	Benzedrinsulfat	Gelegentliche Chromosomenbrüche an Wurzelzellen
	Nicotin	Chromosomenaberrationen bei der Tabakpflanze nach Räucherung
3. Hormone (umfangreiche systematische Untersuchungen fehlen)	Einige Steroidhormone	Mitosestörungen
	Stilben	Mitosestörungen
4. Vitamine	Folsäure	Eine Reihe von Homologen soll Chromosomenaberrationen verursachen
	Nicotinsäureamid	Hemmt den Prophase-Beginn
	Ascorbinsäure (Vitamin C)	Chromosomenbrüche bei Behandlung von Vicia faba-Wurzeln
5. Blutgerinnungsmittel	Vitamin K	Spindelhemmung. Mutagenität bei Micrococcus pyogenes
	Heparin	Spindelhemmung
	Dicumarol	Spindelhemmung
6. Tumorhemmende Mittel	Senfgase (N- und S-lost)	Umfangreiche Untersuchungen und Nachweis der Mutagenität (u. a. Chromosomenmutationen) bei vielen Objekten (u. a. Drosophila; Mikroorganismen; Pflanzen)

Tab. 24. (Fortsetzung)

Gruppe der Arzneimittel	*Name der Substanz*	*Mutagene Wirkung*
	Urethane	Chromosomenbrüche bei Pflanzen; Drosophila; Mäusezellen. Mutagenität bei Mikroorganismen wiederholt nachgewiesen
	Colchicin	(Ausfall der Spindelbildung, vielleicht auch bei manchen Objekten Chromosomenaberrationen)
	Myleran	Mutagen nach verschiedenen Berichten
7. Antimikrobielle Mittel	Acridine	Umfangreiche Literatur über Kernveränderungen durch Angriff auf Nukleoproteide. Inaktivierung extranukleärer Enzymträger
	Anthrachinone	Alizarin verursacht bei Allium reichlich Chromosomenbrüche, Pyronin ist mutagen bei Drosophila und E. coli
	Sulfonamide	Schwach mutagene Wirkung bei Drosophila; schwache Hemmung der Mitose
	Antibiotika (Penicillin; Streptomycin, Aureomycin, Chloramphenicol u. a.)	Schwache Hemmung der Bildung oder Funktion der Spindel
	Arsen-Verbindungen	Unter anderem Chromosomenbrüche sowie Colchicin-ähnliche Wirkung bei Fibroblasten-Kulturen
	Phenol-Derivate	Chromosomenaberrationen (Brüche, Verluste, Translokationen) (zahlreiche Objekte)
	γ-Hexachlorcyclohexan (Gammexan)	Chromosomenbrüche, Spindelhemmung und Polyploidie
	H_2O_2	Hohe Mutagenität bei Mikroorganismen

2. Erbe und Umwelt

Bei der Befruchtung verschmelzen die haploiden Kerne einer männlichen und einer weiblichen Geschlechtszelle. Die auf den Chromosomen lokalisierten Erbanlagen vereinigen sich dabei zur diploiden Zygote und bestimmen damit den Genotyp des neuen Lebewesens. Das Erbgut dieser Zelle, häufig auch als Idiotyp bezeichnet, bleibt in allen Körperzellen — von Ausnahmen abgesehen — erhalten und bedingt die Individualität des Organismus. Bei der Entwicklung des Keimes verhalten sich die einzelnen Zellen verschieden. Obwohl in allen Zellen vorhanden, kommt es durch verschiedene Entwicklungsbedingungen zu einer Differenzierung und damit zu einer Determination. Zu diesen Entwicklungsbedingungen gehören auch Faktoren, die von außen auf den Keim einwirken und die in ihrer Gesamtheit als Umwelt bezeichnet werden. Das Erscheinungsbild, der Phänotyp, ist das Resultat aus dem Zusammenwirken genetischer Anlagen und der Umwelt oder Peristase. Das Erbgut bestimmt die Reaktionsnorm. Nur soweit es peristatische Faktoren zulassen, können sich Erbanlagen manifestieren, wie auch umgekehrt die Umwelt nur so weit auf einen Organismus einwirken kann, wie es die erbliche Reaktionsnorm zuläßt. Zu der Umwelt gehören nicht nur alle von außen auf das Lebewesen einwirkenden Faktoren (äußere Umwelt), sondern in bezug auf ein Gen auch die Erbanlagen der unmittelbaren Umgebung, das genotypische Milieu (Gen-Umwelt). Tierexperimente haben gezeigt, daß Erbfaktoren auf anderen Chromosomen die Aktivität eines Gens beeinflussen können.

Die Entwicklung eines Menschen vollzieht sich in einzelnen Reaktionsschritten, die durch die Reaktionsnorm und die augenblicklichen Außenbedingungen wie auch durch den bisherigen Entwicklungsverlauf bestimmt werden. Während der Genotyp dabei unverändert bleibt, kann durch äußere Entwicklungsbedingungen der Phänotyp mannigfachen Änderungen unterworfen sein. Verschiedene Erscheinungsformen, die bei gleichbleibendem Genotyp ausschließlich durch Faktoren der Umwelt bedingt sind, nennt man Modifikationen. Sie werden nicht vererbt. Vor noch nicht langer Zeit gingen die Meinungen hierüber weit auseinander. Um 1800 hatte der französische Naturforscher JEAN BAPTISTE DE LAMARCK (1744 bis 1829) die Veränderlichkeit der Arten zu erklären versucht. Nach ihm sollte die Entwicklung der Lebewesen und ihre Anpassung an die Umwelt durch deren Einwirkungen und durch Gebrauch und Nichtgebrauch der Organe bewirkt werden (Vererbung erworbener Eigenschaften). Die auf diese Weise erworbenen funktionellen Anpassungen vererben sich nach dieser Hypothese auf die Nachkommen (somatische Induktion) und bedingen durch wiederholte Anpassung die Höherentwicklung der Organismen. Die moderne Vererbungsforschung lehnt diese Gedankengänge ab. Experimentell konnte bisher bei Tier und Pflanze in keinem Fall der Beweis erbracht werden, daß erworbene Eigenschaften sich vererben. Das soll nun keineswegs heißen, daß Umweltfaktoren keinen Einfluß auf kommende Generationen haben. Wie wir heute wissen, können durch äußere Faktoren mannigfacher Art Erbänderungen, sogenannte Mutationen, hervorgerufen werden. Die Veränderungen, die das Erbgut durch Einwirkung der Umwelt betreffen, sind also von ganz anderer Art, als es sich die Lamarckisten vorstellten.

Die Humangenetik hat die Aufgabe, die genetisch bedingten Unterschiede zwischen den einzelnen Menschen zu analysieren und die Bedeutung der Erbanlagen für die oft große Variabilität zu untersuchen. Da Erbe und Umwelt gleichermaßen an der Ausprägung des Erscheinungsbildes beteiligt sind, kann es zu recht unterschiedlichen Wechselwirkungen zwischen beiden Faktoren kommen. Ein Modellbeispiel, welches auf Kreuzungsexperimente beim Kaninchen zurückgeht und den mütterlichen Einfluß auf das Geburtsgewicht und die Größe der Neugeborenen untersucht, soll das verdeutlichen (Abb. 35): Im allgemeinen findet die Geburt zu einem Zeitpunkt statt, an dem die Feten die Geburtswege passieren können. Dieser Regulationsmechanismus durch wachstumshemmende und wachstumsfördernde Faktoren ist als Schutz der Mutter naheliegend, vor allem dann, wenn die beiden Eltern sich in ihrer Größe stark unterscheiden und diese erbbedingt ist. Bei unseren Haustieren gibt es Rassen, die in ihrer Größe so extrem verschieden sind, daß eine Kreuzung nur noch künstlich durchgeführt werden kann. Das Gleichgewicht zwischen mütterlicher Regulation (Umwelt) und „Wachstumsdruck" (genetische Information) kann so gestört sein, daß es zu schweren Geburtskomplikationen kommen kann.

Mit den Zwillingsuntersuchungen (S. 28) hatten wir bereits eine Methode kennengelernt, mit deren Hilfe die Bedeutung von Erbe und Umwelt erforscht werden kann. Beobachtungen an auslesefreien eineiigen Zwillingen zeigen neben weitgehenden Übereinstimmungen, oft bis in kleinste Einzelheiten, auch mehr oder weniger große Unterschiede zwischen den beiden Partnern. Manche Merkmale werden von Umweltfaktoren nicht beeinflußt (umweltstabil), wie z. B. die Augenfarbe, die Furchenzahl der Fingerabdrücke und die Blutgruppen (Tab. 25), bei anderen dagegen macht sich ein

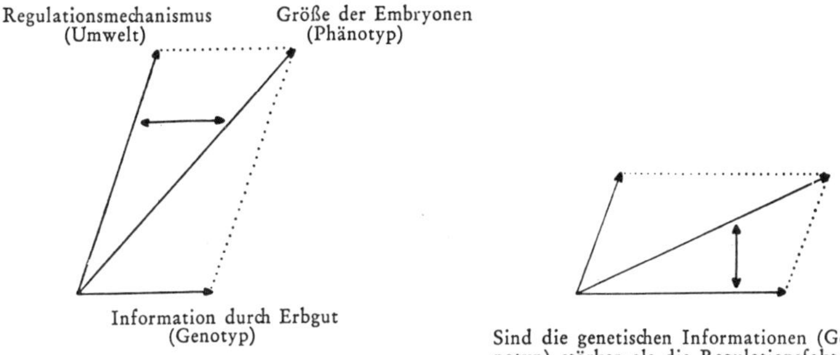

Überwiegen der Umweltfaktoren (hier Regulationsmechanismen) gegenüber den genetischen Informationen hält die Embryonen zum Schutz der Mutter auf angemessener Größe

Sind die genetischen Informationen (Genotyp) stärker als die Regulationsfaktoren, wird der Wachstumsdruck der Embryonen zu groß, und der mütterliche Organismus ist nicht mehr in der Lage, das Wachstum der Föten genügend zu beeinflussen

Abb. 35. Die Beziehungen zwischen Erbe und Umwelt. (nach STENGEL, 1962)

Umwelteinfluß sehr stark bemerkbar (umweltlabil). Hier zu nennen sind das Körpergewicht, die Hautfarbe und besonders die psychischen Eigenschaften. Für die Mehrzahl der Merkmale findet man bei eineiigen Zwillingen geringfügige Unterschiede, was auf die schon erwähnte Wechselwirkung von genetischen und peristatischen Faktoren hinweist. Der Organismus braucht eine gewisse Variationsmöglichkeit, eine zu einseitige strenge Umweltstabilität würde die Plastizität der Individuen herabsetzen und sich bei einer Änderung der Umweltbedingungen meist negativ auswirken.

Tab. 25. Die Blutgruppen bei ein- und zweieiigen Zwillingen (nach v. VERSCHUER, 1944)

	EZ			ZZ		
	n	*k*	*d*	*n*	*k*	*d*
Blutgruppe 0	176	176	—	803	402	401
Blutgruppe A	188	188	—	584	244	340
Blutgruppe B	57	57	—	170	38	132
Blutgruppe AB	22	22	—	59	8	51

E Z = eineiigen Zwillinge, *Z Z* = zweieiigen Zwillinge, *n* = Anzahl der Zwillingspaare, *k* = konkordant, *d* = diskordant.

Wir wollen noch ein Beispiel für die unterschiedliche Wandelbarkeit zweier Körpermaße betrachten: In der graphischen Darstellung der Abbildung 36 hat v. VERSCHUER die Körpergröße und das Körpergewicht einer größeren Anzahl von eineiigen Zwillingen verglichen. Von jedem Zwillingspaar wurde als mittlerer Wert für beide Maße 100 angenommen, eine Zahl, die dem Mittelwert der Variationskurve entspricht. „Die Abweichung der Zwillingspaarlinge von ihrem Mittelwert ist in Prozent umgerechnet. Diese prozentuale Abweichung ist zum Wert 100 für den größeren Paarling zu-

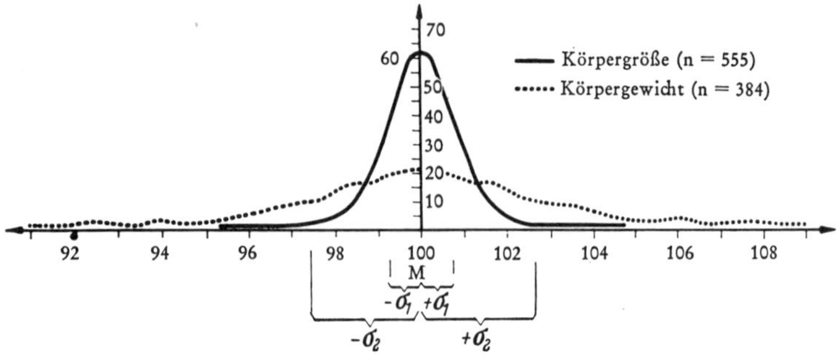

Abb. 36. Die geringe Wandelbarkeit der Körpergröße im Vergleich zu der großen Wandelbarkeit des Körpergewichtes. Erklärung im Text. (nach v. VERSCHUER, 1959)

gezählt und für den kleineren Paarling abgezogen. Die Zwillingspaare, von welchen beide Paarlinge die gleiche Größe (das gleiche Gewicht) haben, befinden sich in der Variabilitätsklasse 100. Je größer der Unterschied zwischen den Paarlingen ist, desto weiter entfernt sind sie vom Mittelwert." Der Kurvenverlauf zeigt deutlich, daß das Körpergewicht stärker von Umweltfaktoren beeinflußt wird als die Körpergröße.

Die Wechselwirkung und das Zusammenspiel zwischen den Erbanlagen eines Menschen und seiner Umwelt kann man auch an den angeborenen Fehlbildungen erkennen. Es sind dies Entwicklungsstörungen, die während der Keimesentwicklung, besonders zur Zeit der Nidation, der Anlage und beginnenden Differenzierung der Organe (Embryogenese), zu schweren Mißbildungen oder auch nur zu leichten Anomalien führen und die bei der Geburt sichtbar werden. Sie können durch endogene und durch exogene Faktoren verursacht werden. Es gibt rein genetisch bedingte (Genopathien) und ausschließlich auf Umweltfaktoren beruhende Mißbildungen (Phänopathien). In der Mehrzahl der Fälle stehen sicher beide Faktoren in ursächlichem Zusammenhang mit angeborenen Fehlbildungen; sie entstehen nicht endogen oder exogen, sondern endogen und exogen. Dabei kann einmal das Erbgut und ein andermal die Umwelt die ausschlaggebende Größe sein. Kommt es im Laufe der intrauterinen Entwicklung zu irreparablen Störungen, so beruhen diese meist auf einer sehr komplizierten Wechselwirkung verschiedener Einflüsse. Umweltfaktoren können zum Beispiel Erbanlagen erst manifest werden lassen oder in den Gameten und später in den Körperzellen Mutationen bzw. somatische Mutationen erzeugen. Denkbar wäre auch, daß die natürliche Abstoßung eines schwer geschädigten Keimes durch einen dem mütterlichen Organismus zugeführten Stoff oder einen seiner Abbauprodukte im Körper verhindert und die Leibesfrucht nunmehr ausgetragen wird. Umgekehrt kann eine bestimmte Erbanlage auch einen Umweltfaktor erst zur Wirkung kommen lassen. Wie vielfältig die Störungsmöglichkeiten sind, zeigt die Abbildung 37.

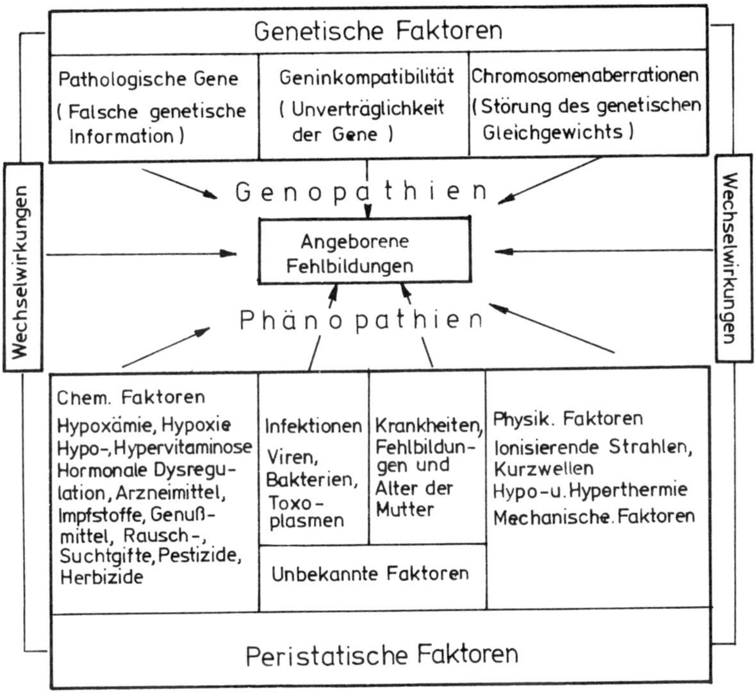

Abb. 37. Die Ursachen angeborener Fehlbildungen. (nach STENGEL, 1974)

Im Mittelalter wurden die Fehlbildungen bei Mensch und Tier kaum beachtet, übernatürlichen Ursachen zugeschrieben oder als Spiel der Natur gedeutet. Noch im 18. Jahrhundert wurden schwere lebensunfähige Mißbildungen als Monstren in Naturalien- und Raritätenkabinetten gesammelt und stark mißgestaltete Menschen in Wanderschauen und auf Jahrmärkten einem damals noch sehr abergläubischen Publikum zur Schau gestellt. Noch heute glauben viele Menschen, daß ein „Versehen" der werdenden Mutter zu physischen und psychischen Störungen bei den Kindern führen kann. Über die Ursachen hatte man in jener Zeit keine Vorstellungen, zumal ja auch über die normale Entwicklung der Leibesfrucht so gut wie nichts bekannt war. In der zweiten Hälfte des 16. Jahrhunderts vermutete der französische Chirurg AMBROISE PARÉ, daß die Entstehung von Fehlbildungen durch äußere Einflüsse während der Keimesentwicklung hervorgerufen wird. Bestätigt wurde diese Vorstellung zu Anfang des vorigen Jahrhunderts von SAINT-HILÄIRE. Experimentell erzeugte er durch chemische Substanzen beim Hühnchen verschiedene Entwicklungsstörungen und begründete damit die von ihm so benannte Teratologie, die Lehre von den Mißbildungen. Auch wenn damals das gehäufte Auftreten von Mißbildungen in Familien bereits bekannt war, glaubte man noch um die Jahrhundertwende, daß vorwiegend exogene Faktoren als Ursache in Frage kommen. Einen Wandel brachte die Wiederentdeckung der Mendelschen Gesetze im Jahre 1900. In den ersten Jahrzehnten unseres Jahrhunderts glaubten viele Biologen und Mediziner, daß angeborene Fehlbildungen vorwiegend genetisch bedingt sind. Erst als 1933 der amerikanische Tierarzt F. HALE beobachtete, daß eine Vitamin-A-arme Ernährung trächtiger Schweine zu schweren Mißbildungen bei den Ferkeln führen kann, wurde den Umweltfaktoren als Ursache pränataler Entwicklungsstörungen wieder mehr Beachtung geschenkt. Schädigungen der menschlichen Leibesfrucht durch exogene Faktoren entdeckte erstmals der australische Augenarzt N. MC. GREGG. Nach einer schweren Rötelepidemie in Australien im Jahre 1940 brachten etwa 90% aller Mütter, die sich während der ersten vier Schwangerschaftsmonate mit Rötelviren (Rubeola) infiziert hatten, schwer mißgebildete Kinder zur Welt. Betroffen waren vor allem das Nervensystem und die Sinnesorgane, ferner die Wirbelsäule und die Kreislauforgane. Viele dieser Anomalien sind auch als Erbkrankheiten bekannt. Es ist daher bei angeborenen Leiden oft recht schwer zu erkennen, wieweit bei ihrer Entstehung das Erbgut und bzw. oder die Umwelt beteiligt sind. Solche durch peristatische, d. h. Umweltfaktoren vorgetäuschten Erbkrankheiten bezeichnet man als Phänokopien.

Die natürliche Umwelt des Menschen wird durch die zunehmende Industrialisierung und Technisierung immer stärker gefährdet. Die Vermischung unserer Atemluft mit Giftstoffen, die Verschmutzung des Wassers und die mannigfachen Eingriffe in den Boden wirken sich ohne Zweifel nachteilig auf den Organismus und dessen Erbgut aus. Über das Ausmaß und die Wirkung dieser veränderten Lebensbedingungen auf Phänotyp und Genotyp wissen wir noch recht wenig. Auch die Ergebnisse der Medizin selbst führen teilweise zu einer erhöhten Belastung des Körpers und seiner Funktionen, worauf wir bereits bei der Besprechung der Mutationen hingewiesen haben. Diese zunehmende Gefährdung betrifft bereits die menschliche Leibesfrucht. Nach neueren Schätzungen kommen z. Z. etwa 7% aller Kinder mit angeborenen erblichen und nichterblichen Fehlbildungen zur Welt. Durch exogene und endogene Faktoren gehen viele befruchtete Eizellen oder Keime bereits vor oder während der Implantation zugrunde oder sterben in den Anfangsstadien der Schwangerschaft. Etwa 25 bis 30% der angelegten Keime sterben ab, bevor eine Schwangerschaft überhaupt erkannt wird. Nach heutigen Schätzungen erreichen nur etwa 45% der Zygoten das fortpflanzungsfähige Alter. Die Mehrzahl der befruchteten Eizellen enden vorzeitig als Resorptionen, durch spontane oder artifizielle Aborte, durch Fehl- oder Totge-

Tab. 26. Die Entwicklungsstadien des Menschen und deren Schädigungen

Entwicklungsphase	*Entwicklungsvorgang*	*Zeit*	*Schädigung*
I. Pränatal	vorgeburtliche Entwicklungsvorgänge	Zeit vor der Geburt	
1. Progenese	Reifung der Gameten (Spermatogenese und Oogenese)	prae conceptionem	Gametopathie
2. Kyematogenese	Befruchtung bis Abnabelung nach der Geburt	post conceptionem	Kyematopathie
a. Blastogenese	Befruchtung bis Bildung der Blastozyste	0. bis 15. Tag	Blastopathie
b. Embryogenese	Nidation, Anlage und beginnende Differenzierung der Organe	15. bis 75. Tag	Embryopathie
c. Fetogenese	Organdifferenzierung, Reife- und Wachstumsphase	75. Tag bis Geburt	Fetopathie
II. Perinatal	Geburtsvorgang	Zeit um die Geburt	Partopathie
III. Postnatal	nachgeburtliche Entwicklungsvorgänge	Zeit nach der Geburt	

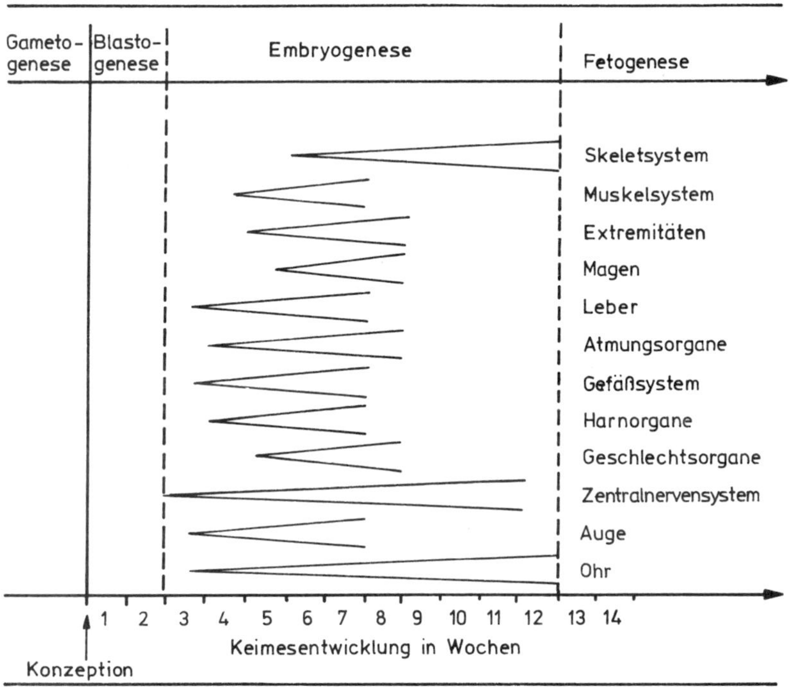

Abb. 38. Anlage und Differenzierung einzelner Organe (Organogenese) und Zeitraum für das Auftreten spezieller Entwicklungsstörungen (tetratogenetische Terminationsperiode). (nach STENGEL, 1974)

burten oder als Todesfälle im Kindes- oder Jugendalter. Die Erforschung der genetisch bedingten oder durch Umweltfaktoren hervorgerufenen prä-, peri- oder postnatalen Entwicklungsstörungen setzt die Kenntnis der normalen Phänogenese oder Normogenese voraus. Die Tabelle 26 gibt einen kurzen Überblick über die verschiedenen Entwicklungsstadien des Menschen und deren Schädigungen.

Nicht immer läßt sich eine angeborene Fehlbildung einer bestimmten Entwicklungsphase zuordnen. Häufig läßt sich jedoch der Zeitraum der Einwirkung einer bekannten oder unbekannten Noxe aus dem Entwicklungsgrad des geschädigten Organs oder Körperteils erschließen. Einige Beispiele für die Anlage und die Differenzierung einzelner Organe (Organogenese) und dem Zeitraum für das Auftreten spezieller Entwicklungsstörungen (teratogenetische Terminationsperiode) haben wir in der Abbildung 38 zusammengestellt. Die Erblichkeit oder Nichterblichkeit einer bei der Geburt sichtbaren Schädigung ist damit noch nicht geklärt. Familienuntersuchungen, Chromosomenanalysen, Literaturvergleiche und retrospektive Befragungen helfen bei der Klärung strittiger Fragen, können jedoch auch nicht immer die Mitwirkung von Erbe und bzw. oder Umwelt aufdecken.

3. Eugenik

Die genetische Information wird von Generation zu Generation weitergegeben. Auch die neu auftretenden Mutationen werden unbeeinflußt von äußeren Einwirkungen dem Erbgang entsprechend auf die Nachkommen übertragen. Fast alle Mutationen sind für den Menschen negativ. Durch die natürliche Auslese sind bisher viele Träger einer schweren Erbschädigung vor dem fortpflanzungsfähigen Alter gestorben und die entsprechende Erbanlage dadurch wieder ausgemerzt worden. Es sind zwar immer wieder diese Krankheiten durch Neumutationen aufgetreten, doch hat sich im Laufe der Zeit ein Gleichgewicht eingestellt, so daß diese Erbkrankheiten nicht zugenommen haben. Die moderne Medizin kann heute vielen Betroffenen wenigstens phänotypisch das Leben erleichtern und ihre Lebensdauer verlängern. Sie können sich dann auch fortpflanzen; dabei übertragen sie diese Erbanlagen auf ihre Nachkommen. Andererseits nimmt die Mutationsrate vieler Erbkrankheiten durch energiereiche Strahlen und chemische Substanzen zu, daher drohen dem Menschen bei unsachgemäßer Anwendung weitere genetische Gefahren. Das genetische Gleichgewicht verschiebt sich dadurch zugunsten solcher Erbschädigungen. Wenn auch Medizin und Technik für den einzelnen wie für die Allgemeinheit große Erfolge erzielt haben, so ist doch zu befürchten, daß sie auf lange Sicht der Menschheit mehr schaden als nützen. Was kann und soll man dagegen tun?

Die natürliche Selektion, die Darwin als einen Faktor der Evolution anführte, war für den schon erwähnten Mitbegründer der Humangenetik Galton 1883 der Ausgangspunkt einer Lehre, die er Eugenik (von griech. eugenes, von guter Abstammung) nannte. Wenn auch beim Menschen eine Weiterentwicklung stattfindet, so muß es nach Galton möglich sein, diese bewußt zu lenken. Anhand seiner zahlreichen Familien- und Zwillingsuntersuchungen hielt er es für geboten, die angeborenen Fähigkeiten einer Bevölkerungsgruppe zu verbessern.

Im Jahre 1905 wurde in Deutschland von PLOETZ die „Deutsche Gesellschaft für Rassenhygiene" und 1908 von GALTON in England die „Eugenische Gesellschaft" und das erste Institut für Eugenik gegründet. Die Kenntnisse über die Vererbung beim Menschen waren zur damaligen Zeit noch recht gering, und manche falschen Vorstellungen konnten Fuß fassen; vor allem innerhalb der zahlreichen Organisationen, die sich in vielen Ländern bildeten und die eugenisches Gedankengut aus den verschiedensten Gründen verbreiteten. Aber auch dann, als erste wissenschaftliche Ergebnisse vorlagen, wurden sie aus Vorurteil, aus Fanatismus oder aus übertriebenem Nationalismus geleugnet, verzerrt dargestellt oder zumindest abgewertet. Es konnte gar nicht ausbleiben, daß dort, wo angeborene physische und psychische Eigenheiten gefördert oder unterdrückt werden sollten, wertende und emotionale Betrachtungen sich festsetzen konnten und unsachliche Argumentation die Ziele der Eugenik schwer belasteten. Das war bereits GALTON bewußt, als er vorschlug, die Fortpflanzung der Individuen mit erwünschten Erbanlagen zu fördern und diejenigen mit unerwünschten Erbanlagen zu unterbinden.

Die meisten Bevölkerungsstatistiken sind quantitativ; qualitative Erhebungen sind wesentlich seltener. Dabei ist neben der Bevölkerungsbewegung auch die Beschaffenheit und die Eigenschaften des Erbgutes für eine Population von mindestens ebensolcher Bedeutung. Nur aus einigen wenigen Ländern liegen einige Angaben über die Häufigkeit bestimmter Erbkrankheiten vor. In den Vereinigten Staaten z. B. befanden sich nach Angaben von D. D. JACKSON am 31. März 1958 535 000 Geisteskranke allein in Anstalten; etwa 50% davon litten an Schizophrenie. In Deutschland liegen keine Vergleichszahlen vor. Wir können jedoch annehmen, daß hier nahezu 1% der Bevölkerung Träger dieser Erbkrankheit ist. Angeborenen erblichen und nichterblichen Schwachsinn findet man noch häufiger: in der Bundesrepublik bei etwa 2 bis 4% der Einwohner. In Japan zählte man vor wenigen Jahren allein 2 Millionen schwachsinniger Kinder. Aus Dänemark liegt eine Untersuchung des Humangenetikers TAGE KEMP vor: 186 schwachsinnige Frauen wurden nach der Geburt von durchschnittlich 2 bis 3 Kindern sterilisiert; sie hatten 426 Kinder, von denen 74 bereits zum Zeitpunkt der Untersuchung verstorben waren. Von den verbleibenden 352 lebenden Kindern waren 112 (= 31,8%) ebenfalls schwachsinnig, 127 (= 36,1%) waren geistig zurückgeblieben und nur 113 (= 32,1%) zeigten normale Intelligenz. Geistig gesund waren von den 352 Kindern jedoch nur 47 (= 13,3%), davon nur 5 mit einem Intelligenzquotient über 100, d. h. über dem Durchschnitt. 16 der 113 normal intelligenten Kinder (= 14,1%) waren schwere Psychopathen, und 50 Kinder (= 44,2%) zeigten nervöse Störungen. Die Frauen waren zum Zeitpunkt der Sterilisation meist nicht älter als 25 Jahre; die Zeugung weiterer schwachsinniger Kinder wäre also sehr wahrscheinlich gewesen.

Eine Verschlechterung des Erbgutes einer Population erfolgt einmal durch die erwähnte zivilisationsbedingte Steigerung der Mutationsrate durch physikalische und chemische Einwirkungen, dann durch erhöhte Lebenserwartung vieler Erbkranker und schließlich durch die unterschiedliche Kinderzahl in den einzelnen Schichten dieser Population. Das Retinoblastom z. B., ein im frühen Kindesalter auftretender bösartiger Augentumor (Augenkrebs), führte noch vor wenigen Jahren meist zum Tod der Betroffenen. Diese etwa einmal unter 20 000 Geburten zu erwartende schwere Erbkrankheit kann heute durch die hochentwickelte Strahlentherapie erfolgversprechend behandelt werden. Etwa 80% der einseitig befallenen und 50% der doppelseitig befallenen Kinder können heute — gelegentlich sogar unter Erhaltung des Sehvermögens — am Leben erhalten werden. Sie können sich fortpflanzen und dadurch zur Vermehrung des Gens beitragen. Ein anderes bekanntes und heute nicht seltenes Leiden ist die Zuckerkrankheit (Diabetes mellitus). 1921 fand man das Insulin als Heilmittel gegen diese Krankheit. Der Erfolg dieser Therapie fördert jedoch auch eine Zunahme der erblichen Zuckerkrankheit. Während noch in den ersten beiden Jahrzehnten dieses Jahrhunderts nur 2 bis 5% der zuckerkranken Frauen schwanger wurden und die Sterblichkeit 25 bis 60% betrug, gibt es heute kaum noch Unterschiede in der Fruchtbarkeit zwischen gesunden und kranken Frauen. In der Bundesrepublik ist nach einer Schätzung heute bereits etwa jeder 100. zuckerkrank. Aber nicht genug damit, wir wissen aus Tierversuchen, daß das Insulin teratogen wirksam ist, d. h. den heranwachsenden Keim schädigen kann, so daß er vorzeitig abstirbt oder mit angeborenen Mißbildungen zur Welt kommt. Auch beim Menschen treten Gliedmaßenfehlbildungen unter den Kindern von Diabetikerinnen gelegentlich auf.

Die Phenylketonurie ist ein weiteres Beispiel dafür, wie die moderne Medizin das Symptom einer Krankheit heilen kann, während die eigentliche Ursache, das entsprechende Gen, dagegen unverändert bleibt. Die Träger dieser Krankheit können sich heute fortpflanzen und dadurch diese Erbanlage auf kommende Generationen übertragen. Wir haben die Phenylketonurie bereits mehrmals erwähnt und brauchen hier daher nicht näher auf diese etwa einmal unter 20 000 Geburten auftretende Krankheit einzugehen.

Die Zivilisation wirkt sich ungünstig auf die Fortpflanzung aus. Zahlreiche Untersuchungen haben gezeigt, daß gegenwärtig eine negative Korrelation zwischen Fruchtbarkeit und Intelligenz besteht. Bei derartigen Erhebungen werden entweder die Berufe der Väter und dadurch die soziale Schicht (evtl. auch Einkommensverhältnisse) und die Zahl der Geschwister in Beziehung gesetzt oder die Intelligenz von Kindern getestet und die Zahl der Geschwister festgestellt. Ohne auf die einzelnen Untersuchungen näher eingehen zu können, darf man sagen, daß im allgemeinen bei gleichem Heiratsalter der Eltern die durchschnittliche Geschwisterzahl um so höher, je niedriger die Begabung der Kinder bzw. die soziale Herkunft ist. Da die soziale Schicht nur sehr ungenau erfaßt werden kann, ist der Wert dieser Untersuchungen vielfach angezweifelt worden, zumal hier auch die Umwelt die mannigfachen Anlagen nicht zur Entfaltung bringen kann. Es besteht aber kein Zweifel, daß eine positive Korrelation zwischen sozialer Stellung und der genetischen Anlage einer geistigen Begabung besteht, wie Testuntersuchungen zeigen konnten. Man sollte nun erwarten, und es ist auch vielfach vorausgesagt worden, daß die geistige Begabung nach dem hier dargelegten von Generation zu Generation abnehmen würde. Das wird jedoch heute von verschiedenen Autoren bezweifelt. Vergleichende Untersuchungen liegen aus Schottland vor. Dort wurden in den Jahren 1932 und 1947 eine recht große Zahl von Schulkindern getestet und die Intelligenzquotienten miteinander verglichen. Es zeigte sich sogar ein Anstieg dieser Werte, obwohl bei beiden Untersuchungen eine negative Korrelation zwischen Testergebnis und Geschwisterzahl festgestellt werden konnte. Diese Ergebnisse zeigen, daß unsere

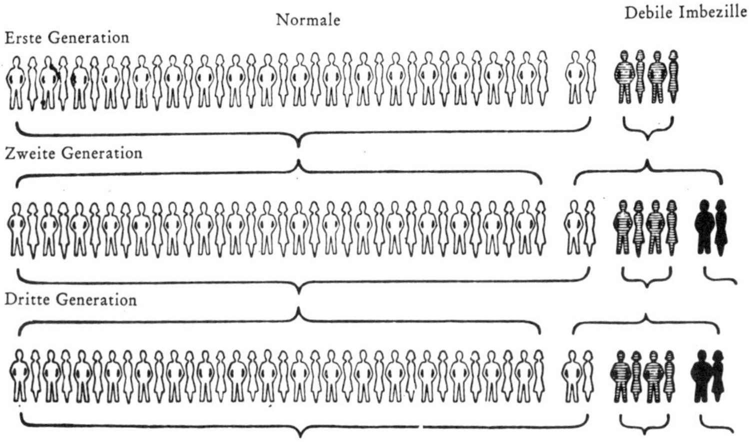

Abb. 39. Stabiles genetisches Gleichgewicht in einer Bevölkerung mit strenger Fortpflanzung in Gruppen und negativer Korrelation von Intelligenz und Kinderreichtum. Die Normalen haben den Genotyp AA, die Debilen Aa und die Imbezillen aa. (nach PENROSE, 1965)

genetischen Modellvorstellungen doch zu einfach waren, denn daß sich die genetische Anlage der Begabung geändert hat, ist nicht anzunehmen. Etwas vereinfacht ausgedrückt heißt das: ein Gleichgewicht stellt sich dadurch ein, daß unter der Voraussetzung, die weniger Begabten pflanzen sich stärker fort als der Durchschnitt, die völlig unbegabten herausspalten und diese sich nur wenig und überhaupt nicht vermehren. PENROSE hat diese Verhältnisse in einer theoretischen Population aufgezeigt. In der Abbildung 39 ist dieses sehr vereinfachte Modell wiedergegeben. In Wirklichkeit sind natürlich mehrere Gene an der Vererbung der Intelligenz beteiligt, auch gibt es keine scharfe Trennung, vielmehr Übergänge zwischen den verschiedenen Gruppen. Es ist also nicht so, daß die Zivilisation mit ihren vielfältigen Einwirkungen auf die natürliche Selektion nur negative Folgen für eine Population hat.

Exakte Zahlenangaben über die Zunahme der Erbkrankheiten gibt es nur wenige, dabei besteht kein Zweifel, daß viele dieser Leiden sehr stark zunehmen. Einmal gibt es — zumindest bei uns — auch heute noch keine Erbstatistik, geschweige denn vor einhundert Jahren oder früher. Aber auch dann wäre der Zeitabschnitt noch zu gering, um beim Menschen statistisch signifikante Werte zu ermitteln. Nicht zuletzt dürfen Vergleiche auch nur mit vergleichbaren Methoden bzw. Diagnosen durchgeführt werden. Besonders in den letzten Jahren konnte die Untersuchungstechnik sehr verbessert werden. Wird nichts unternommen, um die Zunahme der Erbkrankheiten, aus welchen Gründen auch immer, zu verhindern, so kommt es nach Meinung des amerikanischen Nobelpreisträgers H. J. MULLER zum Gentod der Kulturmenschheit. Ohne eugenische Maßnahmen wird nach seiner Meinung in einigen Jahrhunderten die Zahl der körperlich und geistig Kranken derart zunehmen, daß die noch arbeitsfähigen und gesunden Menschen die Behandlung und Pflege dieser Kranken personell und finanziell nicht mehr tragen können. Eine aktive Erbgesundheitspflege ist daher eine Notwendigkeit, deren sich kein Land auf die Dauer entziehen kann. Je früher entsprechende Maßnahmen ergriffen werden, um so segensreicher wird es sich in der Zukunft des Menschen auswirken.

Eine Reihe von Kulturstaaten haben die Gefahren erkannt, die dem menschlichen Erbgut durch Kontraselektion (Gegenauslese) oder durch die steigende Belastung mit mutagenen physikalischen und chemischen Faktoren drohen, und entsprechende Maßnahmen getroffen. Das älteste eugenische Gesetz datiert vom 25. November 1757. König Adolf Friedrich von Schweden unterzeichnete damals ein Gesetz, nach dem es Epileptikern verboten wurde, eine Ehe einzugehen. Dieses Gesetz ist in Schweden heute noch gültig. Eheverbote sind aber keine ausreichenden Mittel, die Weitergabe schwerer Erbkrankheiten zu verhindern. Das kann nur durch eine Unfruchtbarmachung geschehen. Hier soll nur von einer Sterilisierung aus eugenischer Indikation gesprochen werden (es gibt noch Sterilisation aus medizinischer und sozialer Indikation). Das erste Gesetz dieser Art wurde 1907 in dem USA-Staat Indiana erlassen; es folgten 1909 die Staaten Californien, Connecticut und Washington und später noch weitere 26 Staaten der USA (in Alabama, New York und Washington wurden diese Gesetze allerdings aus formalen Gründen wieder aufgehoben). 1928 wurden in einigen Kantonen der Schweiz und in Kanada, 1929 in Dänemark und 1932 in Mexiko Sterilisationsgesetze angenommen. Weitere Länder in Europa, in denen es derartige Gesetze gibt, sind Norwegen (1934), Schweden (1935), Finnland (1935), Estland (1936 bis zur Annexion durch die UdSSR) und Island (1938).

Vorbildlich in Fragen der Erbhygiene ist vor allem Dänemark. Seit dem Jahre 1938 besteht in Kopenhagen ein Institut für menschliche Erblichkeitsforschung, an dem ein erbhygienisches Register für ganz Dänemark geführt wird. Es ist nicht nur für die praktische Erbgesundheitspflege, sondern auch für wissenschaftliche Untersuchungen von großer Bedeutung. In einem Zeitraum von 25 Jahren (1930 bis 1954) wurden in Dänemark 8627 Sterilisationen aus eugenischer Indikation durchgeführt, davon allein 4969 (=57,6%) Schwachsinnige. Dadurch konnte die Zahl der Neugeborenen mit erblichem Schwachsinn auf 1—2% (die Bundesrepublik zum Vergleich: 2—4%) gesenkt werden. Neben der Sterilisation gibt es in Dänemark, Schweden, Island und Finnland auch gesetzlich geregelte Schwangerschaftsunterbrechung aus eugenischer Indikation. Statistiken aus Schweden und Dänemark zeigen eine ständige Zunahme beider Eingriffe. Dieser Erfolg zeigt die zunehmende Aufklärung der Bevölkerung über die Bedeutung eugenischer Maßnahmen, da ja Sterilisation und Schwangerschaftsunterbrechung auf der Basis der Freiwilligkeit durchgeführt werden. Diese Aufklärung und die Gewinnung weitester Bevölkerungskreise für die Belange der Eugenik ist eine der Voraussetzungen für ihren Erfolg. Nicht die Medizin allein, sondern vor allem die Biologie muß sich um diese Probleme bemühen. Der Arzt muß sich von Berufs wegen mit dem einzelnen Individuum, evtl. noch mit der Familie, befassen und alle Erkenntnisse seines Faches dem Patienten zugute kommen lassen. Der Biologe und insbesondere der Erbbiologie muß dagegen die gesamte Menschheit vor Augen haben und deren Zukunft in sein Aufgabengebiet einbeziehen. Immer wieder müssen Mediziner und Biologen gemeinsam auf die Bedeutung der Eugenik hinweisen, die Öffentlichkeit aufklären und notfalls gesetzgeberische Maßnahmen fordern. Vielleicht wird es dann auch in Deutschland so weit kommen, daß der Eugenik mehr Aufmerksamkeit geschenkt wird. Seit das Gesetz zur Verhütung erbkranken Nachwuchses aus dem Jahre 1933 keine Anwendung mehr findet, ist auf dem Gebiet der Erbgesundheitspflege so gut wie nichts mehr geschehen. Dieses Gesetz wurde zwar in der Zeit des Nationalsozialismus verkündet, es beruht jedoch im wesentlichen auf dem Entwurf eines Sterilisationsgesetzes des Preußischen Landesgesundheitsamtes aus dem Jahre 1932. Es wäre in dieser oder ähnlicher Fassung sicher auch ohne die Machtergreifung Hitlers erlassen worden. Im Gegensatz zu den sittenwidrigen Nürnberger Gesetzen — mit denen es nicht verwechselt werden darf —, ist es kein politisches Gesetz und wurde darum 1945 auch nicht aufgehoben. Allein der Vergleich mit den erwähnten europäischen und außereuropäischen Ländern zeigt, daß die Sterilisierung aus eugenischer Indikation weder eine politische noch konfessionelle Maßnahme, sondern eine Notwendigkeit ist. In Deutschland hat vor allem H. NACHTSHEIM in seiner Schrift „Für und Wider die Sterilisierung aus eugenischer Indikation" und in zahlreichen Publikationen auf die Pflicht auch unseres Volkes zur praktischen Eugenik hingewiesen. NACHTSHEIM ist immer wieder dafür eingetreten, daß auch bei uns ein erbhygienisches Register und eine Meldepflicht der Mißbildungen nach dänischem Vorbild eingerichtet wird. Eine Statistik der Mißbildungen ist zur Klärung vieler humangenetischer Fragen unbedingt notwendig. Hätten wir vor ein paar Jahren eine Meldepflicht für Mißbildungen gehabt, so wäre das gehäufte Auftreten von Mißbildungen bei Neugeborenen im Zusammenhang mit der Einnahme von thalidomidhaltigen Präparaten (Contergan) durch die schwangeren Mütter sicher viel früher erkannt worden, und viele Kinder wären vor schwerem Siechtum bewahrt geblieben.

Würde auch in der Bundesrepublik die freiwillige Sterilisierung aus eugenischer Indikation wie in anderen Ländern freigegeben, so würden die Erbkrankheiten keineswegs verschwinden, wie ja auch trotz der Fortschritte der Medizin noch keine Krankheit ausgerottet wurde. Es würde aber zweifellos die Zahl der schweren Erbkrankheiten merklich zurückgehen. Der Erfolg einer Sterilisation hängt weitgehend vom Erbgang der betreffenden Krankheit ab. Nur ein dominantes Leiden läßt sich relativ leicht eliminieren. Ist die Penetranz vollständig und erfolgt die Manifestierung vor der Geschlechtsreife, so ist sogar eine vollständige Ausmerzung eines Allels möglich, und nur durch Neumutationen tritt eine solche Krankheit wieder auf. Diese Bedingungen finden sich jedoch nur bei einigen wenigen Erbkrankheiten erfüllt.

Neben der hier aufgezeigten negativen Eugenik gibt es auch eine positive Eugenik. Hier wären alle die Maßnahmen zu nennen, die auf eine Verbesserung der Umwelt hinzielen. Dadurch soll das für eine Population „wertvolle" Erbgut erhalten bleiben und sich stärker ausbreiten können. Dabei müssen wir uns jedoch bewußt bleiben, daß eine wertfreie Unterscheidung zwischen wertvollem und weniger wertvollem Erbgut kaum möglich ist, zumal die meisten Maßnahmen das sozial Erwünschte zu verbessern trachten, ungeachtet, wieweit sich dieses genetisch manifestiert. Es sollte alles getan werden, um durch staatliche Unterstützung einen Selektionsvorteil der „erwünschten" Bevölkerungsgruppe zu erreichen. Da genetische und peristatische Faktoren an der Ausprägung des Phänotyps beteiligt sind, sollte jeder junge Mensch in einer optimalen Umwelt aufwachsen. Schließlich gehört zu einer aktiven Erbhygiene auch eine aufgeklärte und verständnisvolle Bevölkerung. Nur in ihr können sich gesicherte Erkenntnisse der Humangenetik verbreiten.

Alle eugenischen Bestrebungen dienen der Verbesserung des menschlichen Genpools. Sie möchten die genetische Bürde beseitigen oder doch zumindest vermindern. Populationsgenetische Untersuchungen und Überlegungen zeigen jedoch, daß die genetische Bürde weitgehend eine ausbalancierte Bürde ist, die positiven wie negativen Erbanlagen also zu einem balancierten Gleichgewicht gehören. Über die Folgen beabsichtigter eugenischer Eingriffe in ein derartiges ausbalanciertes System wissen wir noch recht wenig, wir sollten diese jedoch nicht unterschätzen.

Infektionskrankheiten können heute wirkungsvoll bekämpft werden. Immer mehr Individuen mit Defekten des Immunsystems bleiben am Leben und erreichen das fortpflanzungsfähige Alter. Es ist nicht ausgeschlossen, daß sich durch therapeutische und eugenische Eingriffe das in einer langen Evolution entstandene zweckmäßige und komplizierte Gefüge allmählich auflöst und die Selektion negativ beeinflußt. Die möglichen schwerwiegenden Folgen werden sich nicht gleich in den nächsten Generationen zeigen, bereits heute kennt man jedoch schon verschiedene genetische Defekte, die in das Immunsystem eingreifen und die Abwehrkraft des Organismus gegenüber bestimmten Krankheitserregern empfindlich schwächen. In Zukunft wird die Fähigkeit zur Bildung von Antikörpern sicher weiter abnehmen und die Abhängigkeit des Menschen von Antibiotika sich weiter erhöhen.

4. Medizinische Genetik

Die Humangenetik schlägt eine Brücke zwischen Biologie und Medizin. Die Erkenntnisse dieses Faches sind für die allgemeine Vererbungslehre ebenso von Bedeutung wie für die angewandte Heilkunde. Sie bezieht weitere Fachgebiete, vor allem die Biochemie, in ihr Aufgabengebiet ein und strahlt selbst wieder auf andere Wissenschaftszweige aus. Mehr als jede andere Wissenschaft ist gerade die Humangenetik weniger von akademischem Interesse als vielmehr von praktischer Bedeutung für die Allgemeinheit und für jeden einzelnen. An einigen Beispielen wollen wir den Einfluß auf die moderne Medizin aufzeigen.

Humangenetische Erkenntnisse können zunächst in der Ätiologie, der Lehre von den Krankheitsursachen, angewandt werden. Genetische Untersuchungen haben für eine Reihe von Krankheiten Störungen in der Erbinformation nachgewiesen. Oft sind einzelne, meist aber mehrere Erbanlagen für die individuellen Unterschiede verantwortlich. Als krankhaft kann man sie dann bezeichnen, wenn sie so stark von der Norm abweichen, daß normale Funktionen gestört werden. Etwas sehr verallgemeinert kann man sagen, daß dieser Zustand häufig von einer Erbanlage verursacht wird, während die normalen körperlichen und geistigen Merkmale meist auf zahlreiche genetische Informationen zurückgehen. Seit einigen Jahren weiß man, daß auch durch Über- und Unterzahl von Chromosomen, durch die sogenannten Chromosomenaberrationen, teilweise recht schwere Krankheitssymptome auftreten (S. 85). Bei vielen Erbkrankheiten haben erbbiologische Untersuchungen mehrere voneinander unabhängige Formen aufzeigen können und dadurch das Wissen um die Pathogenese, d. h. die Entstehungsweise der Krankheiten, erweitert. Auch in den kommenden Jahren und Jahrzehnten wird durch verbesserte Untersuchungstechnik und durch größeres Untersuchungsmaterial die Ätiologie sicher noch manche Erkenntnisse aus den Arbeiten der Humangenetik gewinnen können. Die Diagnose einer Erbkrankheit ist nur durch Familienuntersuchungen möglich, besonders wenn innerhalb der näheren Blutsverwandtschaft ähnliche Krankheitssymptome bereits beobachtet wurden. Entwicklungs- und Stoffwechselstörungen, von denen man weiß, daß sie durch die Wirkung bestimmter Gene verursacht werden, können gelegentlich auch durch exogene Faktoren hervorgerufen werden. Solche nichterblichen phänotypischen Übereinstimmungen werden als Phänokopien bezeichnet. Bereits erwähnt hatten wir als Beispiel (S. 106), daß bei 20 bis 30% der Neugeborenen, deren Mütter während des ersten Drittels der Schwangerschaft an Röteln erkrankten, Linsentrübungen, Herzfehler, Innenohr- und Zahndefekte, oft auch Mikrocephalie und Schwachsinn auftraten. Dabei wollen wir hier außer acht lassen, ob bei einer Phänokopie eine Noxe (Krankheitsursache) in den gleichen Entwicklungsvorgang eingreift (echte Phänokopie) oder nur der abweichende Phänotyp übereinstimmt (unechte Phänokopie). Eine Unterscheidung ist sehr schwierig und wird nur in wenigen Fällen möglich sein. Es ist Aufgabengebiet der Phänogenetik, sich mit den kausalen Beziehungen zwischen

Genotyp und Phänotyp zu befassen. Hier überschneidet sich die Humangenetik mit der Entwicklungsphysiologie.

Der Beitrag der Humangenetik zur Therapie besteht vor allem in der Möglichkeit, die Ansprechbarkeit eineiiger Zwillinge auf bestimmte Behandlungsverfahren zu vergleichen und hieraus Erkenntnisse für therapeutische Methoden zu gewinnen. Auch aus der Behandlung anderer blutsverwandter Individuen mit gleichem Krankheitsbild können wertvolle Hinweise gewonnen werden. Ebenso wichtig wie die Therapie ist die Prophylaxe, die Vorbeugung und Verhütung von Krankheiten. Auf die schweren Erbkrankheiten wurde bereits in den Betrachtungen über die Eugenik eingegangen. Die Einschränkung der Fortpflanzung von Trägern solcher Erbanlagen ist die sicherste, aber nicht einzige prophylaktische Maßnahme. Auch wenn heute viele Erbkrankheiten phänotypisch heilbar sind, so bleibt die betreffende Erbanlage unverändert und überträgt sich auf die folgenden Generationen. Auch eine Beschränkung der mutationsauslösenden ionisierenden Strahlen und bestimmter Chemikalien gehört zu einer Prophylaxe, selbst wenn diese nur von geringerer Bedeutung sind. Schließlich tragen noch Verwandtenehen zu einer Verbreitung von Erbkrankheiten bei, doch ist — wie wir zeigen konnten (S. 26) — deren Einfluß auf die Häufigkeit solcher Krankheiten nur gering; Verbote von Verwandtenehen würden sich nur unbedeutend auswirken.

Alle diese Probleme tauchen in erbbiologischen Beratungen (Eheberatungen) auf. Wie der Name sagt, kann es sich hier nur um eine Beratung handeln, deren Befolgung im Ermessen des Ratsuchenden liegt. Fast immer wird deren Aufgabe sein, auf mögliche Erbkrankheiten oder Mißbildungen hinzuweisen und dabei vorzubeugen. Nur die Wahrscheinlichkeit, mit der ein krankes Kind zu erwarten ist, kann der Humangenetiker oder Arzt angeben. In einer Familie, in der ein Kind mit einem autosomal rezessiven Leiden geboren wurde, ist z. B. die Wahrscheinlichkeit für jedes weitere Kind, ebenfalls krank zu sein, 25% oder 1 : 4. Bei dominant autosomalem Erbgang ist im Durchschnitt bereits jedes zweite Kind eines Merkmalsträgers ebenfalls krank; vorausgesetzt allerdings, daß vollständige Penetranz vorliegt. Bei vielen Erbkrankheiten beobachtet man jedoch unvollständige Penetranz, und auch die Manifestation ist oft recht verschieden; eine eindeutige Erbprognose kann daher vielfach nur sehr schwer gestellt werden. Zunächst ist eine genaue Diagnose notwendig, um diese Krankheit mit beschriebenen Fällen in der Literatur vergleichen zu können. Weiterhin bedarf es eines möglichst umfassenden Gesamtbildes der Familie, also ihrer Anamnese. Nur dadurch ist es möglich, eine Übereinstimmung oder Nichtübereinstimmung mit bisher bekannten Erbgängen dieser Krankheit aufzuzeigen. In der erbbiologischen Eheberatung wird vielfach die Frage gestellt, ob eine Ehe zwischen Blutsverwandten schädlich sei. Wir haben hierauf schon früher eine Antwort zu geben versucht. Es ist kaum möglich, eine verbindliche Aussage über eventuelle Folgen auf die Nachkommen zu geben, falls z. B. Vetter und Base eine Ehe miteinander eingehen wollen. Es besteht das Risiko, daß rezessive Erbanlagen homozygot herausspalten. Solche Merkmale können in einer Familie vorhanden sein, ohne daß sie bisher in der Verwandtschaft aufgetreten sind. Dieses Risiko besteht aber in jeder Ehe; nur ist es bei blutsverwandten Eltern größer als bei nichtverwandten Eltern. Die Meinungen, ob man zu einer solchen Ehe raten oder abraten sollte, sind daher geteilt. Ohne auf alle Probleme hier eingehen zu können, darf man wohl sagen, daß dann von einer Verbindung blutsverwandter Individuen abzuraten ist, wenn in der Familie bereits rezessive Erbkrankheiten bekannt sind. In einer körperlich wie geistig gesunden Familie spricht dagegen nichts gegen eine solche Verbindung.

Ehe- und Familienberatungen können allerdings auch das Gegenteil von dem bezwecken, um was sich die Erbgesundheitspflege eigentlich bemüht, nämlich die Verbesserung des menschlichen Erbgutes. Wird z. B. bei einem autosomal-rezessiven Erbleiden von der Ehe zwischen heterozygoten Genträgern abgeraten, so spalten immer weniger homozygote Nachkommen aus einer derartigen Verbindung heraus. Mit jedem homozygoten Individuum, das sich nicht fortpflanzt oder von der Fortpflanzung ausgeschlossen wird, werden zwei unerwünschte Erbanlagen aus dem Genpool der jeweiligen Population ausgemerzt. Wird das Zusammentreffen zweier rezessiver Erbanlagen verhindert, so verringert man den Selektionsdruck gegen dieses Gen, d. h. dessen Häufigkeit nimmt in der Bevölkerungsgruppe zu. Nur wenn auch die heterozygoten Träger eines rezessiven Erbleidens auf Nachkommen weitgehend verzichten, steigt die Zahl der Erbanlagen, von zusätzlichen Mutationen abgesehen, nicht weiter an. Die humangenetische Forschung versucht, die heterozygoten Träger autosomal-rezessiver Erbleiden frühzeitig zu erkennen. Über die Erfolge dieser Bemühungen hatten wir bereits berichtet. Mit Hilfe verbesserter Untersuchungstechniken gelingt es heute in vielen Fällen, die phänotypisch meist gesunden Träger einer solchen Erbanlage auf ihre ungünstige Genkonstellation hinzuweisen. Durch neu entwickelte Testverfahren kann man heute bei verschiedenen Stoffwechselstörungen biochemische Abweichungen bereits bei den heterozygoten Individuen nachweisen. Die Phenylketonurie ist ein Beispiel für die Erfolge dieser Forschungsrichtung.

Anwendung finden die Erkenntnisse der Humangenetik auch im anthropologisch-erbbiologischen Abstammungsnachweis und hier besonders in der Vaterschaftsbestimmung. Das AB0-, MN- und Rh-System ist genetisch so gut bekannt, daß aus der Verbindung bestimmter Eltern auf den möglichen Genotyp der Kinder geschlossen werden kann. Es können auch umgekehrt aus der Kenntnis der Blutgruppen von Mutter und Kind Rückschlüsse auf den Genotyp des Vaters gezogen werden. Vor allem kann ausgesagt werden, welche Blutgruppe der Vater unmöglich haben kann. Vaterschaftsbestimmungen beruhen daher zunächst auf dem Ausschluß bestimmter Blutgruppenträger als Vater. Erst wenn diese zu keinem Ergebnis führen, werden weitere Erbmerkmale für ein erbbiologisches Vaterschaftsgutachten herangezogen. Da gerade bei den „normalen" Merkmalen die genetischen Grundlagen noch weitgehend unbekannt sind, kann ein positiver Vaterschaftsnachweis nur mit einer verschieden großen Wahrscheinlichkeit erarbeitet werden. Über die Vererbung der Blutgruppen wurde schon früher gesprochen und dort auch die möglichen Kombinationen aufgeführt. Wir können uns daher hier auf die Wiedergabe der Vaterschaftsausschlüsse für das MN- und AB0-System beschränken (Tab. 27 und 28).

Die menschliche Erblehre versucht nicht nur, die Erblichkeit angeborener Leiden aufzudecken und den Erbgang dieser Krankheiten aufzuzeigen, sondern sie bemüht sich auch um die Zusammenhänge zwischen der Bereitschaft eines Organismus, krank zu werden, und möglichen Erbanlagen, die diese Anfälligkeit verursachen. So hat es sich gezeigt, daß einzelne Individuen verschieden auf bestimmte Arzneimittel ansprechen und daher Nebenwirkungen nicht bei allen Menschen auftreten. Die unterschiedliche Reaktion

Tab. 27. Blutgruppenausschlüsse im A_1A_2B0-System (nach VOGEL, 1961)

Mutter	*Kind*	*mögliche Väter*	*unmögliche Väter*
0	0	0, A_1, A_2, B	A_1B, A_2B
0	A_1	A_1, A_1B	0, A_2, B, A_2B
0	A_2	A_1, A_2, A_2B	0, B, A_1B
0	B	B, A_1B, A_2B	0, A_1, A_2
A_1	0	0, A_1, A_2, B	A_1B, A_2B
A_1	A_1	0, A_1, A_2, B, A_1B	A_2B
A_1	A_2	0, A_1, A_2, B, A_2B	A_1B
A_1	B	B, A_1B, A_2B	0, A_1, A_2
A_1	A_1B	B, A_1B, A_2B	0, A_1, A_2
A_1	A_2B	B, A_1B, A_2B	0, A_1, A_2
A_2	0	0, A_1, A_2, B	A_1B, A_2B
A_2	A_1	A_1, A_1B	0, A_2, B, A_2B
A_2	A_2	0, A_1, A_2, B, A_2B	A_1B
A_2	B	B, A_1B, A_2B	0, A_1, A_2
A_2	A_2B	B, A_1B, A_2B	0, A_1, A_2
B	0	0, A_1, A_2, B	A_1B, A_2B
B	A_1	A_1, A_1B	0, A_2, B, A_2B
B	A_2	A_1, A_2, A_2B	0, B, A_1B
B	B	0, A_1, A_2, B, A_1B, A_2B	—
B	A_1B	A_1, A_1B	0, A_2, B, A_2B
B	A_2B	A_1, A_2, A_2B	0, B, A_1B
A_1B	A_1	0, A_1, A_2, B, A_1B	A_2B
A_1B	B	0, A_1, A_2, B, A_1B, A_2B	—
A_1B	A_1B	A_1, B, A_1B, A_2B	0, A_2
A_2B	A_2	0, A_1, A_2, B, A_2B	A_1B
A_2B	B	0, A_1, A_2, B, A_1B, A_2B	—
A_2B	A_2B	A_2, B, A_1B, A_2B	0, A_1

Tab. 28. Vaterschaftsausschlüsse im MN-System (nach VOGEL, 1961)

Mutter	*Kind*	*mögliche Väter*	*unmögliche Väter*
M	M	M, MN	N
M	MN	MN, N	M
MN	M	M, MN	N
MN	MN	M, MN, N	—
MN	N	MN, N	M
N	MN	M, MN	N
N	N	MN, N	M

des Körpers auf bestimmte Arzneimittel scheint zu einem guten Teil im Erbgut verankert zu sein. Diese Zusammenhänge zu ergründen und aufzudecken, ist das Aufgabengebiet eines noch recht jungen Zweiges der Vererbungslehre, welcher als Pharmakogenetik bezeichnet wird. Je besser die Beziehungen zwischen Erkrankungsbereitschaft und genetischer Information bekannt sind, in um so stärkerem Maße kann die Individualität des Menschen erklärt und eine bessere individuelle Behandlung seitens des Arztes durchgeführt werden. Schon in der Antike wußte man, daß die einzelnen Menschen verschieden auf Arzneimittel ansprechen. Neu ist die Erkenntnis, daß es genetische Unterschiede im Verhalten gegenüber chemischen Substanzen und besonders gegen Arzneimittel gibt. Der Ab- und Umbau dieser Stoffe im Stoffwechsel wird durch Enzyme gesteuert, und da diese als Proteine mit Hilfe der Desoxyribonukleinsäure aufgebaut werden, muß es durch eine Änderung der genetischen Information zu einer Störung in der Verarbeitung der Medikamente im Körper kommen. Bei einem beschleunigten Abbau unterbleibt die erwartete Wirkung oder ist nur sehr schwach, während ein verlangsamter Abbau zu verstärkter und daher oft schädlicher Wirkung führt. Hierzu zwei Beispiele: Das Tuberkulose-Heilmittel Isonicotinsäurehydrazid oder Isoniacid (INH) ist nur bei einem Teil der Patienten wirksam und führt zu dem erwünschten Erfolg. Bei etwa 50% der europäischen Bevölkerung wird dieses Tuberkulostatikum durch Acetylierung schnell inaktiv und die therapeutische Wirkung daher stark herabgesetzt. Populationsgenetische Untersuchungen deuten darauf hin, daß die Inaktivierung dieses Isoniacids rezessiv autosomal vererbt wird. Die begrenzte INH-Wirkung durch genetische Faktoren wird heute durch Kombination verschiedener Präparate weitgehend überwunden; gleichzeitig wird dadurch das Wirkungsspektrum erhöht und eine mögliche Resistenz der Bakterien hinausgeschoben.

Den umgekehrten Fall soll das zweite Beispiel zeigen: Das Succinylcholinchlorid ist ein Narkosemittel, welches das Rückenmark und den Hirnstamm angreift und den Tonus der quergestreiften Muskulatur beeinflußt. Am Abbau dieses Narkosemittels im Organismus ist die Pseudocholinesterase beteiligt. Ein Mangel an diesem Enzym kann durch Leberschädigungen und vor allem durch autosomal recessive Erbanlagen verursacht werden. Durch eine geringe Enzymkonzentration im Plasma kommt es bei den Betroffenen zu einem verlangsamten Abbau dieses Mittels und als Folge davon zu einer lebensbedrohenden Lähmung der Atemmuskulatur. Heute kann durch einen einfachen Test der Pseudocholinesterasespiegel im Blut festgestellt werden, so daß derartige Unglücksfälle nicht mehr auftreten. Bisher sind mehrere derartige erbliche Enzymdefekte bekannt geworden, und auch in Zukunft wird man weiteren Einblick in die Beziehungen zwischen Arzneimitteln und Stoffwechsel gewinnen können. Dabei ist es durchaus möglich, daß, ähnlich dem bereits erwähnten Sichelzellenhämoglobin, ein erblicher Enzymdefekt zu einem Selektionsvorteil führen kann.

Das gilt z. B. für das Enzym Glukose-6-Phosphat-Dehydrogenase, welches die Überführung von Glukose-6-Phosphat und Triphosphorpyridinnukleotid

(TPN) in 6-Phosphatglukonat und reduziertem TPN ($TPNH_2$) beschleunigt. Es ist am Abbau einer Reihe von Malariamitteln beteiligt. Bei einem Mangel an diesem Enzym, der geschlechtsgebunden vererbt werden kann, kommt es zu einem Zerfall der Erythrozyten in den Gefäßen (intravasale Hämolyse) nach Verabreichung bestimmter Medikamente gegen die Malaria. Bei etwa 10% der farbigen Bevölkerung Amerikas, sehr selten auch bei Weißen, hat man diesen Enzymdefekt festgestellt. Eingehende Untersuchungen haben gezeigt, daß besonders in malariaverseuchten Gebieten dieser Glukose-6-Phosphat-Dehydrogenasemangel auftritt und wahrscheinlich einen Schutz gegen diese Krankheit bewirkt. Durch den herabgesetzten Stoffwechsel scheinen die Erreger dieser Krankheit, die Plamodien, nur ungenügende Lebensbedingungen vorzufinden.

Das Aufgabengebiet der Pharmakogenetik ist damit angedeutet. Alle Untersuchungen über den Einfluß von Chemikalien auf Lebewesen können wir in das Aufgabengebiet dieser Forschungsrichtung einbeziehen und dann von einer Chemogenetik sprechen. Dazu gehört auch die Frage, ob Arzneimittel das Erbgut verändern, d. h. Mutationen auslösen. Bei Besprechung der induzierten Mutationen wurde dieses Thema erörtert, so daß wir uns hier mit einem Hinweis auf dieses Kapitel begnügen können.

Weitere Untersuchungen befassen sich mit der Wirkung von Arzneimitteln auf die Embryonalentwicklung. Die Lehre von den Mißbildungen, die Teratologie, hat sich besonders in den letzten Jahren dieser Frage angenommen und bereits wichtige Einblicke in die entwicklungsphysiologischen Abläufe in Modellversuchen bei Tieren gewonnen.

VI. Rassenkunde und Bevölkerungsentwicklung

1. Rassengeschichte und Rassengenese

Vor etwa 15 Millionen Jahren besiedelten die ersten Frühformen der heutigen Hominiden unsere Erde. Damals im Miozän spaltete sich nach unseren heutigen Vorstellungen der bis dahin gemeinsame Stammbaum der Hominoidea, der menschenähnlichen Affen, in die zu den Menschenaffen (Pongiden) und Menschen (Hominiden) führenden Entwicklungslinien. Dieser subhumanen Entwicklungsphase folgte die Zeit der eigentlichen Menschwerdung. In ihr spielten sich die Differenzierungsvorgänge ab, die zur Entstehung der Primatenfamilie der Hominiden führten. Es war die Zeit, in der sich aus den Noch-nicht-Urmenschen die geräteherstellenden Urmenschen entwickelten. Man bezeichnet diese Hominisationsphase als das Tier-Mensch-Übergangsfeld. Sie umfaßte etwa 600 000 Generationen, das entspricht ungefähr einem Zeitraum von 12 Millionen Jahren.

In der anschließenden etwa 2 Millionen Jahre dauernden humanen Phase entstanden aus den Urmenschen (Homo praesapiens) die Frühmenschen (Homo sapiens primigenius) und Altmenschen (Homo sapiens diluvialis) und schließlich die rezenten Menschen (Homo sapiens recens). Mit Beginn des Pleistozäns tritt der Mensch erstmals als Gattung Homo auf. Die Entwicklung vom Vormenschen über den Urmenschen zum Jetztmenschen verlief nicht geradlinig in direkter Abstammung. Verschiedene Entwicklungslinien haben sich aus den Frühformen des Menschen herausgebildet. Viele der entstandenen Menschenformen erwiesen sich als Sackgassen und starben wieder aus. Wie die Entwicklung bis zum heutigen Menschen verlief und welche der Funde und Formengruppen zu unserer Vorfahrenreihe gehören, darüber gibt es, wie nicht anders zu erwarten, unterschiedliche Vorstellungen und Meinungen.

Überreste der als Homo praesapiens bezeichneten Vor- und Urmenschengruppe sind uns aus Afrika und aus Südostasien erhalten geblieben. Wir nehmen heute an, daß der Mensch monogenetisch (monophyletisch) in Südostafrika entstanden ist. Die Funde zur Rassengeschichte und deren Alter sprechen für diese Annahme. Zwei Formengruppen sind uns aus diesem Raum bekannt, die häufig unter der Bezeichnung Australopithecinen zusammengefaßt werden. Der robustere Paranthropus (Australopithecus africanus Typ P oder Australopithecus robustus) kommt als unser Vorfahr nicht in Frage. Er ist bereits frühzeitig wieder ausgestorben. Aber auch von dem grazileren Australopithecus im engeren Sinne (Australopithecus africanus Typ A oder Australopithecus habilis), einer Menschengruppe, die heute oft als die der Habilinen bezeichnet wird, beteiligten sich nicht alle der bisher bekannten Formen an der Weiterentwicklung zum heutigen Menschen. Dieser Vormenschentyp der Habilinen wird von einigen Anthropologen als Homo habilis zu der Gattung Homo gerechnet, da er wie es scheint, bereits Steinwerkzeuge herstellen konnte. Zu den Frühmenschen oder Archanthropinen, deren Entwicklung in einer Sackgasse endete,. gehören u. a. so bekannte Funde wie der Pithecanthropus erectus aus Java, der Homo heidelbergensis, von dem 1907 ein Unterkiefer bei Mauer in der Nähe von Heidelberg gefunden wurde oder der Sinanthropus pekingensis. Heute faßt man diese Funde gelegentlich zu der Homo erectus-Gruppe zusammen. Auch der berühmt gewordene, geschichtlich jüngere Neandertaler, von dem 1856 Schädelreste in einer der Feldhofer Grotten im sobenannten Tal der Düssel bei Düsseldorf gefunden wurden, gehört nicht zu unseren Vorfahren, und war nicht der Urmensch oder Vormensch, für den er lange Zeit gehalten wurde. Die Entdeckung des Lehrers J. F. FUHLROTT, daß es sich bei den gefundenen Knochen nicht um Überreste von Höhlenbären sondern um Schädelfragmente eines fossilen Menschen handelte, wurde längere Zeit nicht anerkannt und selbst von führenden Anthropologen bestritten, da man damals noch der Überzeugung war, daß es einen fossilen Menschen nicht gibt. Als echter Homo sapiens war der Neandertaler während der Würmeiszeit über weite Gebiete Europas, Asiens und Afrikas verbreitet. Er war ein Spezialtyp mit einer eigenständigen Kultur (Handspitzenkultur), der den damaligen klimatischen Verhältnissen der Eiszeit besonders gut angepaßt war. Vor etwa 60 bis 40 Tausend Jahren, mit Beginn der letzten Kaltzeit ist er in Europa wieder ausgestorben. Damals lebten bereits die ersten Vertreter der höherentwickelten und besser anpassungsfähigen, uns heutigen Menschen schon sehr nahestehenden Rassen des Homo sapiens recens. Wahrscheinlich haben diese dazu beigetragen, daß die Neandertaler verdrängt und schließlich ausgerottet wurden. Ein Schema zur Evolution der Homidea (Menschenaffe und Mensch) mit Angaben wichtiger Funde zeigt die Abbildung 40.

Von Südostafrika aus besiedelten die Hominiden weite Teile Eurasiens und später auch Amerika und Australien. Sie drangen dabei in neue Lebensräume ein, in denen sie oft unterschiedliche klimatische Lebensbedingungen vorfanden. Die Erdneuzeit, in der diese Ausbreitung erfolgte, war eine Zeit tiefgreifender Veränderungen der Erdoberfläche. Der Übergang vom Tertiär zum Quartär war gekennzeichnet durch vielfältige Gebirgsfaltungen und größere Klimaschwankungen, die vielerorts das Gesicht unseres Planeten veränderten. Wir bezeichnen diese Periode des Diluviums als das Eiszeitalter. Mehrmals folgten auf Kälteperioden mit ausgedehnten Vereisungen, die sich in den wärmeren Zonen als Regen- oder Pluvialzeiten bemerkbar machten, wärmere Zwischeneiszeiten mit üppigem Pflanzenwuchs. In Afrika und Asien waren zu jener Zeit viele Wüsten fruchtbares Land. Das begünstigte die Ausbreitung menschlicher Populationen. In kleineren oder größeren Gruppen wurden aber nicht nur die wärmeren und ertragreichen Landschaften besiedelt, auch trockene und karge Steppen sowie die Randgebiete regenreicher Wälder wurden in Besitz genommen. Menschen lebten bereits damals im Flachland wie im Gebirge, auf kleineren Inseln und in großräumigen Siedlungsgebieten, in wärmeren und in kälteren Zonen. Seine Fähigkeit, sich unterschiedlichen Klimaten und Lebensgrundlagen anzupassen, vielfältige Pflanzen zu sammeln und zu kultivieren, die verschiedenartigsten Tiere zu domestizieren und zu züchten und schließlich

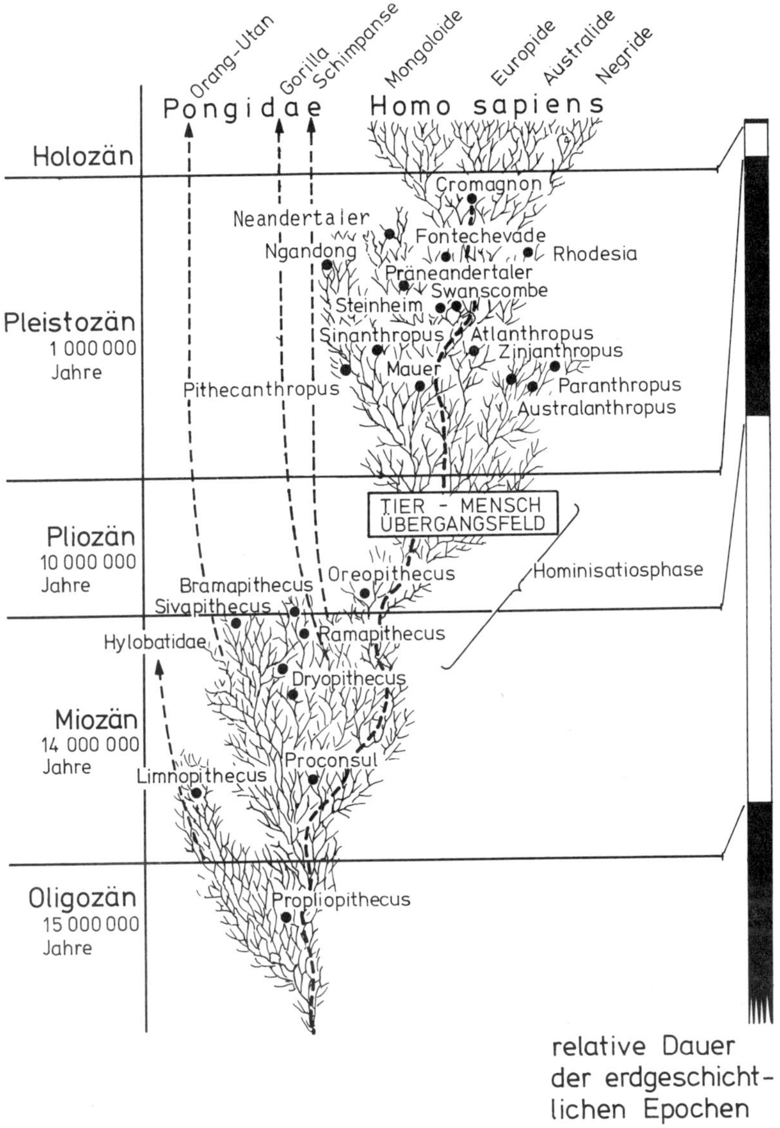

Abb. 40. Schema zur Evolution der Hominoidea (Menschenaffen und Menschen). (nach HEBERER, 1968; aus WALTER, 1970)

auch verschiedenerlei Materialien zu verwenden und zu verwerten, führten im Jung-Paläolithikum (Jüngere Altsteinzeit) zu der ersten Entstehung geographischer Rassen mit eigenständigen Kulturen.

Die damalige Bevölkerung im europäischen Raum läßt sich drei größeren Rassenkreisen zuordnen: in die langschädlige, in verschiedenen Varianten auftretende Brünn- oder Aurignacrasse, die mäßig langschädlige, ebenfalls in mehreren Typen vorkommende Cromagnonrasse und die kurzköpfige Borreby- oder Ofnetrasse. Am Übergang zum Neolithikum (Jungsteinzeit) sind aus ihnen weitere Rassen hervorgegangen, so z. B. die Chancelade-, die Barma-Grande- und die Grimaldirasse. Bereits damals gab es Überschneidungen und Vermischungen verschiedener Rassenelemente. Ein Beispiel hierfür ist der Fund von Oberkassel bei Bonn. 1914 fand man hier in einem gemeinsamen Grab die Skelette einer jüngeren Frau vom Brünn-Typ und eines etwa 45jährigen Mannes der Cromagnonrasse.

Im gesamten Verbreitungsgebiet des Menschen kam es in der ausklingenden Steinzeit zur Differenzierung und Ausbreitung mehr oder weniger charakteristischer Rassen und Rassenkreise. Aus den einzelnen Familien- und Stammesverbänden entstanden gleichzeitig die ersten Bauernkulturen und aus diesen dann später die verschiedenen Hochkulturen. Neben den blühenden Kulturzentren in den fruchtbaren Stromtälern mit einem Überfluß an Nahrungsmitteln gab es auch Lebensräume mit sehr harten und kärglichen Lebensbedingungen. Diese wurden sehr häufig zu Unruhezentren, aus denen immer Bevölkerungsgruppen plündernd und zerstörend in die Hochkulturen eindrangen. Solche Zentren waren der Ausgangspunkt großer Wanderbewegungen im Mesolithikum und besonders im Neolithikum. Dort wo der Mensch optimale Ernährungsbedingungen vorfand, kam es zu einer stärkeren Vermehrung der Bevölkerung und zu einer dadurch bedingten weiteren Landnahme. All das führte zu Rassenverschiebungen und vielfältigen Rassenmischungen sowie zur Entstehung oft sehr unterschiedlicher Mischpopulationen. Hierher gehören die Wanderungen der Band-, Kamm- und Schnurkeramiker sowie der Glockenbecherleute. Ein anderes Beispiel ist die Ausbreitung der Megalithkultur mit ihrem monumentalen Totenkult und ihrer ausgeprägten Ahnenverehrung auf dem Seeweg von Vorderasien nach Spanien und Frankreich und später auch nach England, den Niederlanden und Norddeutschland bis hinauf nach Skandinavien. Zu länger anhaltenden größeren Wanderungen kam es auch in der Bronze- und Eisenzeit. Hier waren es besonders die indoeuropäischen bzw. indogermanischen Wanderungen (Höhepunkt um 1700 v. Chr.) und die Wanderungen der Dorer und Illyrer (1200 bis 800 v. Chr.), die in Europa, Vorderasien und Indien zu weiteren rassischen Umschichtungen führten. Die Ausbreitung der Kelten (bis etwa 400 v. Chr.) und die germanische Völkerwanderung (zwischen 400 und 500 v. Chr.), die mit der Zerschlagung des römischen Weltreiches endete, wirkten sich ebenfalls nachhaltig auf die Rassengeschichte Europas aus. Der Einbruch der Hunnen in Osteuropa zwang die Ost- und Westgoten, die Wandalen und Burgunder, die Angeln und Sachsen sowie die Quaden und Sweben zu ausgedehnten Wanderungen innerhalb

Europas und Nordafrikas.

Auch in Asien, Afrika und Amerika kam es infolge von Wanderungen und Eroberungszügen zu einer Vermischung recht verschiedener Bevölkerungsgruppen und Rassen. In vorgeschichtlicher und geschichtlicher Zeit mischten sich vor allem in Vorder- und Kleinasien sowie in Indien sehr unterschiedliche Rassenelemente. Ein weiteres Zentrum für Rassenmischungen war und ist auch Ost- und Südostasien. Noch heute kann man an der Verbreitung der Mongolenfalte die unterschiedliche Herkunft der Bevölkerung erkennen. Das Ergebnis früherer Rassenkreuzungen sind die Bewohner der südostasiatischen und japanischen Inseln. Die heute zu einer völkischen Einheit zusammengewachsenen Japaner z. B. entstammen ursprünglich verschiedenen Bevölkerungsgruppen des asiatischen Festlandes. Die zum europäischen Rassenkreis gehörenden Ureinwohner Japans, die Ainus, wurden weitgehend verdrängt. Sie werden von der jetzigen Bevölkerung durch Vermischung aufgesogen und sterben als eigenständige Population in absehbarer Zeit aus. Sie teilen dieses Schicksal mit den bereits ausgestorbenen Tasmaniern.

Auf dem afrikanischen Kontinent sind die Berber, die Äthiopiden, das hamitisch-negride Mischvolk der Nilotiden, die Hereros, die Hottentotten und die Rehobother Bastards in Namibia(Südwestafrika), die Nachkommen der Hottentotten und Buren, Beispiele für die Verschmelzung verschiedener Rassen. Zu einer Mischung europider, negrider und mongolider Rassenelemente kam und kommt es auch in Nord-, Mittel- und Südamerika. Die damit verbundenen Probleme zeigen sich hier besonders deutlich.

Auf unserer Erde gibt es heute kaum noch Gebiete, die nicht in den Sog rassischer Umschichtungen geraten sind. Nur in einigen wenigen Rand- und Rückzugsgebieten, die von den großen Wanderungen verschont wurden oder bisher ökonomisch von geringem Interesse waren, konnten sich kleinere Populationen weitgehend rasserein erhalten. Das gilt z. B. für die Eskimos und die Lappen, für die Basken oder die Australneger und die Maoris. Mehr und mehr dringt die Technik und die Industrialisierung auch in ihre Lebensräume ein, und es ist nur noch eine Frage der Zeit, bis auch diese Bevölkerungsgruppen durch Vermischung aufgesogen und von der Erdoberfläche verschwunden sind.

2. Rassensystematik

Es gibt nur wenige Begriffe der Biologie, die so mißverstanden und mißdeutet, so unsachlich verwendet und falsch interpretiert wurden, wie der Begriff der Rasse. Es wurden und werden unter dieser Bezeichnung oft recht unterschiedliche und uneinheitliche Bevölkerungsgruppen zusammengefaßt, die mit dem biologischen Rassenbegriff nicht übereinstimmen. Als Kategorie der biologischen Systematik dient die Rasse der Unterscheidung bestimmter Gruppen und Individuen einer Art. Zu einer Art gehören alle Individuen gleicher stammesgeschichtlicher Herkunft (Abstammungsgemeinschaft), die untereinander unbeschränkt fruchtbar sind (Fortpflanzungsgemeinschaft) und unter gleichen Bedingungen in ihren charakteristischen Merkmalen weitgehend übereinstimmen. Nur selten bestehen Arten aus einheitlichen homogenen Populationen. Durch Mutationen, durch Selektion, Isolation und Gendrift entstehen innerhalb einer Art früher oder später kleinere Populationen, die sich untereinander noch fortpflanzen können und auch noch den gleichen konstanten Chromosomensatz besitzen, ansonsten aber sich durch einige bestimmte Erbanlagen von anderen Gruppen der gleichen Art unterscheiden. Solche Populationen nennt man Unterarten, Subspecies, Varietäten, Formenkreise oder Rassen. Sie kommen in der Natur nur in einem bestimmten Verbreitungsgebiet vor (geographische Rassen). Die Rassenunterschiede beruhen meist auf der relativen Häufigkeit der Erbanlagen in der jeweiligen Population und nur selten auf dem Vorhandensein oder dem Fehlen bestimmter Erbanlagen in der betreffenden Population (genetische Rassen).

Gegenüber früher, wo vorwiegend morphologische und anatomische Eigenheiten zur Rassencharakterisierung herangezogen wurden, ergänzt man diese heute, soweit möglich, durch populationsgenetische, serologische und biochemische Gesichtspunkte. Alle diese Bemühungen führen nicht selten zu Einteilungen von sehr unterschiedlichem Rang. Man unterscheidet deshalb noch häufig zwischen Rassenkreisen, Groß- und Hauptrassen und Unter- bzw. Nebenrassen oder Ökotypen. Da es an den Berührungspunkten unterschiedlicher Populationen zu Vermischungen und Überschneidungen kommt, ist eine scharfe Abgrenzung zwischen den einzelnen Kategorien kaum möglich. Ein immerwährender Entwicklungsprozeß führt darüber hinaus zu einer stetigen, wenn auch langsamen Änderung von Flora und Fauna. Die Arten und Rassen sind deshalb sich ständig wandelnde Fortpflanzungsgemeinschaften und keine festgefügten und unabänderlichen systematischen Kategorien. Die Rasse ist ein dynamischer, kein statischer Begriff. Jeder Einteilungsversuch setzt zwangsläufig willkürliche Grenzen zwischen fließenden Übergängen. Das hier Skizzierte gilt auch für den Menschen. Alle Menschen dieser Erde gehören der Art Homo sapiens an. Sie sind untereinander fruchtbar, haben den gleichen Chromosomensatz und unterscheiden sich durch einige wesentliche Merkmale von den ihm verwandtschaftlich am nächsten stehenden Menschenaffen. Wie wir im vorigen Abschnitt zu zeigen versuchten, haben sich auch bei ihm im Laufe seiner Entwicklung wie nicht anders zu erwarten unterschiedliche Bevölkerungsgruppen gebildet, die wir als Rassen bezeichnen müssen. Völkerwanderungen und Eroberungen, Entdeckungsreisen und Handelsbeziehungen haben jedoch schon bald dafür gesorgt, daß die neu entstandenen Rassen sich schon bald wieder mehr oder weniger stark vermischt haben. „Reine“ Rassen und besonders „reine“ Unterrassen gibt es heute kaum noch.

Der Mensch tritt in einem sehr vielfältigen Erscheinungsbild auf, und es ist natürlich, daß immer wieder versucht wurde, einzelne Menschengruppen in bestimmte Haupt- und Nebenrassen zusammenzufassen. Die Unterschiede zwischen den verschiedenen menschlichen Populationen beruhen auf morphologischen, anatomischen, physiologischen und psychischen Eigenheiten. Das können unterschiedliche Pigmentierung der Haut, der Haare und der Augen sein oder Veränderungen am Skelett wie z. B. Kopfform und Körperproportionen. Auch die Form der Haare und Lippen oder das Nasenprofil, bestimmte Blutgruppenzugehörigkeit oder biochemische Polymorphismen sind für bestimmte Menschengruppen charakteristisch. Unterschiede zwischen den Rassen gibt es auch im psychischen Bereich, nur ist es hier besonders schwer, wenn nicht sogar unmöglich, exakte Angaben vorzulegen und den einzelnen Rassen jeweils nur ihnen zukommende Eigenschaften zuzuschreiben. Die sogenannten Rassenmerkmale sind sehr variabel und können niemals absolute Werte darstellen. Es handelt sich hierbei fast immer um Durchschnittswerte. Sie sind der Rassenstandard oder der Rassentypus. Für die Zuordnung der einzelnen Menschen zu den jeweiligen Rassen wurden lange Zeit und z. T. auch noch heute morphologisch sichtbare und deshalb leichter feststellbare Merkmale herangezogen. Man benutzte vor allem die Häufigkeit und Verteilung der Pigmente in der Haut und unterteilte die Menschheit in drei große Rassenkreise, in die europide oder weiße, negride oder schwarze und mongolide oder gelbe Hauptrasse. Einzelne Bevölkerungspopulationen, wie z. B. die Australiden oder die in Afrika und Asien lebenden Pygmäen bilden Rassensplitter, die meist wegen ihrer Sonderstellung hinsichtlich Herkunft und Genealogie nicht zu den drei Großrassen gerechnet werden. Innerhalb dieser Rassenkreise oder Haupt- bzw. Großrassen haben sich weitere Formengruppen gebildet, die sich durch mehr oder weniger charakteristische Merkmale unterscheiden. Sie bilden die Unter- bzw. Nebenrassen. Allerdings ist es zwischen diesen, wie bereits gesagt, zu vielfältigen Vermischungen gekommen, so daß es vielleicht besser wäre, nur noch von vorwiegend nordiden, orientaliden, nilotiden oder siniden Individuen zu sprechen, um nur einige Beispiele zu nennen. Auch die Verbreitungskarten der Abbildungen 41 und 42 verwenden morphologische Merkmale als Rassenklassifikation. Sie sollen die geographische Verbreitung der großen Hauptrassen heute und vor 10 000 Jahren zeigen.

Neue Rassensystematiken berücksichtigen auch die Erkentnisse der Humangenetik und verwenden in zunehmendem Maße die genetisch bedingten Polymorphismen des menschlichen Blutes (Blutgruppen, vgl. Tab. 9, Hämoglobinvarianten, Serumproteine, Transferrine u. a.). Verschiedene Gliederungen der menschlichen Rassen wurden bisher vorgeschlagen auf die wir hier nicht näher eingehen können. Sie werden in der einschlägigen Literatur ausführlich diskutiert. Es genügt der Hinweis, daß man sich aus erklärlichen Gründen bisher nicht für eine „richtige" Einteilung hat einigen können und es diese auch gar nicht geben kann.

3. Rassenmischung

Ein aktuelles, in vielen Ländern noch weitgehend unbewältigtes Problem im Zusammenleben unterschiedlicher Bevölkerungsgruppen ist das Rassen-

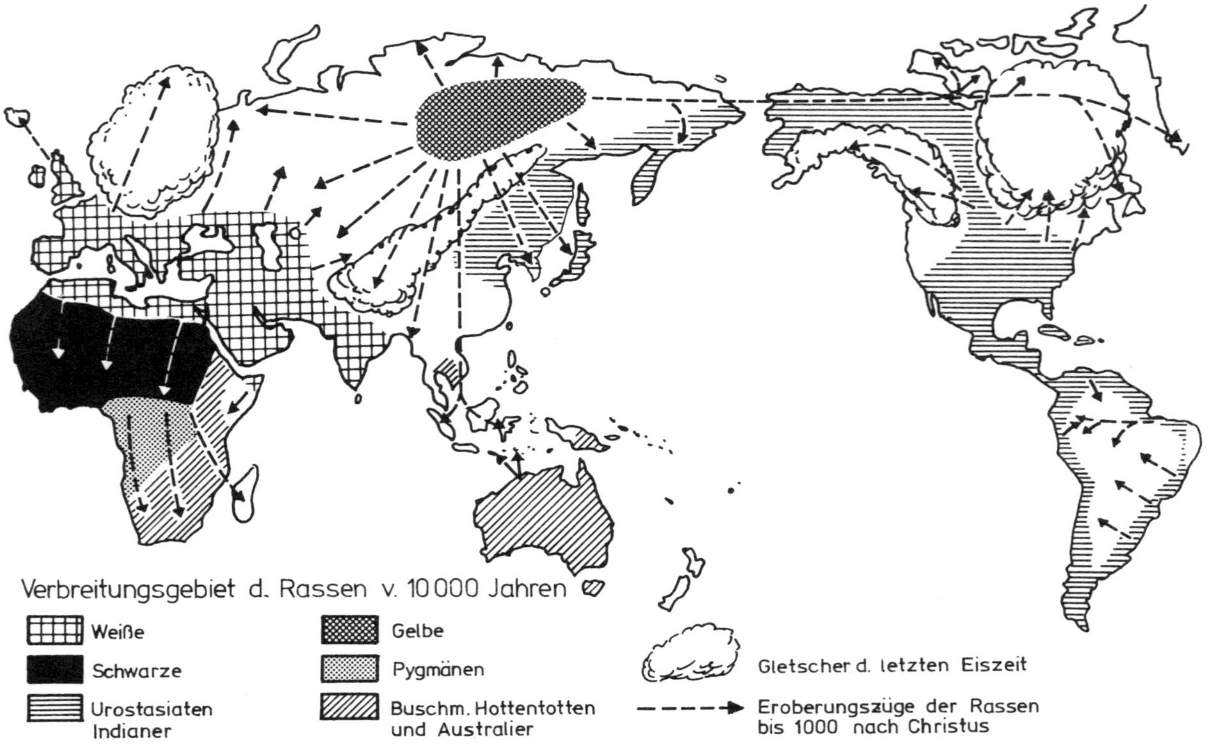

Abb. 41. Rassenzentren der Vorgeschichte. (nach DRÖSCHER; aus SALLER, 1969)

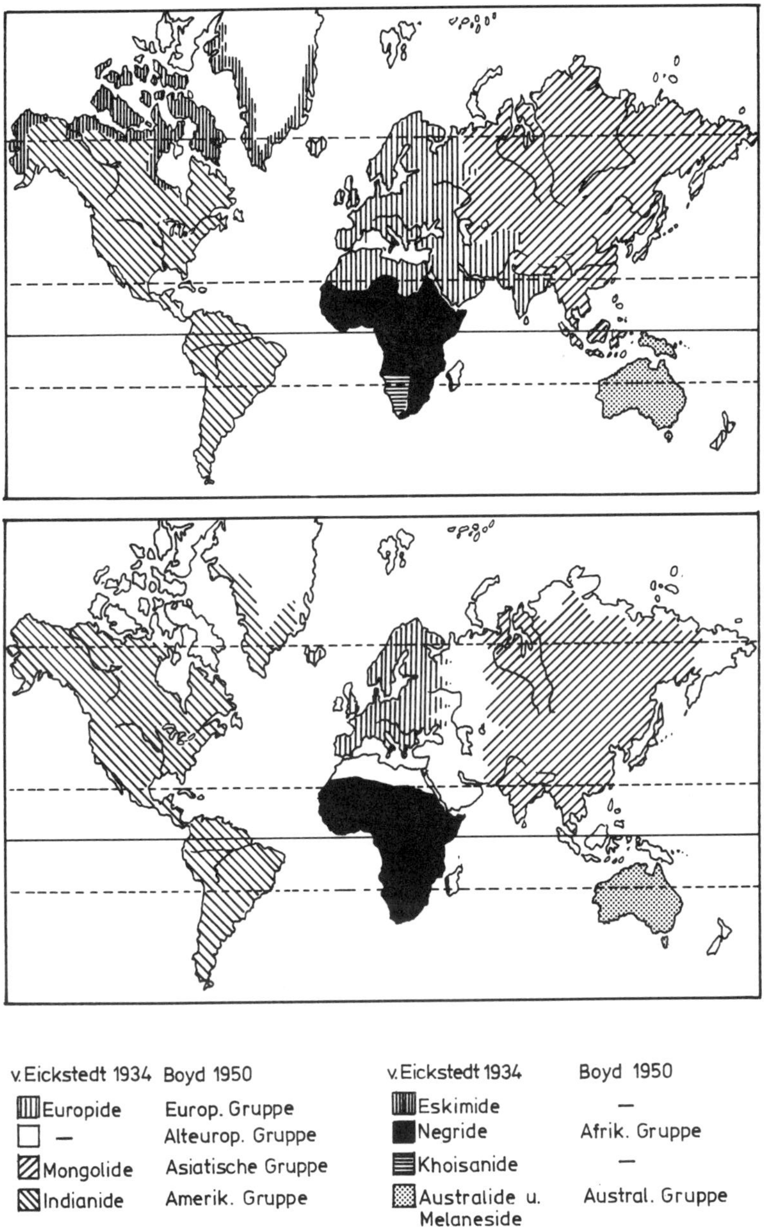

Abb. 42. Morphologische und serologische Rassenklassifikation. Die Hauptrassen nach v. Eickstedt 1934 (oben) und Boyd 1950 (unten). (nach Schwidetzky, 1962)

problem. Durch Rassenhaß und durch Rassendiskriminierung werden noch immer Nationen und Völker aufgewühlt und zerrieben. Armut und Hunger, Vertreibung und Flucht, Ausrottung und Bürgerkrieg sind nicht selten die Auswirkungen rassischer Auseinandersetzungen. Dabei zwingen wirtschaftliche und politische Gesichtspunkte Menschen verschiedener Hautfarbe, anderer Weltanschauung und Religion stärker denn je, miteinander zu leben und zu arbeiten. Durch die fortschreitende Technik rücken die einzelnen Völker näher aneinander, kommt es zu vielfältigen Berührungen und Begegnungen von Menschen anderer Rassenzugehörigkeit.

Die Rassisten früherer und heutiger Zeit behaupten, daß es wertvolle und weniger wertvolle Rassen gibt und die Vermischung unterschiedlicher Rassen sich meist negativ auf die Mischlinge auswirkt. Als Vorurteil gegen eine Rassenkreuzung müssen die Mischlingspopulationen herhalten, die in einigen amerikanischen und ostasiatischen Ländern zu den untersten sozialen Schichten gehören. Emotionale und wirtschaftliche Gesichtspunkte schüren dieses Vorurteil. Nicht die Rassenmischung, sondern die Entstehung, die Lebensweise und die soziale Stellung sind oft die Ursachen für das asoziale Verhalten dieser Bevölkerungsgruppen. Mischlinge sind niemals apriori minderwertig.

Das Rassenproblem betrifft alle Disziplinen, die den Menschen zum Gegenstand ihrer Forschung haben. Aus der Vielfalt der biologischen Aspekte sucht die Humangenetik nach einer Antwort auf die folgenden drei Fragen: Sind die Nachkommen aus der Kreuzung extremer Rassen ein harmonisches Produkt der beiden Elternrassen, sind die Bastarde den beiden Ausgangsrassen in bestimmten Eigenschaften überlegen oder treten bei den Mischlingen Störungen im biologischen Gleichgewicht auf? Immer wieder wird auch heute noch behauptet, daß die Bastarde aus einer „extremen" Rassenkreuzung disharmonisch sind oder pauperieren.

Leider werden dabei recht unsachliche Argumente vorgebracht und vielfach auch noch von unberufener Seite, die oft geringe Kenntnisse der modernen Ergebnisse der Vererbungslehre aufweisen können. Es wird gelegentlich behauptet, daß die Mischlinge verminderte Fruchtbarkeit zeigen, Mißverhältnisse in den Beckenmaßen aufweisen und dadurch häufig Gebärschwierigkeiten haben, ferner sollen sie von schwacher Konstitution und anfällig gegen Krankheiten sein, auch Korrelationsstörungen einzelner Organe wie Herz, Lunge und Auge oder Zahnstellungsanomalien seien recht häufig. Und schließlich werden ihnen physiologische und psychische Störungen zugeschrieben. Nichts davon ist bewiesen. Einen Beweis können wir auch nicht erwarten, da ja beim Menschen das Kreuzungsexperiment fehlt. Immerhin kann man hier Modellversuche am Tier vergleichend heranziehen. Beobachtungen am Menschen erstrecken sich nur selten über mehrere Generationen, auch ist, wie wir mehrfach zeigen konnten, eine genaue genetische Analyse nur in sehr wenigen Fällen möglich. Vielfach liegen den Untersuchungen auch falsche Vorstellungen über die Vererbung eines Merkmals zugrunde. Wie wir bereits gezeigt haben, wird nicht das Merkmal an sich, sondern eine gen- und umweltabhängige Reaktionsnorm vererbt. Ein Individuum enthält zwar eine Vielzahl einzelner Gene, aber bei der Merkmalsgestaltung wirkt nicht nur das zugeordnete Gen, vielmehr mehr oder weniger die ganze Gengesellschaft, d. h. das Genmilieu; auch werden wohl die meisten körperlichen und geistigen Eigenschaften nicht nur von einem, sondern meist von mehreren Genen (polygen) vererbt. Während vor MENDEL die Nachkommen im ganzen mit ihren Eltern verglichen wurden, machte man später oft den umgekehrten Fehler und betrachtete das Individuum als ein Mosaik aus erblichen Anlagen.

Wenn es schon kaum möglich ist, morphologische und anatomische, evtl. auch physiologische Unterschiede bei Rassenmischlingen aufzudecken, um wieviel schwieriger dürfte das erst für psychische Merkmale sein. Aber gerade hier werden Behauptungen ausgesprochen, die einer kritischen Betrachtung nicht standhalten. Solche psychischen Disharmonien können im Modellversuch beim Tier weder wiederlegt noch bestätigt werden. An Kreuzungen von Haustierrassen, die sich in der Größe stark unterscheiden, ansonsten aber wohlproportioniert sind, lassen sich Korrelationsuntersuchungen durchführen, mit deren Hilfe man die Abhängigkeit zweier oder mehrerer Merkmale untersuchen kann, ohne daß wir einer genauen Erbanalyse bedürfen. So konnte man z. B. bei den Kaninchenrassen Deutsche Riesen und Hermelin, den beiden Extremrassen mit durchschnittlich 5000 g bzw. 1000 g Körpergewicht, und deren Bastarden weitgehend korrelative Beziehungen zwischen Körper- und Herzgewicht nachweisen (vgl. Abb. 43). Störungen im Körpergleichgewicht, so etwa die Behauptung, daß sich kleine Herzen

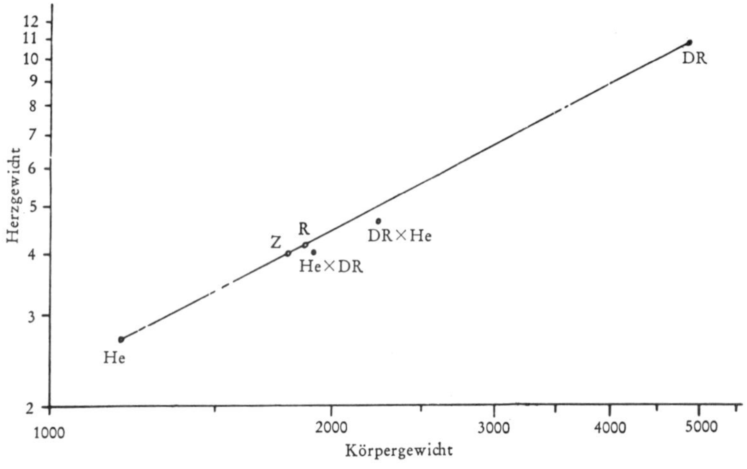

Abb. 43. Die korrelativen Beziehungen zwischen Körper- und Herzgewicht bei den Kaninchenrassen Hermelin (He) und Deutschen Riesen (DR) und deren Bastarde. (Z und R=F_2; doppellogarithmische Darstellung, Werte in g; nach STENGEL, 1962)

in große Individuen „verirren" können, wurden im Modellversuch nicht beobachtet. Auch die von ABEL und anderen Autoren für den Menschen angenommene „getrennte Vererbung von Zahn und Kiefer", die als „Beweis" für die disharmonische Rassenmischung auch heute noch gelegentlich angeführt wird, läßt sich im Modellversuch bei den erwähnten Kaninchenrassen und deren Bastarden nicht bestätigen (Abb. 44). Das Größenverhältnis der beiden Ausgangsrassen betrug etwa 1 : 4,5 bis 1,5, ein Verhältnis, das beim Menschen auch annähernd nie erreicht wird. Bei den Kaninchen

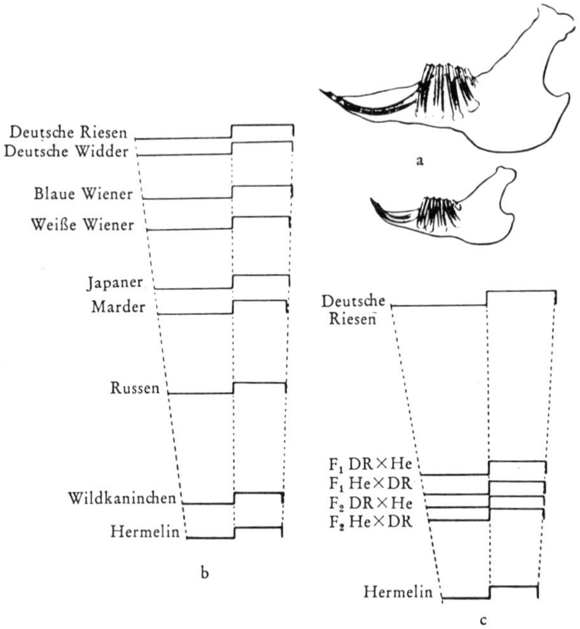

Abb. 44. Verhältnis von Diastema (Abstand vom hinteren Rand der Schneidezahnalveole bis zum vorderen Rand der ersten Backenzahnalveole) und Zahnreihe bei verschiedenen Kaninchenrassen (b) und den Bastarden der Extremrassen (c); a Umzeichnung der Röntgenaufnahmen der Unterkiefer von Hermelin- und Deutschen Riesen-Kaninchen. (nach STENGEL, 1958)

war eine derartige Kreuzung nur durch künstliche Befruchtung möglich. Allein schon das Material und seine Herkunft, welches ABEL für seine Untersuchungen vorlegen konnte, d. h. Schädel von Buschmännern, Hottentotten und Negern aus einer Sammlung ohne genaue Kenntnis über ihre Herkunft, geschweige über die Bastardnatur und Bastardgeneration, ist nicht geeignet, Disharmonien am Zahn- und Kieferapparat bei der Kreuzung extremer Menschenrassen zu beweisen. Die fortpflanzungsbiologische Seite der Rassenmischung bedarf keines Modellversuchs, denn an den schon erwähnten Rehobother Bastarden und auch bei anderen Mischlingspopulationen konnte unverminderte Fruchtbarkeit aufgezeigt werden. Wer Kinderreichtum als Maßstab für die Fruchtbarkeit sieht, urteilt zu einseitig, denn die Zahl der Kinder wird auch von sozialen Faktoren mitbestimmt. Gehäuftes Auftreten von Geburtsschwierigkeiten bei Mischlingsfrauen durch Korrelationsstörungen in Wachstum und Entwicklung des weiblichen Beckens darf auch nicht der Rassenmischung zugeschrieben werden, da die Ausprägung dieses für die Gebärfähigkeit wichtigen Skeletteiles nicht immer erblich bedingt ist, sondern auch von Umwelteinflüssen (z. B. Rachitis) entscheidend beeinflußt wird. Diese und auch andere Beispiele zeigen, daß Pauperierungserscheinungen bei Rassenkreuzungen nicht erwiesen sind. Das gilt auch für das Luxurieren der Bastarde. Darunter versteht man die Erscheinung, daß die Nachkommen in bestimmten Eigenschaften ihre beiden Elternrassen übertreffen. Bei Pflanzen und Tieren kennt man dieses als Heterosis bezeichnete Phänomen, wenn man Inzuchtlinien miteinander kreuzt. Da es beim Menschen derartiges nicht gibt, kann ein Beweis nicht erbracht werden. Auch die großen Leistungen von Wissenschaftlern und Künstlern dürfen nicht einer Rassenmischung zugeschrieben werden. Eine glückliche Kombination vorhandener Erbanlagen kann über den Durchschnitt stehende Leistungen hervorbringen.

Werden von einem Elternteil oder beiden Eltern krankhafte Merkmale in eine Kreuzung eingeführt, so treten diese, je nach Erbgang, bei den Bastarden oder in späteren Generationen auf. Solche Anomalien können bei Rassenmischlingen, aber auch bei „reinrassigen" Bastarden auftreten. Bei vielen beschriebenen „Disharmonien" dürfte es sich um pathologische Entwicklungsstörungen genetischer oder peristatischer Natur handeln. Echte „Disharmonien", d. h. Pauperierungserscheinungen als Folge einer Rassenmischung, sind bisher mit Sicherheit nicht nachgewiesen worden, und Modellversuche beim Tier deuten darauf hin, daß es diese Erscheinungen nicht gibt. Gerade beim Menschen sollte man Untersuchungen und Beobachtungen an Rassenmischlingen mit größter Vorsicht interpretieren. Nur selten kann etwas über Reinrassigkeit des Ausgangsmaterials gesagt und nur in wenigen Fällen können mehrere Generationen überschaut werden. Auch der Umfang des Materials und die Komplexität der meisten Erbgänge enthalten kaum überbrückbare Schwierigkeiten, die derartigen Untersuchungen entgegenstehen. Mischlingsbevölkerungen sind sehr heterogen; sie bestehen aus Merkmalsgemischen, die nur unter besonderen Umständen und erst in Jahrtausenden eine neue Rasse bilden können. Auch wenn von einer Rasse mehr dominante Gene in eine Kreuzung eingehen können, so schlägt doch niemals eine Rasse als ganzes durch. Durch gerichtete Partnerwahl kann es jedoch in einer Mischlingsbevölkerung zur Infiltration bestimmter Gene kommen. Soziale Vorherrschaft und soziale Selektion kann hier einer natürlichen Selektion entgegenwirken. Geistiger und körperlicher Wettbewerb sind weitere Faktoren, die in einer Mischlingsbevölkerung wirksam werden können und eine „Entmischung" bewirken, die schon LUSCHAN im Jahre 1889 beschrieb. Die Probleme der Rassenmischung sind so vielgestaltig, auch auf biologischem Gebiet, daß wir hier nur einige wenige nennen konnten. Soweit wir sie heute übersehen und mit Modellversuchen am Tier vergleichen, können wir keine nachteiligen Folgen auf biologischem Gebiet feststellen.

4. Die Entwicklung der menschlichen Bevölkerung

Solange es Menschen auf dieser Erde gibt, hat die Bevölkerungszahl ständig zugenommen. Die Angaben über den Bevölkerungszuwachs und die Bevölkerungsdichte schwanken sehr stark. Sie beruhen auf Schätzungen und müssen natürlich um so ungenauer sein, je weiter wir die menschliche Evolution zurückverfolgen. Nach vorsichtigen Schätzungen lebten im Unterpaläolithikum vor etwa 1 Million Jahren nur ungefähr 125 000 Individuen in Afrika und den südlichen Teilen des asiatischen Kontinents. 200 000 Jahre vor unserer Zeitrechnung war diese Zahl in Afrika und Asien auf etwa 1 Million angestiegen. Im Jahre 7000 v. Chr. schätzt man die Weltbevölkerung auf 10 Millionen. Damals wurde bereits nahezu das ganze Festland unserer Erde besiedelt. Diese Zahl verdoppelte sich in den folgenden 2500 Jahren. 40 Millionen Menschen lebten abermals 2000 Jahre später um das Jahr 2500 v. Chr. und 80 Millionen um das Jahr 1000 v. Chr. Die nächste Verdoppelung wurde zu Beginn unserer Zeitrechnung erreicht. Es bevölkerten zu dieser Zeit etwa 160 Millionen Menschen unseren Planeten. Im Jahre 900 betrug die Bevölkerungszahl 320 Millionen und im Jahre 1720 ungefähr 640 Millionen. Die Verdoppelung verlief jetzt immer schneller: 150 Jahre später, etwa um 1870 war die Zahl auf 1,28 Milliarden angestiegen und nach weiteren 80 Jahren (1950) bereits auf 2,5 Milliarden. Etwa 1985 können wir mit der nächsten Verdoppelung rechnen, dann werden ungefähr 5 Milliarden Menschen auf der Erde leben. Wenn diese Vermehrung anhält, so beträgt die Weltbevölkerung im Jahre 2000 6,5 bis 7 Milliarden.

Das Wachstum der Bevölkerung läßt sich auch durch folgende Zahlen verdeutlichen: 1 Milliarde Menschen lebten etwa im Jahre 1830. Die Zahl von 2 Milliarden wurde 100 Jahre später, im Jahre 1930 überschritten. 1960 waren es bereits 3 Milliarden und gegenwärtig schätzt man die Weltbevölkerung auf ungefähr 4 Milliarden. Die Zahl von 5 Milliarden wird, wie bereits gesagt, etwa 1985 überschritten und die Zahl von 6 Milliarden erwarten wir noch vor der Jahrhundertwende (vgl. Abb. 45 und 46).

Die Bevölkerungsexpansion wird noch deutlicher, wenn wir die Zuwachsrate berechnen: Nach groben Schätzungen betrug sie in der Altsteinzeit jährlich 0,02 pro Tausend. Sie stieg dann zu Beginn der Neuzeit auf 4 pro Tausend und nach weiteren 300 Jahren bereits auf 1%. Heute beträgt die jährliche Zuwachsrate etwa 2%. Oder anders ausgedrückt: in einem Zeitraum von ungefähr 600 000 Jahren ist die Wachstumsrate von 0,02% auf 2% gestiegen, d. h. von etwa 2% in Tausend Jahren auf 2% in einem Jahr. Das entspricht einer ungefähren Zunahme um das 1000fache. Mit Recht spricht man bei diesem exponentiellem Wachstum der letzten Jahrzehnte von einer Bevölkerungsexplosion.

Die Bevölkerung nahm und nimmt nicht in allen Teilen der Welt kontinuierlich und gleich stark zu. Auf Zeiten stärkeren Wachstums folgten immer wieder einmal, ausgelöst und verursacht durch Hungersnöte, Seuchen, Kriege u. a., Zeiten geringerer Vermehrung. Die Bundesrepublik und die DDR haben seit einigen Jahren ein Bevölkerungsdefizit. In den anderen europäischen Ländern nimmt die Bevölkerungszahl nur noch sehr langsam zu (z. B. Österreich 0,2%, Ungarn 0,3%, Schweden 0,4%, Dänemark, Großbritannien und CSSR 0,5%, Frankreich 0,8%, Schweiz, Spanien und die Niederlande 1%). Auch in den USA (1%) und der UdSSR (0,9%) ist der Bevölkerungszuwachs gering. In vielen unterentwickelten Ländern dagegen ist der Bevölkerungsdruck sehr hoch. Eine Wachstumsrate über 3% findet man in vielen süd- und mittelamerikanischen Ländern (z. B. Ekuador, Kolumbien, Mexiko, Paraguay, Peru, Venezuela), in mehreren Staaten Afrikas (z. B. Algerien, Kenia, Marokko) sowie im vorderen Orient (z. B. Irak, Jordanien) Pakistan und in Südostasien (Philippinen, Laos, Thailand, Vietnam). Auch eine Vermehrungsrate von mehr als 2%, wie z. B. in Brasilien, Chile, Ägypten, Ghana, Tansania, Nigeria, Iran, Indien, Indonesien, stellt die betreffenden Länder vor kaum zu lösende Probleme. Bei einem Bevölkerungszuwachs von 2% verdoppelt sich die Zahl der Individuen in 35 Jahren, bei einem Ansteigen von 3% bereits in 23 Jahren.

Die absoluten Geburtszahlen sind für demographische Untersuchungen nur bedingt tauglich. Vergleicht man einzelne Länder hinsichtlich ihrer Bevölkerungsentwicklung, so verwendet man in der Bevölkerungsstatistik die Geburtenziffer (Geburtenrate) und die Sterbeziffer (Sterberate). Sie geben Auskunft über das Ausmaß der Geburten (Natalität) und der Sterblichkeit. Man erhält diese beiden Zahlen durch Division der Anzahl der Lebendgeburten bzw. Gestorbenen eines Jahres durch die Bevölkerungszahl in der Mitte des Jahres und anschließender Multiplikation der Ergebnisse mit 1000. Der Geburtenüberschuß bzw. das Geburtendefizit ist dann die Differenz zwischen der Geburten- und Sterbeziffer. Da erst 25% der Weltbevölkerung regelmäßig statistisch erfaßt werden können, beruhen viele der immer wieder angeführten Angaben auf mehr oder weniger zuverlässigen Schätzungen.

Eine genauere Auskunft über die Bevölkerungsentwicklung gibt die Fruchtbarkeitsziffer. Hierzu sind jedoch exakte und umfassende Untersuchungen notwendig. Diese Ziffer bezieht die jährliche Geburtenzahl auf die Zahl der gebärfähigen Frauen. Berücksichtigt man nur die Mädchengeburten, so läßt sich eine Reproduktionsziffer berechnen. Sie gibt Auskunft über die gebärfähigen Frauen der nächsten Generation. Während die Bruttoreproduktionsziffer etwas über die durchschnittliche Zahl der Mädchengeburten einer Frau im Laufe ihrer Gebärfähigkeit aussagt, berücksichtigt die Nettoreproduktionsziffer auch noch die Sterblichkeit der Frauen anhand von Sterbetafeln. Sie informiert darüber, ob und inwieweit die Mädchengeburten bei den jeweiligen Fruchtbarkeits- und Sterbeverhältnissen die Müttergeneration ersetzen können. Wenn möglich, kann auch das Alter der Eltern bei der Geburt ihrer Kinder, das Heiratsalter, der Familienstand und die Ehedauer in demographische Erhebungen aufgenommen werden. Sie geben neben einer differenzierten Fruchtbarkeitsziffer Auskunft über die zeitliche Generationenfolge.

Es gibt verschiedene Gründe für das zunächst sehr langsame, dann immer schneller und in den letzten Jahrzehnten lawinenartige Bevölkerungswachs-

Jahre vor 1960	Kulturzustand	Besiedeltes Gebiet	Geschätzte Dichte je qkm	Ges. Bevölkerung Millionen
1 000 000	Unter-Paläolithikum		0,00425	0,125
300 000	Mittel-Paläolithikum		0,012	1
25 000	Ober-Paläolithikum		0,04	3,34
10 000	Mesolithikum		0,04	5,32
6 000 (4 000 v. Chr.)	Dörfl. Anbau u. frühe Städte		1,0 0,04	86,5
2 000 (= 0)	Dörfl. Anbau u. Städte		1,0	133
310 (1650)	Anbau u. Industrie		3,7	545
210 (1750)	Anbau u. Industrie		4,9	728
160 (1800)	Anbau u. Industrie		6,2	906
60 (1900)	Anbau u. Industrie		11,0	1610
10 (1950)	Anbau u. Industrie		16,4	2400
2000 n. Chr.	Anbau u. Industrie		46,0	6270

Abb. 45. Die Entwicklung der menschlichen Bevölkerungsdichte und Bevölkerungszahl in Beziehung zu Kulturstand und Siedlungsgebieten. (nach Deevey, 1960; aus Nachtsheim, 1971)

tum. Wie im Tierreich, so regulierte auch beim Menschen zunächst die Quantität der vorhandenen Nahrung die Populationsdichte. Die Seßhaftigkeit führte dann zu einer intensiveren Nutzung des Bodens und schon bald zu einer planmäßigen Pflanzen- und Tierzucht. Diese neuen Wirtschaftszweige förderten die technische und ökonomische Entwicklung und ermöglichten eine zunehmende Siedlungsdichte. Der gezielte Eingriff in die Umwelt begünstigte die Überlebenschance des Einzelnen wie der Gruppe. Gegen die Unbilden der Natur, gegen Hungersnöte, Seuchen, Kriege und Naturkatastrophen, waren die Menschen jedoch nicht gefeit, und sind es in vielen Teilen der Welt auch heute noch nicht. Bis in unsere jüngste Vergangenheit waren die Geburtenrate und die Sterberate sehr hoch und der Geburtenüberschuß nur gering. Die stürmische Entwicklung der Naturwissenschaften und der Technik, die am Anfang des 19. Jahrhunderts einsetzte, wirkte sich nachhaltig auf die Erkenntnisse und Erfolge der Medizin aus und begründeten, z. B. durch die Einführung der Düngemittel, unsere heutige moderne und rationelle Landwirtschaft. Das führte zu einer Senkung der Sterberate und insbesondere zu einer verminderten Säuglings- und Müttersterblichkeit bei zunächst unvermindert hoher Geburtenzahl. Die Lebenserwartung hat seit dieser Zeit stark zugenommen. Wir verdanken das u. a. den verbesserten hygienischen Verhältnissen, der Bekämpfung und Eindämmung der großen Seuchen durch eine aktive oder passive Immunisierung und der erfolgreichen Behandlung der Infektionskrankheiten durch die Entdeckung der Antibiotika und Chemotherapeutika. Diese Entwicklungsphase finden

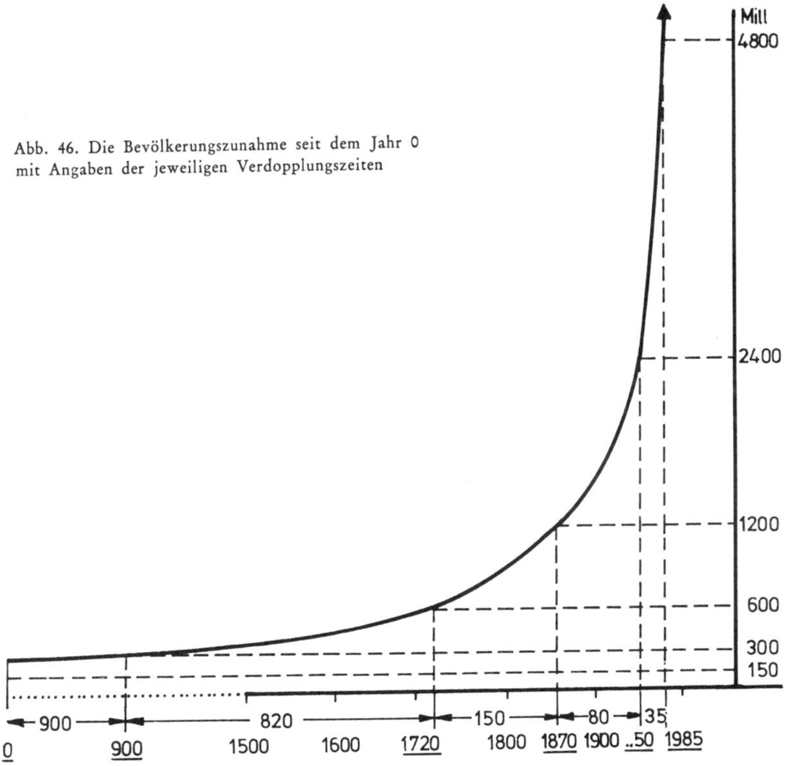

Abb. 46. Die Bevölkerungszunahme seit dem Jahr 0 mit Angaben der jeweiligen Verdopplungszeiten

wir heute in den meisten unterentwickelten Ländern. Hier scheren Geburten- und Sterbeziffern auseinander (Bevölkerungsschere) und der wachsende Geburtenüberschuß führt zu der genannten hohen Zuwachsrate.

Den sinkenden Sterbeziffern folgten in den hochindustrialisierten Staaten sinkende Geburtenziffern. Die Zuwachsrate ist dadurch stark rückläufig und, wie im Falle der Bundesrepublik, bereits unter 0 gesunken. Auch wenn wir davon ausgehen können, daß die durchschnittliche Zunahme der Weltbevölkerung von 2% nicht anhalten wird, so ist doch zu befürchten, daß viele und zwar zu viele Jahrzehnte vergehen werden, bis der hohe Geburtenüberschuß durch geringere Geburtenraten abgebaut wird. Es ist dringend geboten, durch geeignete Maßnahmen diesen Zeitraum auf ein Minimum zu verkürzen. Heute bestimmen weniger biologische als vielmehr soziologische Faktoren das Fortpflanzungsverhalten des Menschen. Noch immer ist in vielen unterentwickelten Ländern das soziale Ansehen der Eltern abhängig von der Zahl ihrer Kinder. Die Kinder sind in diesen Ländern sehr oft billige Arbeitskräfte und die beste Altersvorsoge für die Eltern. Auch wenn die Säuglings- und Kindersterblichkeit in diesen Sozialstrukturen dank der Fortschritte der Hygiene und der Medizin stark abnimmt, wird von den Frauen erwartet, daß sie möglichst mehrere Söhne, d. h. entsprechend viele Kinder zur Welt bringen, da nur die Söhne als Erhalter der Familie und der Sippe angesehen sind. Es ist schwierig und langwierig, diese jahrtausende alte Einstellung in das Gegenteil zu verkehren und die Bevölkerung von einer notwendigen Familienplanung zu überzeugen. Leider finden diese dringenden Bevölkerungsprobleme keine Unterstützung durch gewisse katholische Kreise, denn auch religiöse Einstellungen beeinflussen in vielen Ländern die hohen Geburtenzahlen.

5. Probleme der Überbevölkerung

In jeder Sekunde stirbt irgendwo in der Welt ein Mensch und werden drei Kinder geboren. In jeder Sekunde beträgt der Bevölkerungszuwachs zwei Individuen. In einer Minute wächst die Bevölkerungszahl um durchschnittlich 120 Menschen, in einer Stunde um 7200 und an einem Tag um 170 000. Am Ende eines jeden Jahres leben ungefähr 70 Millionen Menschen mehr auf unserer Erde als zu Beginn des Jahres. Jeder neue Erdenbürger benötigt Nahrung und verlangt nach einem gesicherten Lebensunterhalt. Die Produktion von Nahrungsmitteln hält mit dieser Entwicklung nicht Schritt. Schon heute ist etwa die Hälfte der ca. 4 Milliarden Menschen unterernährt. Es ist eine ganz entscheidende Frage, ob es gelingen wird, das Ernährungsproblem in absehbarer Zeit zu lösen und die Ernährungskrise in der Zukunft in den Griff zu bekommen. Andernfalls wären Hungersnöte noch weit größeren Ausmaßes als bisher die unausweichliche Folge. Die Ansichten der Fachleute sind geteilt. Auch über die Frage, wie viele Menschen unsere Erde maximal zu ernähren vermag, gehen die Meinungen weit auseinander. Während die einen glauben, daß schon in den nächsten Jahren trotz aller Bemühungen und Maßnahmen die oberste Grenze erreicht ist, halten andere es durchaus für möglich, daß bei entsprechender technologischer Entwicklung auch 50 Milliarden Menschen ausreichende Nahrung finden können. Auch wenn die Nahrungsmittelproduktion noch bedeutend gesteigert wird und auch die Pflanzen- und Tierwelt des Meeres noch stärker ausgenutzt werden kann, wenn bisher noch unerschlossene Gebiete (Wüsten usw.) kultivierbar gemacht sind und die dazu notwendige Energie zur Verfügung steht, so wird einmal eine Grenze erreicht sein. Wenn die Vermehrung der Weltbevölkerung so weiter geht wie bisher, so müßte sich bis zum Jahre 2000 allein die Nahrungsmittelproduktion verdreifachen. Es ist unseres Erachtens unrealistisch zu glauben, daß uns das gelingen wird und wenn ja, diese Nahrung gleichmäßig auf der Welt verteilt wird, so daß alle dann lebenden Menschen befriedigend ernährt werden können. Bereits heute verzehren die Menschen in Europa und Nordamerika vier bis fünfmal so viel hochwertige Nahrung wie die Bevölkerung in den meisten Entwicklungsländern. Etwa 45 g Eiweiß wird pro Kopf und Tag in den hochentwickelten Staaten verbraucht, in den Entwicklungsländern stehen dagegen nur 9,5 g zur Verfügung. Würden die etwa 1,8 Milliarden Tonnen jährlich auf der Welt erzeugter Getreideeinheiten gleichmäßig verteilt, so würde jeder Mensch z. Z. etwa 1400 g täglich erhalten. Das sind 4200 kcal pro Tag bzw. 2500 kcal wenn wir berücksichtigen, daß mit einem Verlust von 6 : 1 pflanzliche Produkte in tierisches Eiweiß überführt werden. Die Realität sieht anders aus. Zwischen den Überschußgebieten und den unterversorgten Ländern klafft eine große Lücke. Die 30% der Weltbevölkerung in den Industriestaaten produzieren und konsumieren über 55% aller Nahrungsmittel.

Die Ernährung der Bevölkerung hängt sehr stark von der landwirtschaftlichen Produktion ab und diese wiederum zu einem nicht unerheblichen Teil von der chemischen Industrie. Alle sind jedoch abhängig vom Geld. Eine Ertragssteigerung des Bodens ohne den Einsatz von Düngemitteln sowie Schädlingsbekämpfungsmitteln ist undenkbar. Gegenwärtig werden etwa 27 Millionen Tonnen Stickstoffdüngemittel im Jahr in der Welt produziert, 90 Millionen Tonnen müßten es nach Schätzungen im Jahre 2000 sein. Entsprechend gesteigert werden müßte auch die Produktion an chemischen Pflanzenschutz- und Schädlingsbekämpfungsmitteln. Noch heute gehen etwa 25% der erzeugten Nahrungsmittel im Gesamtwert von ungefähr 90 Milliarden DM durch Schädlinge der menschlichen Ernährung verloren. Welche biologischen Gefahren mit der notwendigen Steigerung der Industrialisierung verbunden sind, können wir noch gar nicht abschätzen. Wie weit das biologische Gleichgewicht durch den Einsatz immer neuer und immer wirksamerer chemischer Substanzen und physikalischer Faktoren gestört werden kann, wissen wir noch nicht. Noch weitgehend unbekannt sind auch die direkten Einwirkungen auf den menschlichen Organismus und auf das menschliche Erbgut. Das gilt auch für die Abfallstoffe aus Industrie und Haushalt, die in die Luft, den Boden und das Wasser abgegeben werden. Über deren mögliche gesundheitlichen und genetischen Schäden liegen bisher noch keine langfristigen Untersuchungen und Beobachtungen vor. Die Müllbeseitigung und der teilweise schon jetzt sich bemerkbar machende Wassermangel sind weitere Beispiele aus der Vielzahl der auf uns zukommenden Probleme, die es zu bewältigen gilt.

Alle notwendig werdenden Maßnahmen setzen ausreichende finanzielle Mittel voraus. Die wirtschaftlich unterentwickelten Länder mit dem größten Bevölkerungsdruck benötigen dieses Geld am dringensten und haben am wenigsten davon. Etwa 28% der Weltbevölkerung in Nordamerika und Europa einschließlich der Sowjetunion verfügen über 77% des Welteinkommens. In den USA z. B. betrug das Pro-Kopf-Einkommen im Jahre 1965 etwa 2893 Dollar, in der Bundesrepublik 1447 Dollar, in Latainamerika im Durchschnitt jedoch nur 350 Dollar (z. B. Chile 515, Brasilien 217, Bolivien 144 Dollar). An der untersten Stufe des Pro-Kopf-Einkommens stehen u. a. Indien mit 86 Dollar im Jahre 1965, und Äthiopien und Malawi mit nur 42 bzw. 38 Dollar. Die wirtschaftliche Situation dieser armen Länder zu verbessern erscheint trotz vielerlei Hilfeleistungen angesichts der großen Arbeitslosigkeit, der unvorstellbaren Armut, der oft katastrophalen Lebensbedingungen und der unbefriedigenden sozialen und oft auch politischen Verhältnisse bei gleichzeitig rapid ansteigender Bevölkerungszahl fast unmöglich.

Der Bevölkerungszuwachs muß begrenzt werden, sollen keine katastrophalen Verhältnisse eintreten. Es wird gelegentlich behauptet, die sehr hohe Geburtenrate in den Entwicklungsländern (hier kommen 40 bis 45 Geburten auf 1000 Einwohner im Gegensatz zu Europa mit 17 bis 20 Geburten) sinkt mit steigender wirtschaftlicher Entwicklung. Diese Beziehung zwischen sinkender Fruchtbarkeit und zunehmender wirtschaftlicher Entwicklung ist nicht immer wirksam, da ja die Kinderzahl nicht allein von einer bewußten Geburtenkontrolle abhängt. Auch die Ernährungsbedingungen, die medizinische Versorgung, die Häufigkeit der Sterilität, dann aber auch das Heiratsalter, der Anteil der Unverheirateten, der Geschiedenen und Verwitweten spielen hier eine wichtige Rolle. Diese Faktoren sind einem stetigen Wechsel unterworfen, so daß langfristige Voraussagen über die Bevölkerungsentwicklung sehr fraglich sind. So viel kann jedoch gesagt werden, daß Änderungen in der Vermehrungsrate zu langsam verlaufen, um selbstregulierend wirksam werden zu können. Es muß aber möglichst bald etwas getan werden, um den Bevölkerungszuwachs zu begrenzen.

Intensive Aufklärung und Geburtenkontrolle ist in den Ländern möglich, in denen die Bevölkerung nichtchristlichen Religionen angehört. Diese Religionen verbieten derartige Familienplanungen nicht. In vielen dieser Länder fördert die Regierung die verschiedensten Maßnahmen zur Geburtenkontrolle. Die Durchführung dieser Programme wird hier durch andere Faktoren erschwert, durch das noch weitverbreitete Analphabetentum, durch die große Armut vieler Bevölkerungsschichten, deren Gedanken auf den täglichen Lebensunterhalt und weniger auf die Zukunft gerichtet sind, und dann auch durch die weitverstreuten Ortschaften, in denen der größte Teil der Bevölkerung lebt. In Indien z. B. leben 80% der etwa 500 Millionen in 550 000 Dörfern. Um so mehr muß anerkannt werden, welche Mühe sich die indische

Regierung gibt, um dem Problem der Übervölkerung durch einschränkende Geburtenpolitik zu begegnen. Etwa 3000 Familienplanungskliniken und weitere 4000 medizinische Beratungszentren mit über 32 000 Ärzten und Pflege- bzw. Fürsorgepersonal beraten und behandeln kostenlos indische Frauen und Männer und verteilen unentgeltlich konzeptionsverhütende Mittel. Die großen Summen, die dafür ausgegeben werden, zeigen bereits erste Erfolge, die sich noch nicht in einer zahlenmäßigen Statistik auswirken — hierfür ist die Zeit noch zu kurz —, sondern in einer zunehmenden Aufgeschlossenheit und positiven Einstellung weiter Kreise der Bevölkerung.

Auch andere Länder versuchen dem Bevölkerungswachstum Einhalt zu gebieten oder arbeiten derartige Programme aus. Dabei sind die Methoden der Geburtenregelung in den einzelnen Ländern aus den verschiedensten Gründen recht unterschiedlich. Die Konzeptionsverhinderung durch Hormontabletten („Anti-Baby-Pille") ist in vielen Entwicklungsländern ungeeignet, da sie zu teuer und nur dann zuverlässig sind, wenn sie vorschriftsmäßig angewandt werden. Besser ist hier eine Sterilisierung, und zwar vor allem der Männer. Sie wird in einigen Ländern bereits praktiziert. Auch eine Schwangerschaftsunterbrechung (Abtreibung), die in vielen westlichen Ländern abgelehnt wird, kann als Methode der Geburtenregelung angewendet werden und ist ebenfalls in zahlreichen Ländern bereits verbreitet. In Japan z. B. kamen im Jahr 1961 auf 1,5 Millionen Lebendgeburten 1 Million legale Abtreibungen. Auch in Ländern, in denen die Schwangerschaftsunterbrechung gesetzlich untersagt ist, scheint die Zahl der Abtreibungen sehr hoch zu sein, wie etwa in den lateinamerikanischen Ländern, aber auch in Europa, wo man mit zwei Aborten auf eine Geburt rechnet. Welche zusätzlichen gesundheitlichen Schäden aus der illegalen Abtreibung entstehen können, braucht hier nicht erörtert zu werden.

VII. Die biologische Zukunft des Menschen

Es sind jetzt erst 75 Jahre her, daß CORRENS, TSCHERMARK und DE VRIES die Mendelschen Gesetze wiederentdeckten und damit die Wissenschaft von der Vererbung begründeten. Obwohl die Genetik einen Aufschwung genommen hat wie kaum eine andere Wissenschaft vorher, stehen wir erst am Anfang einer Forschung, die auf die verschiedensten Gebiete ausstrahlt, die jeden einzelnen unmittelbar betreffen kann und die unser ganzes Leben zu verändern vermag. Nur wenig mehr als 100 Jahre waren notwendig von der Entdeckung der Gesetzmäßigkeit der Vererbung bis zur Entschlüsselung des genetischen Codes und der Synthese genetischen Materials. Auch wenn viele Ergebnisse zunächst an Mikroorganismen gewonnen wurden, so kann es nicht ausbleiben, daß sie auch für die Genetik des Menschen bedeutungsvoll werden. Noch vor wenigen Jahren hätten viele von uns die heutigen Erkenntnisse in das Reich der Phantasie verbannt, und so übersteigt auch das Zukunftsbild des Menschen noch weitgehend unser Vorstellungsvermögen. So viel ist sicher, daß die Zukunft der Biologie und insbesondere der Genetik und Biochemie gehört. Während in der ersten Hälfte dieses Jahrhunderts der forschende Geist des Menschen in den atomaren Bereich der unbelebten Materie vorgestoßen ist, dringt er in der zweiten Hälfte des 20. Jahrhunderts in den molekularen Bereich der lebenden Materie vor. Der Vorstoß in die biochemischen Lebensvorgänge und damit in die fundamentalsten Probleme des Lebens ist ebenso bedeutungsvoll wie der Vorstoß in den Weltraum.

Der Genpool der heute lebenden Menschen mit seiner genetischen Mannigfaltigkeit, also der gesamte Allelenbesitz aller Individuen, hat sich im Verlauf der menschlichen Evolution durch das Zusammenwirken der vier Evolutionsfaktoren Mutation, Selektion, Isolation und Gendrift gebildet. Unsere Zukunft hängt weitgehend davon ab, wie sich die künftigen Lebensbedingungen auf diese Evolutionsfaktoren auswirken und wir diese bewußt oder unbewußt beeinflussen. Die zunehmende Aufhebung der Rassen- und Heiratsschranken, die räumlich sich erweiternden Heirats- und Fortpflanzungsgrenzen und der Rückgang der Verwandtenehen sind u. a. Beispiele dafür, daß die Isolation und die Gendrift für die Zukunft des Menschen an Bedeutung verlieren. Wie weit die Selektion sich auf die menschliche Entwicklung auswirken wird, kann man schwerlich voraussagen. Die sozialen Veränderungen führen auch zu einer Änderung im Fortpflanzungsverhalten. Eine bewußte und gesteuerte Familienplanung ist angesichts der sich stark vermehrenden Bevölkerung dringend geboten. Vor allem sind es auch die Erkenntnisse und Ergebnisse der modernen Medizin, die eine selektive Wirkung merklich beeinflussen könnten. Immer mehr Menschen können sich heute fortpflanzen, die in früheren Jahren an Erbkrankheiten, Infektionen oder anderweitigen Störungen vor Eintritt der Geschlechtsreife gestorben sind oder denen aus den genannten Gründen Nachkommen versagt blieben. Soweit Erbanlagen hierfür verantwortlich waren, können diese heute weit häufiger als noch vor wenigen Jahren auf kommende Generationen übertragen und dadurch verbreitet werden. Andererseits verdanken wir es der intensiven Arbeit der Humangenetiker, daß das Auftreten bestimmter Erbleiden vorausgesagt und die Geburt geschädigter Kinder dadurch wenigstens zum Teil verhindert werden kann. Hier ist ein direkter Eingriff in Selektionsvorgänge möglich.

Die biologische Zukunft des Menschen wird vor allem durch zwei Faktoren bestimmt. Da gibt es einmal die zunehmende Belastung des Organismus durch die steigende Zahl induzierter Mutationen. Über deren Ausmaß und deren Auswirkungen für das Erbgut kommender Generationen wissen wir noch recht wenig und sind deshalb zunächst noch auf Schätzungen und Vermutungen angewiesen. Wir haben über die Gefahren gesprochen, die mit steigenden Mutationsraten verbunden sind. In vielen Industriestaaten nimmt die Zahl der jungen Eltern ständig zu. Da die durch genetische und peristatische Faktoren verursachte Fehlbildungsrate bei älteren Frauen wesentlich höher ist und auch bei Männern die Mutationsrate mit dem Alter zunimmt, bildet sich dadurch ein gewisses Gegengewicht gegen die durch die Fortschritte der Technik und der Medizin ständig steigende Mutationsrate. In ausgewogenen und idealen Populationen stellt sich zwischen der Mutationsrate und dem Selektionswert ein genetisches Gleichgewicht ein. Erhöht sich die Mutationsrate und sinkt der Selektionsdruck, so muß sich das nachteilig auf den Genpool einer Population auswirken. Man bezeichnet eine derartige Entwicklung als Dysgenik. Aus den bereits diskutierten Gründen ist dieser Prozeß beim Menschen bereits eingetreten, und es ist zu befürchten, daß sich diese dysgenische Wirkung in Zukunft weiter verstärken wird.

Das andere große Problem, das in den nächsten Jahren und Jahrzehnten gelöst werden muß, ist die Überbevölkerung unseres Planeten. Auch dieses Thema haben wir behandelt und dabei auch einige Fragen erörtert, wie diesem Problem zu begegnen sei. Wenn die Lebenserwartung eines Neugeborenen 70 Jahre beträgt, so muß die Geburtenziffer pro 1000 Einwohner und Jahr auf 14 herabgedrückt werden. In einigen Entwicklungsländern beträgt sie zum Vergleich gegenwärtig 40 Geburten pro 1000 Einwohner. Früher war durch Seuchen, durch große Kindersterblichkeit und andere Krankheiten eine natürliche Auslese wirksam und eine große Geburtenzahl daher notwendig. Heute müssen künstliche Bremsen eingeschaltet werden, um dem zu starken Bevölkerungswachstum Einhalt zu gebieten. Es wird bereits darüber diskutiert, ob es in einigen Ländern einstmals nötig sein wird, der Nahrung Mittel beizumischen, die bei allen Menschen eine Konzeption verhindern, und daß nur einige wenige Menschen mit einer Lizenz Gegenmittel anwenden dürfen, die diesen Effekt wieder aufheben. Noch ist das reine Hypothese, aber der Tag wird kommen, an dem eine praktische Durchführung möglich ist. Sollte es gelingen, die Bevölkerungszahl konstant zu halten, so ergeben sich weitere Probleme für die Zukunft der Menschheit. Der Medizin wird es in immer stärkerem Maße gelingen, Krankheiten zu heilen, von denen wir wissen, daß die Anlagen hierfür auf die kommenden Generationen übertragen werden und die daher zwangsläufig zunehmen müssen. Schon taucht der Verdacht auf, daß die Heilmittel gegen diese Krankheiten selbst wieder teratogen oder mutagen sein können; ein Teufelskreis, in den der Mensch der Zukunft geraten wird. Die Medizin hat große Fortschritte gemacht, die das Leben des einzelnen verlängern und oft erst ermöglichen, z. T. bereits durch Organersatz. Einmal muß aber jeder Mensch sterben. Daher erhebt sich die ernste Frage, ob diese Fortschritte sich als schädlich erweisen können. Hier setzen die Überlegungen des amerikanischen Nobelpreisträgers MULLER ein, die oft recht schockierend sind, aber von einer tiefen Sorge um den Menschen der Zukunft getragen sind. Den biologischen Verfall, den MULLER voraussieht, sofern keine eugenischen Maßnahmen ergriffen werden, haben wir schon früher dargelegt. Nur einschneidende Maßnahmen können nach seiner Ansicht die kommende Menschheit vor weiterem Schaden bewahren. Danach ist es nicht allein damit getan, daß erbkranke Eltern freiwillig auf Kinder verzichten sollten, vielmehr müsse man durch künstliche Befruchtung danach trachten, daß nur weitgehend gesunde Kinder in die Welt gesetzt werden. In der Praxis könnte es dazu führen, daß die Keimzellen wertvoller Männer konserviert und strahlensicher aufbewahrt auch kommenden Generationen zur Verfügung stehen. Mit den in Sperma- oder Keimzellbanken vorrätigen männlichen Keimzellen bereits verstorbener Persönlichkeiten könnten dann nach Bedarf Frauen inseminiert werden. MULLERS Vorschläge gehen aber noch weiter. Um die Ausbreitung von Erbkrankheiten zu verhindern, gleichzeitig aber sterilen oder erbkranken Frauen den Wunsch nach einem Kind zu erfüllen, sollte man „Pflege"-Schwangerschaften ermöglichen. Einer gesunden Frau könnte man dem Eierstock ein reifes Ei entnehmen, künstlich befruchten und dann in den Uterus einer anderen Frau einsetzen. Das Kind käme dann normal zur Welt, nur daß die „Pflege"-Mutter nicht die biologische Mutter ist und diese vielleicht nicht einmal kennt. Auch eine Trennung der beiden Spermienarten (mit X oder Y) wird, wie erste Untersuchungen in Rußland zeigen, sicher eines Tages möglich sein, so daß durch künstliche Befruchtung der Wunsch nach einem Knaben oder Mädchen erfüllt werden kann. Sollte das Wirklichkeit werden, was MULLER für wünschenswert hält, so müßte ein grundlegender Wandel in den ethischen Vorstellungen der Menschen eintreten. Er hält das durchaus für möglich; vielleicht werden die Menschen auch dazu gezwungen, wenn etwa nach einem Atomkrieg das menschliche Erbgut weitgehend mutiert ist.

Die Zukunft des Menschen kann auch noch von anderen Warten aus gesehen werden. Noch klingen die Vorstellungen recht utopisch, aber auch hierüber wird bereits in Fachkreisen diskutiert. Mit Hilfe der Biochemie werden in Zukunft die entwicklungsphysiologischen Vorgänge und ihre Abhängigkeit von genetischen Faktoren aufgedeckt werden können. Ein weiterer Schritt wäre die künstliche Beeinflussung des heranwachsenden Keimes durch gezielte Veränderungen. Bereits in der ersten Generation würde sich ein solcher Eingriff auswirken, weshalb J. LEDERRBERG annimmt, daß diese Möglichkeit schon bald Anwendung finden wird. Die Steuerung der menschlichen Entwicklung bezeichnet LEDERBERG als Euphenik. Daneben dürften auch die Erkenntnisse der Molekulargenetik künftig auf den Menschen angewandt werden. Bessere Gewebekulturen und dadurch bessere Untersuchungsmethoden der Chromosomenstruktur sind die Voraussetzungen für eine mögliche Manipulation der Erbanlagen. Dabei geht es nicht nur um die Erzeugung künstlicher Mutationen. Auch wenn an eine praktische Verwirklichung in absehbarer Zeit noch nicht gedacht werden kann, so wird doch schon darüber diskutiert, ob es dereinst möglich sein wird, bestimmte Gene aus einem Chromosomensatz zu entfernen, neue hinzuzufügen oder andere auszutauschen. Die Arbeiten an Mikroorganismen und an Bakteriophagen liefern bereits die ersten Ansätze für ein solches „genetic engineering", und es taucht bereits der Begriff der „genetischen Chirurgie" auf. Alle diese biologischen Möglichkeiten, die eugenischen Maßnahmen, die Euphenik und das genetic engineering, könnten in der einen oder anderen Weise Anwendung finden, ohne dabei gegensätzlich zu sein. Ob das jedoch immer zum Wohle des Menschen geschieht, hängt vom Menschen selbst ab.

Anhang: Die Humangenetik als Unterrichtsstoff und als Gegenstand persönlicher Studien

Unter den zahlreichen Teilaspekten und Teilgebieten, die Gegenstand des Biologieunterrichtes sind, nimmt die Vererbungslehre, besonders in den oberen Klassen aller Schulgattungen, eine zentrale Stellung ein. In vielen Betrachtungen der allgemeinen Biologie klingt ein starker Bezug zum Menschen an. Die Auswahl des Unterrichtsstoffes wird sich daher vielfach nach ihrer Bedeutung für den Menschen richten. Die Biologie wird dadurch weitgehend Humanbiologie und damit ein ganz wesentlicher Bestandteil der allgemeinen Lehre vom Menschen, der Anthropologie.

Die Lehre von den Erbvorgängen beim Menschen nimmt dabei eine Schlüsselstellung ein. Sie baut auf den grundlegenden Tatsachen der allgemeinen Vererbungslehre und der Zellenlehre auf, zeigt aber auch ihre Sonderstellung sowohl in ihren Methoden als auch in ihren Ergebnissen und Erkenntnissen. Die Bedeutung von Erbe und Umwelt ist gerade in der heutigen Zeit und bei der heutigen Jugend eine zentrale Frage, die zwangsläufig mit den Menschen in Beziehung gesetzt wird. Sie führt zur Humangenetik, über deren Behandlung im Unterricht und in Arbeitsgemeinschaften wie auch für persönliche Studien hier einige Anmerkungen folgen.

1. Die Behandlung humangenetischer Themen im Unterricht

Die für den Biologieunterricht zur Verfügung stehende Zeit bestimmt die Stoffauswahl und die Intensität der Stoffbehandlung. Es wird wohl immer so sein und bleiben, daß die Zeit nicht ausreicht, um all das zu behandeln, was wünschenswert und sicher auch notwendig ist. Ziel aller Überlegungen muß es daher sein, bei geringem Zeitaufwand optimale Ergebnisse zu erzielen. Dazu trägt der Aufbau einer erbbiologischen Schulsammlung bei. In ihr werden leicht überschaubare und instruktive Modellstammbäume gesammelt. Die Schüler tragen zu ihr bei. Sie stellen in Arbeitsgemeinschaften oder auch aus persönlichem Interesse bei familienkundlichen Untersuchungen kennzeichnende Erbgänge über verschiedene morphologische, anatomische oder auch psychische Merkmale in Art der bekannten sippenkundlichen Darstellung auf. Von diesen stellen sie der Schule ein Doppelstück zur Verfügung. Beliebt sind dabei erfahrungsgemäß auch das Auftreten bestimmter Fähigkeiten, ja Begabungen, wobei es durchaus zulässig ist, wenn der junge Mensch diese Besonderheiten etwas optimistisch beurteilt. Äußerste Vorsicht ist aber am Platze, wenn die Frage nach häufigem Auftreten einzelner Krankheiten im Familienverband zur Sprache, ja zur Darstellung kommt. Hin und wieder löst eine solche Fragestellung in der männlichen und noch mehr in der weiblichen Jugend ein Trauma aus, das den Betreffenden jahre-, ja jahrzehntelang belastet.

Weitere Gegenstände einer Sammlung sind Photographien und Dias, auf denen Personen oder deren Körperteile mit morphologisch sichtbaren normalen und anomalen Merkmalen dargestellt sind. Schematische Darstellungen und Mikroaufnahmen, die beispielsweise Chromosomen und Chromosomenaberrationen zeigen, vervollständigen diese Sammlung, die auch Zeitungsausschnitte oder ähnliche Unterlagen mit allgemein- und humangenetischen Themen aufnimmt. Es bedarf wohl keines besonderen Hinweises, daß Lehrer-, Schüler- oder Fachbibliotheken eines oder mehrere der humangenetischen Lehrbücher enthalten sollten, womöglich noch ergänzt durch weitere Schriften erbbiologischen Inhalts.

Eine hier skizzierte Sammlung gewinnt an Wert, wenn sie nicht als totes Material in Kästen und Regalen ihr Dasein fristet, sondern recht oft nutzbringend eingesetzt werden kann. Hierzu gehört neben der Auswertung im Unterricht ihre Verwertung in Arbeitsgemeinschaften (siehe unten) und ihre Zusammenstellung in Wandzeitungen oder Ausstellungen. Platz für eine Wandzeitung ist immer im oder beim Biologieraum, vielleicht sogar an einer gut sichtbaren Stelle im Schulgebäude. Mit ihr werden alle Schüler der Schule und auch die Lehrer angesprochen und auf bestimmte humangenetische Themen (z. B. Eugenik, Inzucht, Erbschädigung durch Strahlen und Chemikalien u. ä.) hingewiesen. Eine geschickte Aufmachung führt dann dazu, daß diese zeitgemäßen Themen bei vielen stärkeres Nachdenken, Zustimmung und Ablehnung wie auch rege Aussprachen auslösen, die dann wieder in den Unterricht auch anderer Fächer zurückwirken und zu weiteren Vertiefungen führen.

Die Zwillingsforschung spielt in der Humangenetik eine wichtige Rolle. Die Biologiesammlung sollte auch hierüber einiges Material enthalten. Jeder an diesen Fragen interessierte Lehrer kann über dieses Gebiet aussagekräftiges Material zusammenstellen. Dieses umfaßt gute Photographien von eineiigen und zweieiigen Zwillingen und eventuell auch Drillingen, Schriftproben von Zwillingen, von ihnen angefertigte Aufsätze über gleiche Themen und Zeichnungen zu Vergleichszwecken u. a. Weitere Unterlagen finden sich in der entsprechenden Literatur (Elektroenzephalogramme, Fingerbeerenabdrücke usw.).

Zu der Unterrichtsgestaltung gehört neben dem Lehrervortrag mit Demonstrationen die Diskussion über die angeschnittenen Probleme. Themen einer solchen notwendigen und sicher auch fruchtbaren Diskussion sind zweifellos die Eugenik und ihre Probleme für die Zukunft des Menschen. Auch interessierte Schüler können über bestimmte Themen referieren.

2. Erweiterte humangenetische Studien in Arbeitsgemeinschaften und im Selbststudium

Der Unterricht wird weitgehend vom Lehrer geleitet. In den Arbeitsgemeinschaften bestimmen die Schüler Umfang und Tiefe der Arbeit und sind wesentlich am Erfolg und an der Arbeitsintensität beteiligt. Auch im humangenetischen Bereich sind Arbeitsgemeinschaften mehr als ein vertiefter Unterricht. Durch eigene Untersuchungen sollen die Schüler an den Stoff und seine Problematik herangeführt werden. Das ist in der Humangenetik nicht immer leicht. Recht geeignet sind familienkundliche Arbeiten, die jederzeit durchgeführt werden können. Wir meinen damit eine langfristige Untersuchung im weiteren Familienkreis im Hinblick auf einige charakteristische Merkmale wie Augen- oder Haarfarbe, Körpergestalt oder Körpergröße usw. Auch bestimmte Fähigkeiten und psychische Merkmale können auf Häufigkeit und damit auf Erblichkeit hin untersucht werden. Fähigkeiten drücken sich oft im erwählten Beruf aus. Da die Berufsbezeichnung nicht das entscheidende Kriterium ist und ihre Vielzahl für eine solche Studie belanglos ist, muß darauf geachtet werden, daß verwandte Berufe zu Gruppen zusammengefaßt werden müssen, etwa technische, handwerkliche, kaufmännische Berufe, auch solche aus dem Bereich der Landwirtschaft und des Gartenbaues, wie aus dem Bereich der Erziehung und Heilkunde im weiteren Sinne bilden eine Gruppe. Im psychischen Bereich ist eine Analyse schwieriger, doch sollten auch diese in die Untersuchungen mit einbezogen werden. Hier müßte mit den Schülern wie bei den Berufen eine vorherige Diskussion und Absprache erfolgen. Was die Wesensart betrifft, so bietet sich etwa die Einteilung nach Tat-, Gedanken- und Gemütsmensch an. Bei der Begabung finden sich Parallelen zu den Berufen. Ältere Schüler sind zweifellos in der Lage, in ihrem Verwandtenkreis technische, kaufmännische, erzieherische, hauswirtschaftliche, landwirtschaftliche, aber auch literarische oder rednerische Begabung usw. selbst zu erkennen und zu analysieren.

Deutlicher und daher eindrucksvoller sind Ergebnisse, wenn ein Schüler aus einer künstlerischen Familie stammt und eine familienkundliche Arbeit vorlegen kann, aus der eine genetische Anlage für Musikalität, darstellende oder bildende Kunst oder schriftstellerische Fähigkeiten erkennbar sind. Dabei ist es nicht selten möglich, die Begabung schlechthin noch genauer zu differenzieren, wie etwa die musikalische in Gehör, Gedächtnis, Instrumentalisierung u. a.

Wenn öfters solche Untersuchungen an einer Schule durchgeführt werden, empfiehlt sich die Anfertigung von Stempeln für die männlichen und weiblichen Individuen oder die Anschaffung von Schablonen, rund für weiblich und quadratisch für männlich. Wenn mehrere Erberscheinungen in einem Familienverband bearbeitet werden sollen, so werden die Untersuchungen durch Photokopien sehr erleichtert. Auf je einem Blatt kann dann eine Untersuchung dargestellt werden.

Wenn die Schüler von ihren erarbeiteten Erbgängen eine Kopie der Schulsammlung überlassen, so enthält diese nach einiger Zeit ausreichendes Material für Demonstrationen und statistische Auswertungen. Dabei hat sich folgende Organisation bewährt: Für die einzelnen Kennzeichen der gewählten Merkmale (z. B. Augenfarbe: blau, graugrün, braun) werden einheitliche Zeichen benutzt. Mit Farbstift wird der interessierende Erbvorgang auf jedem Blatt herausgehoben. Die Schüler vermögen dann in kurzer Zeit eine größere Zahl von Sippentafeln durchzusehen. Als Beispiel hierfür sei erwähnt, daß eine erbbiologische Schulsammlung in einer Mappe über Augenfarbe 236 Elternpaare nachweisen konnte, von denen der eine Elternteil braun-, der andere blauäugig war. Von ihnen stammten 628 Kinder ab. Von diesen waren 279 blauäugig, 278 braunäugig und 71 hatten graugrüne Augenfarbe. Es wird dadurch deutlich, daß der braunäugige Elternteil mischerbig war, daß aber bei der immerhin beachtlichen Zahl graugrüner Nachkommen kein monohybrider Erbgang vorliegen kann. Wertvoll sind dann immer die Aussprachen über den Aussagewert der Untersuchungen und über die Möglichkeiten von Fehldeutungen.

Von den Möglichkeiten, aber auch von dem Interesse der Schüler selbst hängt es ab, ob Lehrausflüge und Besichtigungen diese Arbeit ergänzen können. Verschiedentlich wurden schon humangenetische oder allgemeingenetische Institute aufgesucht, um die dortige Arbeit einmal kennenzulernen. Einzelne Lehrer haben mit reiferen Schüleren auch schon Heil- und Pflegeanstalten einen Besuch abgestattet. Solche Besuche gewinnen an Wert, wenn sich Wissenschaftler und Ärzte dieser Institutionen bereitfinden, mit den Schülern über das Gesehene zu diskutieren.

Themen für genetische Arbeitsgemeinschaften, die auch von Schülern immer wieder gern bearbeitet werden, sind aktuelle Probleme wie die Wirkung von Strahlen und Chemikalien auf das menschliche Erbgut, also das Gebiet der Strahlen- und Chemogenetik bzw. Pharmakogenetik. Auch mit Fragen aus dem Bereich der Eugenik und, in Zusammenhang mit der Molekulargenetik, der zukünftigen Auswirkung neuer genetischer Erkenntnisse auf den Menschen (z. B. Manipulation des Erbgutes usw.) sollten sich interessierte Schüler auseinandersetzen. Schließlich können auch vergleichende Aspekte aus anderen Bereichen, wie etwa aus Psychologie und Soziologie, in die Erörterungen mit einbezogen werden. Derartige Diskussionen gewinnen sehr, wenn sich Lehrer anderer Fachrichtungen daran beteiligen. Die Beiträge von Religionslehrern verstärken die ethischen Gesichtspunkte, die von Lehrern der Gemeinschaftskunde oder der Geschichte die soziologischen und möglichen historischen und kulturgeschichtlichen Vergleiche.

Immer wieder regen biologische Themen Schüler zur Anfertigung einer Jahresarbeit an. Auch die Humangenetik bietet Möglichkeiten für solche selbständigen Arbeiten, auch wenn hier geeignete Themen nicht so reichlich gesät sind wie in manchen anderen biologischen Disziplinen. Wir können hier als Beispiel nur einige wenige nennen: nicht ganz leicht, auch nicht immer durchfühbar und auf Unterstützung von Eltern und Lehrern angewiesen sind Untersuchungen aus dem Bereich der Zwillingsforschung. Anhand einfacher mehreren ein- und zum Vergleich zweieiigen Zwillingen vorgelegter Fragen, etwa über ihre Interessen, Liebhabereien, Lieblingsfächer in der Schule und Schulleistungen, können Konkordanz und Diskordanz festgestellt und womöglich Schlüsse gezogen werden. Auch von Zwillingen angefertigte Zeichnungen und Schriftproben, vielleicht noch unterstützt durch Aussagen von Eltern und Lehrern, könnten vergleichend analysiert werden. Andere Schüler können eine Meinungsumfrage bei Schülern, Bekannten und Verwandten durchführen und z. B. die allgemeine Vorstellung über das Risiko der Verwandtenehen, über den Einfluß von Erbe und Umwelt auf das heranwachsende Kind „erforschen". Im allgemeinen liegt es jungen, gesunden Menschen wenig, pathologische und damit zusammenhängende erbpathologische Studien durchzuführen. Jedoch ist in der heranwachsenden Jugend immer einmal dieser und jener, der vielleicht mit der Blickrichtung auf den ärztlichen Beruf Fragen der Krankheitsvererbung nachgehen möchte. Besonders die Geisteskrankheiten in ihrer Verbindung mit dem Genialen finden Interesse. Nietzsche, Kleist, Hölderlin, Robert Schumann und viele andere bieten mannigfache Ansätze zu Schüleruntersuchungen, die zu sachlichen und aufschlußreichen Aussagen führen.

Mitunter besteht auch die Möglichkeit, Einblicke in Fragen der Eheberatung durch Ärzte und Psychologen zu gewinnen. Sie vermitteln mehr als sachliche Erkenntnisse, da sie ja auch die persönliche Haltung des jungen Menschen ansprechen und Richtlinien zu eigenem Handeln ausprägen können. Wieder andere Schüler interessieren sich vielleicht für geschichtliche Aspekte. Für diese mag es reizvoll sein, aus der Literatur z. B. frühere Vorstellungen über die Vererbung von Krankheiten und psychischen Merkmalen zusammenzutragen. Er wird auf manche uns heute befremdende Ansichten, aber dabei auch auf viele „moderne" Beobachtungen stoßen und erkennen, daß eine Wissenschaft sich wandelt und stets in einer Weiterentwicklung begriffen ist. Leider kommt eine solche sicher notwendige geschichtliche Betrachtung nicht nur im Biologieunterricht, sondern in allen naturwissenschaftlichen Fächern aus vielerlei Gründen viel zu kurz.

Es gibt im Bildungswesen unserer Zeit nicht viele Gebiete, die eine derart starke Bedeutung haben wie humangenetischer Unterricht und humangenetische Arbeit. Nicht nur der einzelne Mensch und die mit ihm lebende Gemeinschaft ist Gegenstand dieser Betrachtung, auch entscheidende Fragen kommender Generationen werden angesprochen. Sie werden immer über objektive Einsichten hinaus subjektiv wirken, den einzelnen als Person bewußt und auch unterschwellig stark ansprechen und vielfach die eigene Handlung bleibend beeinflussen.

Literaturverzeichnis

1. Deutschsprachige Lehr- und Handbücher

BAUR, E., FISCHER, E., und LENZ, F.: Menschliche Erblichkeitslehre und Rassenhygiene. 2 Bände, 5. Aufl. München 1940.

BECKER, P. E. (Herausgeber): Humangenetik. Ein kurzes Handbuch in fünf Bänden. Stuttgart seit 1964.

DEGENHARDT, K.-H. (Herausgeber): Humangenetik. Ein Lehrbuch für Studium, Praxis und Klinik. Köln 1974.

DOBZHANSKY, TH.: Die Entwicklung zum Menschen — Evolution, Abstammung und Vererbung. Hamburg 1958.

FRITZ-NIGGLI, H.: Vererbung bei Mensch und Tier. 2. Aufl. Stuttgart 1961.

FUHRMANN, W.: Taschenbuch der allgemeinen und klinischen Humangenetik. Stuttgart 1965.

GÜTT, A. (Herausgeber): Handbuch der Erbkrankheiten. 6 Bände, Leipzig 1937 bis 1940.

JUST, G. (Herausgeber): Handbuch der Erbbiologie des Menschen. 5 Bände, Berlin 1940.

LENZ, W.: Medizinische Genetik. 3. Aufl. Stuttgart 1975. (1. Aufl. 1961.)

MCKUSICK, V. A.: Humangenetik. Stuttgart 1968.

NACHTSHEIM, H.: Kampf den Erbkrankheiten. Schmiden b. Stuttgart 1966.

PENROSE, L. S.: Einführung in die Humangenetik. (Heidelberger Taschenbücher, Bd. 4.) Berlin-Heidelberg-New York 1965.

STERN, C.: Grundlagen der Humangenetik. 2. deutsche Ausgabe, Stuttgart 1968.

VERSCHUER, O. FRHR. V.: Genetik des Menschen. Lehrbuch der Humangenetik. München und Berlin 1959.

VOGEL, F.: Lehrbuch der allgemeinen Humangenetik. Berlin-Göttingen-Heidelberg 1961.

2. Im Text verwendete und zitierte Arbeiten

ABEL, W.: Die getrennte Vererbung von Zahn und Kiefer bei Buschmännern, Hottentotten und Negern. Verh. Akad. Wiss. Wien 1931, H. 1.

BARR, M. L., and BERTRAM, E. G.: A morphological distinction between neurones of the male and female, and the behaviour of the nucleolar satellite during accelerated nucleoprotein synthesis. Nature 163, 676 (1949).

BERNSTEIN, F.: Ergebnisse einer biostatischen zusammenfassenden Betrachtung über die erblichen Blutstrukturen des Menschen. Klin. Wschr. 3, 1495 (1924).

BÖÖK, J. A., and SANTESSON, B.: Malformation Syndrom in man associated with triploidie (69 chromosomes). Lancet I, 858 (1960).

BOYD, W. C.: Anthropologie und Blutgruppen. Klin. Wschr. 34, 69 (1956).

DIEHL, K., und VERSCHUER, O. FRHR. V.: Der Erbeinfluß bei der Tuberkulose (Zwillingstuberkulose, II.). Jena 1936.

ERIKSSON, A.: Variations in the Human twinning rate. Acta genet., Basel, 12, 242 (1962).

FISCHER, E.: Die Rehobother Bastards und das Bastardierungsproblem des Menschen. Jena 1913.

FORD, C. E., JONES, K. W., POLANI, P. E., ALMEIDA DE, J. C., and BRIGGS, J. H.: A Sex-Chromosomes Anomaly in case of Gonadal Dysgenesis (Turner' Syndrome). Lancet I, 711 (1959).

FUHRMANN, W., und VOGEL, F.: Genetische Familienberatung. Berlin-Heidelberg-New York 1968.

GEYER, H.: Gegensätzliche Äußerung seelischer Anlagen bei erbgleichen Zwillingen. Z. menschl. Vererb.- u. Konstit.-Lehre 24, 236 (1940).

GOTTSCHALDT, K.: Probleme der Diagnose und Prognose im Lichte der Längsschnittuntersuchungen an Zwillingen. Bericht über den 21. Kongreß der Deutschen Gesellschaft für Psychologie, Bonn 1957, S. 108.

GOLDSCHMIDT, R.: Theoretische Genetik. Berlin 1961.

GREGG, N. MCA.: Congenital cataract following German measles. Trans. ophthal. Soc. Aust. 3, 35 (1941).

HALDANE, J. B. S.: The rate of mutations of human genes. Proc. VIII. Int. Congr. Genetics Stockholm 267 (1948).

HARDY, G. H.: Mendelian proportions in a mixed population. Science 28, 49 (1908).

JACKSON, D. D.: Schizophrenia. Scient. American 207, 2 (1962).

JUDA, A.: Höchstbegabung. Ihre Erbverhältnisse sowie ihre Beziehungen zu psychischen Anomalien. München-Berlin 1953.

KALMUS, H.: Genetik. Ein Grundriß. Stuttgart 1966.

KEMP, T.: Genetic-hygienic experiences in Denmark in recent years. Eugen. Res. 49, 11 (1957).

KOCH, G.: Die Bedeutung genetischer Faktoren für das menschliche Verhalten. Ärztl. Praxis 17, 823 u. 839 (1965).

LEJEUNE, J., GAUTIER, M., et TURPIN, R.: Les chromosomes humaines en culture de tissues. C. R. Acad. Sci. Paris 248, 602 (1959).

— Etudes des chromosomes somatiques de neuf enfants mongoliens. C. R. Acad. Sci. Paris 248, 1721 (1959).

MACHT, S., and LAWRENCE, P.: National survey of congenital malformations resulting from exposure to roentgen radiation. Amer. J. Roentgenol. 73, 442 (1955).

NACHTSHEIM, H.: Für und wider die Sterilisation aus eugenischer Indikation. Stuttgart 1952.

— Geburtenkontrolle. Naturwiss. Rdsch. 24, 64 (1971).

NEEL, J. V., and SCHULL, W. J.: The Effect of Exposure to the Atomic Bombs on Pregnancy Termination in Hiroshima and Nagasaki. National Research Council, Publication Nr. 461, National Academy of Science, Washington 1956.

NOWELL, P. C., and HUNGERFORD, D. A.: Chromosome studies on normal and leukemic human leukocytes. J. nat. Cancer Inst. 25, 85 (1960).

PFÄNDLER, U.: Genetische Probleme bei Stoffwechselleiden und biochemischen Abweichungen. Der Internist 4, 363 (1963).

ROHRACHER, H.: Kleine Charakterkunde. Wien und Innsbruck 1965.

SALLER, K.: Rassengeschichte des Menschen. Stuttgart-Berlin-Köln-Mainz 1969.

SCHWIDETZKY, I.: Die neue Rassenkunde. Stuttgart 1962.

SHUTTLEWORTH, G. E.: Mentally Deficient Children. Londres 1895.

SNYDER, L. H.: Grundlagen der Vererbung. Lehrbuch der allgemeinen Genetik. Deutsche Ausgabe von W. LEHMANN. Frankfurt-Berlin 1955.

SONNEBORN, T. M. (Herausgeber): The Control of Human Hereditary and Evolution. New York 1965.
STENGEL, H.: Gibt es eine „getrennte Vererbung von Zahn und Kiefer“ bei der Kreuzung extrem großer Kaninchenrassen? Ein experimenteller Beitrag zum sogenannten „Disharmonienproblem“. Z. Tierzücht. u. Zücht. biol. 72, 255 (1958).
— Fortpflanzungsbiologische Probleme der extremen Rassenkreuzung. Z. Tierzücht. u. Zücht. biol. 77, 365 (1962).
— Herz und Körpergewicht und deren korrelative Beziehungen bei der Kreuzung extremer Kaninchenrassen. Z. Tierzücht. u. Zücht. biol. 77, 374 (1962).
— Probleme der Rassenmischung. Dtsch. med. Wschr. 87, 1866 (1962).
— Inzucht bei Mensch und Tier. Med. Welt 41, 2314 (1965).
— Die Bedeutung des Tierexperimentes für chemisch-teratologische Untersuchungen. Tierärztl. Umschau 20, 521 (1965).
— Pharmakogenetik. Ein neues Forschungsgebiet der Vererbungslehre. Öff. Gesundh.-Dienst 28, 11 (1966).
— Die Vererbung am Zahn- und Kieferapparat. Zahnärztl. Welt/Reform 67, 289 (1966).
— Extreme Rassenkreuzung bei Mensch und Tier. Naturwiss. Rdsch. 19, 189 (1966).
— Die Bedeutung der Chromosomenpathologie für Biologie und Medizin. Hippokrates 38, 537 (1967).
— Ergebnisse und Grenzen der Zwillingsforschung. Med. Klin. 62, 1613 (1967).
— Rassenmischung beim Menschen. Med. Welt 20, 621 (1969).
— Chromosomenaberrationen als Krankheitsursache. Ärztl. Prax. 21, 969 u. 989 (1969).
— Die Entstehung und die Ursachen angeborener Fehlbildungen. Hippokrates 40, 449 (1969).
— Pränatale Entwicklungsstörungen und ihre Ursachen. Z. f. Präv. Med. 16, 177 (1971).
— Bevölkerungsbiologische Probleme unserer Zeit. Ther. d. Gegenw. 110 (1971).
— Der Einfluß endogener und exogener Faktoren auf die menschliche Leibesfrucht. protectio vitae 17, 121 (1972).
— Das Rassenproblem aus biologischer Sicht. Zschr. Ethnol. 97, 184 (1972).
— Biologische Aspekte zum Rassenproblem. Ther. d. Gegenw. 113, 523 (1974).
— Die Ursachen menschlicher Fehlbildungen. Naturwiss. Rdsch. 27, 306 (1974).
— Die biologische Zukunft des Menschen. Bedeutung und Möglichkeiten der Erbgesundheitspflege. Ther. d. Gegenw. 114, 1347 (1975).
TJIO, J. H., and LEVAN, A.: The chromosome number of man. Hereditas (Lund) 42, 1 (1956).
TURPIN, R., LEJEUNE, J., LAFOURCADE, J., CHIGOT, P. L., et SALMON, CH.: Presomption de monozygotisme en dépit d'un dimorphisme sexuel: sujet masculin XY et sujet X. C. R. Acad. Sci. Paris 252, 2945 (1961).
VERSCHUER, O. FRHR. v.: Wirksame Faktoren im Leben des Menschen. Beobachtungen an ein- und zweieiigen Zwillingen durch 25 Jahre. Wiesbaden 1954.
— und KOBER, E.: Die Frage der erblichen Disposition zum Krebs. Ergebnisse einer Forschung durch 20 Jahre an einer auslesefreien Zwillingsserie. Abhdl. d. Mathemat.-Naturwiss. Kl. d. Akademie d. Wiss. u. d. Literatur, Mainz, Jg. 1956, Nr. 4, Wiesbaden.
VOGEL, F.: Über die Fähigkeit, die Zunge um die Längsachse zu rollen. Acta Gen. Med. et Gemellologiae 6, 225 (1957).
— Die spontane Mutabilität menschlicher Gene. Archiv Klaus-Stiftg. 36, 149 (1961).

WALTER, H.: Grundriß der Anthropologie. München 1970.
WEINBERG, W.: Über den Nachweis der Vererbung beim Menschen. Jahresh. Verein vaterl. Naturk. Württ. 64, 369 (1908).
WOLSTENHOLM, G. (Herausgeber): Man and his Future. Boston 1964.

Sachregister